온 여름을 이 하루에

온 여름을
이 하루에

레이 브래드버리 소설집

ALL SUMMER IN A DAY

And Other Stories

레이 브래드버리 지음 이주혜 옮김

아작

일러두기

1. 이 책은 《A Medicine for Melancholy and Other Stories》를 두 권으로 나누어 옮긴 것입니다.
2. 모든 주석은 옮긴이의 것입니다.

차례

온 여름을 이 하루에

All Summer in a Day

"준비됐어?"

"준비됐어."

"지금?"

"곧."

"과학자들이 제대로 안 걸까? 정말로 오늘일까?"

"야! 네가 직접 보면 되잖아!"

아이들은 장미꽃 덤불처럼, 무성하게 우거진 잡초처럼 서로 얽혀 한 덩어리가 되어 어디론가 숨은 태양을 보겠다며 밖을 내다보았다.

바깥은 비가 내리고 있었다.

비는 7년 동안 내리고 있었다. 수천 일 동안 비가 내리고 내려 전날 내린 비에 섞여들었다. 비는 세차게 쏟아지며 웅덩이를 이루기도 했고, 어여쁜 크리스털처럼 반짝이는 소나기로 흩뿌려지기도 했으며 섬 위까지 덮치는 해일을 몰고 오는 폭풍우도 있었다. 수천 개의 숲이 비에 씻겨 내려갔다가 다시 자랐고 또 씻겨 내려가길 반복했다. 금성이라는 행성에서 늘 볼 수 있는 모습이었다. 그리고 여기는 비가 내리는 세상에 문명을 건설하고 생활 터전을 닦으려고 로켓을 타고 날아온 사람들의 아이들이 다니는 학교 교실이었다.

"비가 그친다! 그치고 있어!"

"정말이네. 정말이야!"

마고는 비가 하염없이 내리고 또 내리는 바람에 비가 오지 않는 날을 기억조차 할 수 없는 아이들에게서 멀찌감치 떨어져 서 있었다. 아이들은 모두 아홉 살이었다. 7년 전 태양이 딱 한 시간 고개를 내밀어 세상을 깜짝 놀라게 한 일이 있었는데, 이 아이들은 그날을 기억하지 못했다. 이따금 밤이 오면 마고는 아이들이 그날을 기억하며 몸을 뒤척이는 소리를 들을 수 있었다. 그러면 마고는 아이들이 꿈속에서 황금색이나 노란색 크레파스 혹은 세상을 전부 살 수 있을 만큼 커다란 금화를 떠올리고 있다는 것을 알 수 있었다. 아이들은 얼굴과 몸과 팔다리, 손을 벌겋게 달아오르게 하는 태양의 온도까지 기억한다고 생각했다. 그러나 단조롭게 떨어지는 빗소리에 잠에서 깨어나면 지붕과 산책길, 정원이며 숲에 투명한 구슬 목걸이가 흩뿌려져 있고 간밤의 꿈은 간데없이 사라지고 말았다.

어제는 온종일 교실에서 태양에 관한 책을 읽었다. 태양이 얼마나 레몬과 비슷한지, 얼마나 뜨거운지에 대해 공부했다. 그리고 태양에 관해 짧은 이야기나 감상문, 시를 썼다.

태양은 꽃이라고 생각해요
딱 한 시간만 피는 꽃

이것은 마고가 쓴 시였다. 마고는 바깥에서 비가 내리는 동안 고요한 교실에서 나지막한 목소리로 시를 읽었다.

"우우, 네가 쓴 시 아니지?" 남자애 하나가 트집을 잡았다.

"내가 썼어. 내가 쓴 거야." 마고가 말했다.

"윌리엄!" 선생님이 나무랐다.

그러나 그건 어제의 일이었다. 지금은 빗줄기도 가늘어졌고 큼직하고 두꺼운 창문마다 아이들이 몰려 서 있었다.

"선생님은 어디 갔지?"

"곧 오실 거야."

"선생님이 빨리 오셔야 할 텐데. 안 그러면 못 볼지도 몰라!"

아이들은 뜨겁게 달아올라 빙글빙글 돌아가는 수레바퀴처럼 한 덩어리로 움직였다.

마고는 혼자 서 있었다. 아이는 몇 년간 빗길을 헤매느라 눈동자의 파란색과 입술의 빨간색, 머리카락의 노란색이 모두 씻겨 내려간 것만 같이 매우 허약한 소녀였다. 사진첩에서 떨어져 나간 오래된 사진처럼 하얗게 바래 있었고, 무슨 말이라도 하면 목소리의 유령이 되어버릴 것 같았다. 지금 아이는 모두

에게서 멀찌감치 떨어져 서서 거대한 유리창 너머로 내리는 비와 흠뻑 젖은 세상을 물끄러미 바라보고 있었다.

"뭘 보는 거냐?" 윌리엄이 물었다.

마고는 아무 말도 하지 않았다.

"말을 걸면 대답을 좀 해." 윌리엄이 마고를 슬쩍 밀쳤다. 그러나 아이는 아무런 반응도 하지 않았다. 오히려 윌리엄에게 떠밀려 휘청거리게 몸을 맡기고 있을 뿐이었다.

아이들이 마고에게서 멀어졌다. 그쪽은 쳐다보지도 않았다. 마고는 아이들이 차츰 멀어져가는 것을 느꼈다. 그것은 마고가 메아리치는 지하 도시 터널에서 아이들과 함께 놀지 않기 때문이었다. 아이들이 마고를 술래로 삼고 달아나도 마고는 눈을 깜박이며 가만히 서 있을 뿐 아이들 뒤를 쫓지 않았다. 교실에서 아이들이 행복과 삶과 놀이에 관한 노래를 부를 때도 아이의 입술은 거의 움직이지 않았다. 아이들이 태양과 여름에 관한 노래를 부를 때만 아이는 비에 젖은 창문을 바라보며 입술을 달싹였다.

물론 가장 큰 이유는 마고가 지구에서 여기로 온 지 5년밖에 안 되었기 때문이다. 아이는 태양을 기억하고 있었다. 오하이오주에 살던 네 살 때 태양이 어떻게 생겼었고 하늘이 어땠는지 전부 기억하고 있었다. 다른 아이들은 모두 금성에서 태어나 평생을 살았고 마지막으로 태양이 모습을 드러냈을 때는 겨우 두 살이어서 태양의 빛깔이 어떠했는지 열기는 어땠는지 실제로 어떻게 생겼는지 전혀 기억하지 못했다. 그러나 마고는 기억하고 있었다.

"그건 동전 같아." 언젠가 마고는 눈을 감고 말한 적이 있었다.

"아니야! 그렇지 않아!" 아이들은 외쳤다.

"그건 불같아." 마고가 말했다. "화덕 속의 불 말이야."

"거짓말! 기억도 못 하면서!" 아이들은 외쳤다.

그러나 마고는 기억하고 있었다. 아이는 모두에게서 멀리 떨어진 곳에 조용히 서서 빗물로 얼룩진 창문을 물끄러미 쳐다보았다. 한 달 전 마고는 학교 샤워실에서 씻지 않겠다고 했다. 두 손으로 귀와 머리를 감싸고 물을 뒤집어쓰기 싫다고 비명을 질렀다. 그 후로 차츰 마고도 느꼈다. 자신은 다른 아이들과 다르다는 것을. 아이들도 다른 것을 알고 자신을 멀리한다는 것을.

엄마 아빠가 내년이면 마고를 지구로 데려간다는 말도 있었다. 마고를 위해 꼭 필요해서 가겠다는 말이겠지만, 그러려면 마고의 가족은 수천 달러의 손해를 보게 될 것이다. 아이들은 이렇게 크고 작은 여러 이유를 들어 마고를 미워했다. 눈처럼 하얀 얼굴이며 늘 기다리는 듯한 침묵, 바짝 마른 몸, 그리고 가능한 미래까지 모두 미워했다.

"저리 비켜!" 소년은 마고를 한 번 더 밀쳤다. "뭘 기다리는 거야?"

그때 처음으로 마고는 고개를 돌려 소년을 쳐다보았다. 마고의 눈동자가 기다리고 있는 태양처럼 동그랬다.

"여기 있으면 뭐해? 아무것도 보이지 않을걸!" 소년이 사납게 소리쳤다.

마고는 입술을 달싹였다.

"아무것도 보이지 않을 거라고! 전부 거짓말이지? 그렇지?" 소년은 다른 아이들 쪽으로 몸을 돌렸다. "오늘은 아무 일도 일어나지 않을 거야. 그렇지?"

아이들은 눈을 깜박이며 소년을 쳐다보다가 곧 무슨 말인지 알아채고 와르르 웃음을 터뜨렸다. "그래, 아무 일도 없어! 아무 일도 없을 거야!"

마고가 무기력한 눈빛을 하고 나지막이 속삭였다. "하지만, 오늘은 그 날이야. 과학자들이 예언한 날. 그들은 알고 있다고 했어. 오늘 태양이….

"전부 거짓말이야!" 윌리엄은 마고의 손을 거칠게 붙잡았다. "얘들아, 선생님이 오기 전에 얘를 벽장 속에 가둬버리자!"

"싫어!" 마고는 뒤로 물러났다.

아이들이 마고의 주위를 에워쌌다. 마고는 저항하다 애원하다 결국 울음을 터뜨렸다. 아이들은 마고를 끌고 터널을 지나 어느 방 벽장에 집어넣고 문을 쾅 닫은 다음 밖에서 잠가버렸다. 아이들은 거기 서서 마고가 벽장문에 몸을 부딪치고 문을 두드리고 흔들어대는 모습을 바라보았다. 억눌린 듯한 울음소리도 들렸다. 이윽고 아이들은 싱글벙글 웃으며 방 밖으로 나가 터널을 다시 빠져나갔다. 그때 선생님이 나타났다.

"준비됐니, 얘들아?" 선생님이 손목시계를 흘낏 살폈다.

"예!" 모두 대답했다.

"전부 모였니?"

"예!"

빗줄기가 한껏 가늘어졌다.

아이들은 커다란 문 앞에 모여들었다.

비가 그쳤다.

마치 산사태나 토네이도나 허리케인, 화산 폭발에 관한 영화를 보다가 도중에 음향장치가 고장이 나면서 모든 폭음과 진동, 굉음이 차츰 작아지다가 마침내 완전히 끊겨버리고, 대신 영사기에서 그 필름을 떼어내고 아무런 움직임도 떨림도 없는 평화로운 열대 풍경이 삽입된 것 같았다. 세상은 꼼짝도 하지 않았다. 침묵이 너무 거대해 믿을 수 없을 정도였다. 귀에 귀마개를 하거나 청력을 완전히 잃은 것만 같았다. 아이들은 귀에 손을 대고 각자 떨어져 서 있었다. 문이 열리자 침묵 속에서 기다리던 세계의 냄새가 훅 끼쳐왔다.

태양이 나왔다.

불타오르는 구릿빛이었고 어마어마하게 컸다. 태양 둘레의 하늘은 번쩍거리는 청기와 빛깔이었다. 주문에서 풀려난 아이들은 소리를 지르며 봄날을 향해 달려갔다. 저 멀리 숲이 햇빛을 받아 이글거렸다.

"너무 멀리 가지는 마라." 아이들 뒤에 대고 선생님이 외쳤다. "두 시간밖에 없어. 길을 잃으면 안 돼!"

그러나 아이들은 어느새 하늘을 향해 얼굴을 쳐들고 따사

로운 다리미처럼 뺨에 와 닿는 태양을 느끼며 달렸다. 아이들
은 겉옷을 벗어 던지고 팔뚝에 태양 빛을 쬐었다.

"태양등보다 훨씬 좋다, 그치?"

"훨씬, 훨씬 좋다!"

그들은 달리기를 멈추고 금성을 뒤덮은 거대한 숲 속에서
멈춰 섰다. 숲은 한 번도 멈추지 않고 끊임없이 자라기를 거듭
하더니 이제 엄청난 규모로 커져 있었다. 숲은 마치 문어 소
굴처럼 살덩어리 같은 잡초가 거대한 팔뚝이 되어 서로 엉켜
물결쳤고 짧은 봄이 오면 꽃을 피웠다. 몇 년간 해를 보지 못
한 숲은 고무 색깔, 잿빛을 하고 있었다. 돌멩이 색, 하얀 치
즈색, 잉크색, 그리고 달의 색을 띠고 있었다.

아이들은 푹신한 숲 바닥에 팔다리를 활짝 벌리고 누워 깔
깔대고 웃었다. 침대 같은 숲 바닥이 살아 있는 생명체처럼 한
숨을 쉬며 삐걱거렸다. 아이들은 나무 사이를 내달리며 미끄
러지고 넘어지고 서로 밀치며 숨바꼭질도 하고 술래잡기도 했
다. 그러나 대다수는 눈물이 뺨을 타고 흐를 때까지 눈을 가
름하게 뜨고 태양을 바라보았다. 그 노란 빛깔과 놀라울 정도
로 파란빛을 향해 손을 뻗었고 신선하기 이를 데 없는 공기를
들이마셨으며 어떤 소리도 움직임도 없는 축복받은 고요의 바
다를 향해 귀를 기울였다. 아이들은 모든 것을 보고 음미했다.
그리고 마침내 동굴에서 도망치는 짐승처럼 거친 소리를 내
지르며 빙글빙글 원을 그리며 내달렸다. 아이들은 한 시간 동
안 계속해서 달렸다.

그러다가….

다 같이 달려가는 도중에 한 소녀가 울음을 터뜨렸다.

모두 멈춰 섰다.

소녀는 벌판 한가운데 서서 손을 내밀었다.

"아아, 이것 좀 봐." 소녀는 떨리는 목소리로 말했다.

아이들은 활짝 벌어진 소녀의 손바닥을 보려고 천천히 모여들었다.

활짝 펴서 살짝 오므린 손바닥 한가운데에 빗방울 하나가 뚝 떨어졌다.

소녀는 그것을 보고 울기 시작했다.

아이들은 조용히 하늘을 올려다보았다.

"아아, 아아!"

차가운 빗방울이 아이들의 코 위에 뺨에 입에 떨어졌다. 소용돌이치는 안개 너머로 태양이 사라지고 있었다. 아이들 주변으로 찬 바람이 불어왔다. 다들 몸을 돌려 어깨를 축 늘어뜨린 채 지하의 집을 향해 걷기 시작했다. 아이들의 얼굴에서 미소가 사라져 갔다.

갑작스러운 천둥소리에 아이들은 화들짝 놀라 태풍 앞의 나뭇잎처럼 한데 뭉쳐 달렸다. 번개가 15킬로미터 앞에서, 8킬로미터 앞에서, 1킬로미터 앞에서, 5백 미터 앞에서 번쩍거렸다. 하늘이 순식간에 한밤중처럼 어두워졌다.

아이들은 지하 입구에서 잠시 걸음을 멈추었다. 빗줄기가 거세졌다. 문을 닫자 온 세상을 영원히 뒤덮을 규모의 산사태가 일어난 것처럼 거대한 빗소리가 귀를 때렸다.

"또 7년 동안 비가 올까?"

"응, 7년 동안."

그때 한 아이가 작게 소리를 질렀다.

"마고!"

"뭐?"

"마고가 아직 벽장 속에 있어!"

"아, 마고."

아이들은 누군가 말뚝으로 박아놓은 것처럼 그 자리에 그대로 서 있었다. 서로 얼굴을 마주 보다가 이내 시선을 돌렸다. 아이들은 비가 줄기차게 내리고 또 내리는 세상을 내다보았다. 서로 얼굴을 볼 수가 없었다. 아이들의 얼굴은 어둡고 파리했다. 아이들은 고개를 숙이고 각자 손발만 내려다보았다.

"마고." 한 소녀가 말했다. "어쩌지?"

아무도 움직이지 않았다.

"가보자." 그 소녀가 속삭였다.

아이들은 차가운 빗소리가 울리는 복도를 천천히 걸어갔다. 폭풍우 소리, 천둥소리를 들으며 얼굴 위로 무섭게 번득이는 번개의 빛을 맞으며, 문간을 지나 그 방으로 들어갔다. 아이들은 천천히 벽장 앞으로 다가가 섰다.

벽장 문 뒤에는 오직 고요만이 있었다.

아이들은 벽장의 자물쇠를 열고 천천히 마고를 밖으로 끌어냈다.

지구에 마지막으로
남은 시체

Pillar of Fire

I

그는 증오하며 흙더미 밖으로 나왔다. 증오는 그의 아버지
요 그의 어머니였다.

다시 걸으니 좋았다. 흙더미에서 뛰어올라 등을 곧추 펴고
양팔을 크게 벌려 깊이 숨을 들이마시려니 좋았다!

그는 숨을 쉬어 보았다. 그는 비명을 토해냈다.

숨이 쉬어지지 않았다. 그는 두 팔을 힘껏 위로 뻗으며 숨
을 쉬어 보려고 했다. 할 수 없었다. 그는 땅 밖으로 나왔고
땅 위를 걸었다. 그러나 그는 죽은 사람이었다. 숨을 쉴 수가
없었다. 입으로 공기를 들이마시고 오랫동안 쉬고 있었던 근
육을 힘겹게 움직이면서 억지로 거칠게 절반 정도는 목 아래
로 넘길 수 있었다. 게다가 공기가 거의 없어도 소리를 지르고
외칠 수는 있었다! 눈물을 흘리고 싶었지만 나오지는 않았다.

그가 아는 것이라곤 자신이 똑바로 서 있다는 것, 그리고 그는 죽었다는 것, 이렇게 걸어 다녀서는 안 된다는 것이었다! 그는 숨을 쉴 수는 없었지만 서 있었다.

세계의 냄새가 주변에 자욱했다. 그는 절망감을 느끼며 가을의 냄새를 맡아보았다. 가을이 땅을 활활 태워 폐허로 만들고 있었다. 시골 곳곳에 여름이 남기고 간 폐허가 보였다. 거대한 숲에 불꽃이 활짝 피어났고 잎이 다 떨어진 앙상한 가지만 남았다. 불꽃이 피우는 연기는 풍성했고 푸르스름했으며 눈에 보이지 않았다.

그는 증오하며 묘지에 서 있었다. 세계를 가로질러 걸었지만, 맛을 볼 수도 냄새를 맡을 수도 없었다. 대신 들을 수는 있었다. 새로 열린 귀에 바람이 울부짖었다. 그러나 그는 죽어 있었다. 걷는 동안에도 자신이 죽었으며 이 증오스러운 세상에 대해서, 또 자신에 대해서 너무 많은 것을 기대해서는 안 된다는 것을 알았다.

이제 비어 버린 자신의 무덤 앞에 우뚝 솟은 묘석을 쓰다듬었다. 조각을 멋지게 해놓은 묘석이었다.

윌리엄 랜트리

그의 손끝이 차가운 돌 표면에 닿아 파르르 떨렸다.

출생 1898년 – 사망 1933년

그는 다시 태어난 걸까?

지금은 몇 년도일까? 고개를 들어보니 한밤중에 뜬 가을별들이 바람 부는 어둠 속에서 반짝이며 느릿느릿 흘러가고 있었다. 그는 수백 년간 기울어왔을 별자리를 읽어보았다. 저건 오리온자리군. 저것은 마차부자리! 황소자리는 어디 있지? 저기다!

그는 눈을 갸름하게 떴다. 드디어 그의 입술이 연도를 말했다.

"2349년이군."

홀수였다. 학교 수학시간이 떠올랐다. 오래전 인간은 백이 넘는 숫자까지 살 수 없다고 했다. 백이 넘으면 모든 게 지나칠 정도로 추상적이 되어버리기 때문에 수를 헤아려봐야 소용이 없었다. 그런데 지금은 2349년이었다! 분명한 숫자였고 헤아림이었다. 게다가 그는 지금 여기에 있었다. 증오스러운 어두운 관 속에 누워 매장당한 사실을 증오하고 흙더미 위를 계속 살아간 사람들을 수백 년간 증오하다가 오늘 증오로부터 다시 태어나 갓 파헤친 자신의 무덤 옆에, 신선한 흙냄새 곁에 서 있는 남자가 되어. 그러나 그는 냄새를 맡을 수가 없었다! 그는 바람에 흔들리는 미루나무를 향해 말했다. "나는 시대착오적인 사람입니다." 그는 희미하게 웃었다.

✳

그는 묘지 안을 둘러보았다. 묘지는 춥고 텅 비어 있었다.

모든 비석이 뽑혀나가 저 멀리 쇠 울타리 옆 한구석에 납작한 벽돌처럼 차곡차곡 쌓였다. 묘지 철거작업은 지난 2주 동안 계속되었다. 그는 깊숙한 자신의 관 속에서 일꾼들이 차가운 삽으로 땅을 파헤치고 관을 뜯어내서 시들어버린 시체를 소각장으로 옮기는 냉혹하고 거친 소리를 들었다. 관 속에서 공포로 몸을 뒤척이며 그들이 오기를 기다렸다.

일꾼들은 오늘 그의 관에 도착했다. 그러나 시간이 너무 늦어버렸다. 관뚜껑 위로 3센티미터 남은 지점까지 파 내려갔는데 작업종료 시간인 5시를 알리는 종이 울렸다. 이제 집으로 돌아가 저녁을 먹을 시간이었다. 일꾼들은 묘지를 떠났다. 외투를 걸치며 내일은 일을 모두 마무리할 거라고 말했다.

빈 묘지에 다시 정적이 드리웠다.

"기억하나?" 그는 갓 파헤친 흙더미를 보며 스스로 물었다. "지구에 마지막으로 남은 남자 이야기를 기억해? 홀로 폐허를 떠돌던 사람의 이야기를? 이제 너, 윌리엄 랜트리가 옛이야기를 시작해보시지. 넌 이 세상을 통틀어 마지막으로 남은 죽은 사람이니까!"

더는 죽은 사람이 없었다. 어느 땅 어디에도 죽은 사람은 없었다. 말도 안 돼! 랜트리는 이 말에 웃지 않았다. 상상력이라곤 찾아볼 수 없고 오직 살균된 세척과 과학적 방법론만 존재하는 이 어리석은 불모의 시대에는 그 '말도 안 되는 일'이 존재했다. 물론 이 시대에도 사람들은 죽는다. 그러나 죽은 사람들은 어떻게 될까? 시체는? 그것들은 더 이상 존재하지 않는다!

　죽은 사람들에게 어떤 일이 벌어지기에?

　묘지는 언덕 위에 있었다. 윌리엄 랜트리는 검게 불타는 밤을 가로질러 묘지 가장자리까지 걸어가 새로워진 살렘 시를 내려다보았다. 저 멀리 색색의 조명이 가득했다. 로켓이 불꽃을 내뿜으며 도시 위로 날아올라 지구 곳곳의 머나먼 항구로 향했다.

　그가 묻혀 있는 동안 미래 세계의 새로워진 폭력성은 땅으로 내려와 윌리엄 랜트리에게 스며들었다. 그는 오랫동안 그 속에 잠겨 있었다. 그는 죽은 사람이었지만 그 모든 것을 잘 알고 증오했다.

　무엇보다 그는 어리석은 미래인들이 죽은 사람을 어떻게 처리하는지 알고 있었다.

　그는 눈을 들어 바라보았다. 도시 한가운데에 거대한 돌 손가락이 쭉 뻗어 별을 가리키고 있었다. 가로 15미터, 높이 90미터의 손가락에는 널찍한 입구가 있고 그 앞으로 진입로까지 뻗어 있었다.

　이론적으로는 도시에 죽어가는 사람들이 있을 것이다. 언젠가는 그 사람들도 죽을 것이다. 그러면 어떻게 될까? 맥박이 멈추고 몸이 싸늘하게 식자마자 화려한 일필휘지로 확인증이 작성되고 가족은 딱정벌레 모양 자동차에 그를 태워 재빨리 그곳으로 향할 것이다.

　소각로로!

저기 별들을 가리키는 기능적인 손가락, 불의 기둥이 바로 소각로다. 소각로라니 얼마나 끔찍한 이름인가. 그러나 이 미래 세계에서 사실은 사실일 따름이다.

불을 지피는 장작처럼 죽은 사람은 아궁이로 던져질 것이다. 운반로로!

윌리엄 랜트리는 거대한 피스톨의 끝이 별들을 향해 뻗어가는 것을 보았다. 굴뚝 꼭대기에서 작은 연기가 피어올랐다.

죽은 자들이 향하는 곳이었다.

"조심해, 윌리엄 랜트리." 그는 혼잣말을 중얼거렸다. "너는 마지막으로 남은 자야. 희귀품목, 최후의 죽은 자라고. 지구의 모든 묘지가 파헤쳐졌어. 여긴 마지막 묘지고, 너는 수백 년을 통틀어 마지막으로 남은 시체야. 여기 사람들은 걸어 다니는 시체는 고사하고 시체가 존재한다는 사실조차 믿지 않아. 쓸모없는 것들은 모두 성냥개비처럼 던져지지! 미신도 함께 버려졌고!"

그는 도시를 바라보았다. 괜찮아. 그는 조용히 생각했다. 나는 너희를 증오하니까 너희도 나를 증오하겠지. 그렇지 않더라도 나의 존재를 알게 되면 곧 나를 미워하게 될 것이다. 너흰 더 이상 뱀파이어니 유령 따위를 믿지 않지. 그런 것들은 다 거짓말이라고, 너희는 외치지! 너흰 코웃음을 치며 그것들을 비웃어. 괜찮아. 실컷 비웃으라지. 솔직히 나도 너희를 믿지 않으니까! 나는 너희가 싫어! 너희도 너희의 소각로도!

그는 몸을 떨었다. 그 모든 일이 얼마나 가까운 곳에서 자행

되었던가. 하루가 멀도록 일꾼들이 찾아와 시체를 무덤 밖으로 끌어내 불쏘시개처럼 태웠다. 전 세계에 칙령이 전달되었다. 관 속에서 일꾼들이 말하는 소리를 들었다.

"묘지를 깨끗이 비워버린다니, 좋은 생각 같아." 한 남자가 말했다.

"나도 그렇게 생각해." 다른 남자가 말했다. "매장은 정말 소름 끼치는 관습 아닌가? 땅에 묻힌다니 상상도 하기 싫어. 그 세균은 어떡할 거야? 위생에 좋지 않아!"

"정말 부끄러운 일이지. 그런데 이렇게 오랜 세월이 흐르는 동안 이 묘지 한 군데만 건드리지 않고 남겨두었다는 사실이 조금은 낭만적이지 않아? 다른 묘지들은 일찌감치 청소했잖아. 그게 언제였지, 짐?"

"대략 2260년일 거야. 맞아, 2260년! 거의 백 년 전 일이군. 그때 살렘 시의회에서 잘난척하면서 말했지. '여길 보시오. 야만인의 관습을 잊지 말자는 취지로 여기 단 한 군데의 묘지는 남겨두기로 합시다.' 그 말에 정부는 머리를 긁적이며 생각을 해보더니 맞장구쳤지. '좋소. 여긴 살렘이니까. 하지만 다른 묘지는 전부 없애는 거요. 알겠소?'"

"그리고 전부 사라져버렸지." 짐이라는 남자가 말했다.

"증기 삽과 로켓 청소기를 동원해 모든 묘지를 빨아들였어. 누가 목장에 묻혀 있다는 소리를 들어도 가서 정리해버렸지. 정말 모든 묘지를 파헤쳤어. 조금 잔인할 정도야."

"그래. 이런 말 하면 구식이라고 하겠지만, 여전히 이 묘지엔 관광객들이 제법 찾아와. 진짜 묘지가 어떻게 생겼는지 보려고 말이야."

"맞아. 지난 3년간 방문객만 백만 명에 육박하더군. 쏠쏠한 수입원이지. 그래도 정부의 명령은 따라야지. 정부는 더 이상 건전하지 못한 시설을 유지할 수 없으므로 이 묘지도 없애라고 했어. 자, 다시 일어나 시작하자고. 그 삽 좀 건네주겠어, 빌?"

*

윌리엄 랜트리는 언덕 위에 서서 가을바람을 맞고 있었다. 다시 걸으며 바람을 느끼니 좋았다. 나뭇잎이 생쥐들처럼 눈앞의 길 위를 허둥지둥 달아나는 소리를 듣는 것도 좋았다. 차가운 별들이 바람에 날리듯 흘러가는 모습을 바라보는 것도 좋았다.

다시 공포를 느끼게 된 것조차 좋았다.

그의 마음속에서 공포가 솟구쳤고, 그 감정을 지울 수가 없었다. 그는 걷고 있다는 사실만으로 이 사회에 적이 되었다. 이 세상을 통틀어 도움이나 위로를 기대할 친구도 없었다. 다른 죽은 자는 하나도 남아 있지 않았다. 이 세계는 드라마처럼 오로지 한 사람을 향해 등을 돌리고 있었다. 그 사람은 바로 윌리엄 랜트리. 이곳은 어두운 가을 언덕에 검은 양복 차림으로 서 있는 남자를 배척하는 곳, 뱀파이어를 믿지 않는 곳, 시체를 태우고 묘지를 전멸시키는 세계였다. 그는 싸늘하게 식은 창백한 손을 들어 도시의 조명을 가리켰다. 너희는 이 뽑듯이 비석을 뽑아버렸어. 그러니 나 역시 너희의 소각로를 무너뜨려 잡석 더미로 만들어버릴 테다. 나는 다시 죽은 자들을 만들 것이고 그들을 친구로 삼을 것이다. 나 혼자 외롭기는 싫다. 나는 곧 친구를 만들기 시작할 것이다. 바로 오늘 밤부터.

"전쟁을 선포한다." 그는 말하고 웃음을 터뜨렸다. 한 남자가 온 세상을 향해 전쟁을 선포하다니, 꽤 어리석은 일이었다.

세계는 대답하지 않았다. 로켓이 불꽃을 그리며 하늘을 가로지르자 마치 소각로가 날개를 활짝 편 것 같았다.

발소리가 들렸다. 랜트리는 얼른 묘지 가장자리로 갔다. 작업을 마무리하러 일꾼들이 돌아왔나? 아니다. 그냥 한 남자가 지나가고 있었다.

남자가 묘지 정문을 지나 걸어가자 랜트리가 재빨리 앞으로 걸어나갔다. "안녕하세요." 남자가 웃으며 인사를 건넸다.

랜트리는 남자의 얼굴을 쳤다. 남자는 쓰러졌다. 랜트리는 조용히 허리를 숙여 손날로 남자의 목에 치명타를 안겼다.

그늘로 시체를 끌고 가 옷을 벗기고 그 옷으로 갈아입었다. 옛날 옛적 옷을 입고 미래 세계를 돌아다닐 수는 없었다. 랜트리는 남자의 외투에서 조그만 주머니칼을 찾았다. 정확히 말해 칼은 아니었지만 제대로 다룰 줄만 알면 충분히 칼처럼 쓸 수 있을 것 같았다. 그는 사용법을 알았다.

그는 이미 파헤친 무덤 하나에 시체를 굴려 넣었다. 삽으로 흙을 덮어 시체를 감췄다. 시체가 발견될 가능성은 거의 없었다. 일꾼들은 한 번 판 무덤을 두 번 파헤치지 않을 것이다.

그는 금속성 재질로 된 헐렁한 정장을 입고 매무새를 만졌다. 좋다, 좋아.

그는 증오하면서 이 세상과 전투를 벌이려고 도시를 향해 걸었다.

II

소각로 입구는 열려 있었다. 그곳은 닫히는 적이 없다. 입구는 넓고 어딘가 숨어 있는 조명이 밝게 비추고 있었다. 앞에 헬리콥터 착륙장과 딱정벌레 자동차 진입로가 있었다. 도시 자체는 하루 치 발전기를 돌리고 나서 잠들었다. 빛은 희미해졌고, 도시에서 유일하게 환한 빛이 밝혀진 곳은 소각로뿐이었다. 소각로라니, 이 얼마나 실용적이기만 한 이름인가. 낭만이란 눈을 씻고 찾아봐도 보이지 않았다.

윌리엄 랜트리는 조명이 환하게 밝혀진 넓은 입구로 들어갔다. 말이 입구지, 열거나 닫는 문이 없었다. 사람들이 이곳을 통해 소각로를 드나들었지만, 여름이나 겨울이나 안쪽은 늘 따뜻했다. 늘 불길이 높이 타오르며, 그 불길은 회오리바람처럼 굴뚝을 지나 하얀 재를 15킬로미터 밖까지 날려 보내는 프로펠러와 제트송풍기가 있는 곳까지 솟구치기 때문에 소각로 안은 따뜻했다.

빵을 굽는 듯한 온기가 느껴졌다. 홀에는 고무로 된 모자이크 무늬 마루가 깔렸고, 어딘가 숨겨진 스피커를 통해 음악이 흘러나왔다. 장송곡은 전혀 아니었고 소각로 안에 태양이 산다느니, 소각로는 태양의 형제라느니, 하는 활기찬 노래였다. 벽돌을 쌓아 만든 묵직한 벽 안에서 불꽃이 솟구치는 소리가 들렸다.

윌리엄 랜트리는 경사로를 따라 내려갔다. 그때 뒤에서 무슨 소리가 들렸다. 돌아보니 입구 앞에 딱정벌레 차가 멈춰 섰다. 종이 울리자 신호처럼 음악이 절정을 향해 치달았다. 기쁨이 가득한 음악이었다.

뒤로 열리게 되어 있는 딱정벌레 차에서 직원 몇 명이 금빛 관을 들고 내렸다. 180센티미터 길이의 관 위에는 태양을 상징하는 그림이 새겨져 있었다. 또 다른 딱정벌레 차에서 관에 누운 남자의 가족이 내렸다. 직원들이 먼저 금빛 관을 들고 경사로를 내려가자 가족이 뒤를 따랐다. 경사로를 내려가자 제단이 나왔다. 제단 옆에는 이런 글귀가 적혀 있었다. '우리는 태양에서 태어나 태양으로 돌아갈지니.' 제단 위에 금빛 관을 올려놓자 음악이 절정을 향해 솟구쳤다. 제단을 지키던 경비원이 짧막하게 몇 마디를 하자 직원들이 금빛 관을 들고 투명 벽으로 걸어가 역시 투명한 잠금장치를 열었다. 금빛 관이 유리 틈으로 들어갔다. 잠시 후 안쪽의 잠금장치가 열리더니 관은 굴뚝 안으로 들어가 곧바로 불길 속으로 사라졌다.

직원들이 뒤로 물러났다. 가족은 말 한마디 없이 돌아서서 소각로 밖으로 나갔다. 음악이 흘러나왔다.

윌리엄 랜트리는 유리로 된 잠금장치 쪽으로 다가갔다. 유리벽 너머에서 절대로 멈추지 않고 이글거리는 거대한 소각로의 심장을 들여다보았다. 불꽃은 깜박이지도 않고 꾸준하게 타올랐고 짐짓 평화롭게 노래했다. 불길은 너무도 견고해 마치 지구에서 하늘을 향해 위로 흐르는 황금빛 강물 같았다. 그 강물로 흘려보낸 것은 뭐든지 위로 타올라 사라졌다.

랜트리는 이 괴물과도 같은 소각용 불길을 향해 설명할 길 없는 증오를 느꼈다.

그의 곁으로 한 남자가 다가왔다. "무엇을 도와드릴까요, 선생님?"

"예?" 랜트리는 불쑥 몸을 돌렸다. "방금 뭐라고 했습니까?"

"제가 도와드릴 일이라도 있습니까?"

"아⋯." 랜트리는 재빨리 경사로와 입구 쪽을 훑어보았다. 양옆으로 늘어뜨린 손이 덜덜 떨리고 있었다. "제가 여길 처음 와봤습니다."

"처음 오셨다고요?" 직원이 깜짝 놀랐다.

그는 말실수했다는 걸 깨달았다. 그러나 이미 뱉은 말이었다. "아, 제 말은요. 어릴 때 오고 안 왔다는 말입니다. 그땐 주의 깊게 살펴보지 않았으니까요. 오늘 밤 문득 소각로에 대해 잘 모른다는 생각이 들더군요."

직원이 빙그레 웃었다. "어떤 것이든 완벽하게 알 수는 없는 법이죠. 제가 기꺼이 이곳을 안내하겠습니다."

"아, 아닙니다. 신경 쓰지 마세요. 여긴, 정말 멋진 곳이네요."

"그렇죠?" 직원의 표정에 자부심이 스쳤다. "세계에서 가장 멋진 곳이라고 생각합니다."

랜트리는 뭔가 더 설명해야 할 것 같았다. "어렸을 때 친척이 거의 없었어요. 사실 한 명도 없죠. 그래서 이곳에도 아주 오랜만에 와 보았답니다."

"그랬군요." 직원의 얼굴이 다소 어두워졌다.

내가 지금 무슨 말을 하는 거지? 랜트리는 생각했다. 도대체 어디서부터 잘못된 거지? 내가 무슨 짓을 한 거야? 조심하지 않으면 저 괴물 같은 불의 덫으로 밀려들어 가고 말 거야. 저 친구 얼굴이 왜 저렇지? 왠지 평소보다 더 많은 관심을 보이는 것 같아.

"혹시 화성에서 돌아온 지 얼마 안 되는 분은 아닌가요?" 직원이 물었다.

"아닙니다. 그런데 그건 왜 묻지요?"

"별일 아닙니다." 직원이 걷기 시작했다. "궁금한 게 있으면 언제든지 물어보십시오."

"한 가지 있습니다." 랜트리가 말했다.

"그게 뭐죠?"

"이거요."

랜트리는 깜짝 놀랄 속도로 직원의 목을 내리쳤다.

그는 좀 전에 매의 눈으로 불의 덫이 어떻게 작동하는지 살펴보았다. 이제 그는 품 안에 축 늘어진 시체를 안고 따뜻한 바깥쪽 잠금장치를 열고 안에 시체를 밀어 넣었다. 음악이 솟구쳐 오르며 안쪽의 잠금장치가 열렸다. 시체는 불의 강물에 던져졌다. 음악이 조용해졌다.

"잘했어, 랜트리, 잘했어."

＊

거의 즉시 또 다른 직원이 방으로 들어왔다. 직원의 얼굴에 흡족한 흥분의 표정이 떠올랐다. 직원은 누군가를 찾는 듯이 주위를 둘러보다가 랜트리 쪽으로 걸어왔다. "무엇을 도와드릴까요?"

"그냥 구경 좀 하려고요." 랜트리가 말했다.

"밤이 늦었습니다만." 직원이 말했다.

"잠이 통 오질 않네요."

그것도 틀린 대꾸였다. 이 세계에서는 누구나 잠을 잘 잔다. 불면증을 앓는 사람은 없었다. 여기선 잠이 안 올 때 수면광선을 켜기만 하면 60초 후에 바로 코를 골았다. 아, 말실수가 너무 많았다. 우선 소각로에 처음 와봤다고 말하는 치명적인 실수를 저질렀다. 이 세계 아이들은 네 살만 되면 매년 소각로 견학을 와 청결한 화장과 소각로에 대한 사상을 주입받았다. 죽음은 밝은 불이자 따뜻함이요, 태양이었다. 죽음은 어둡고 그늘진 것이 아니었다. 그들은 그 점을 중요하게 가르쳤다. 그는 창백한 얼간이가 되어 아무 생각 없이 무지한 말을 입 밖에 내고 말았다.

또 한 가지 그의 얼굴이 창백하다는 점도 문제였다. 그는 자기 손을 내려다보고 이 세계에는 창백한 사람이 존재하지 않는다는 사실을 깨닫고 두려움에 휩싸였다. 사람들은 그의 창백한 낯빛을 보고 의심을 할 것이다. 그래서 처음 만난 직원도 "혹시 화성에서 돌아온 지 얼마 안 되는 분은 아닌가요?" 라고 물었던 것이다. 지금 그의 눈앞에 있는 직원의 얼굴은 구리 동전처럼 깨끗하고 밝게 빛났고 뺨에는 건강하고 활기찬 붉은 기운이 돌았다. 랜트리는 얼른 창백한 손을 주머니 속에 감추었다. 그러나 직원의 얼굴에는 벌써 탐색하는 표정이 떠올랐다.

"아, 그러니까 제 말은 잠이 안 온다는 게 아니라, 잠을 자고 싶지 않았다는 말입니다. 생각하고 싶은 게 있었거든요." 랜트리가 말했다.

"좀 전에 장례식이 있었나요?" 직원이 주위를 둘러보며 말했다.

"모르겠군요. 저도 방금 들어왔거든요."

"소각로 잠금장치가 열렸다 닫히는 소리를 들은 것 같아서요."

"모르겠군요." 랜트리가 말했다.

직원이 벽에 달린 버튼을 누르고 말했다. "앤더슨?"

목소리가 대답했다. "예."

"사울이 어디 있는지 확인 좀 해주겠나?"

"통로마다 전화를 걸어보겠습니다." 잠시 후. "찾을 수가 없습니다."

"고맙네." 직원은 어리둥절해 했다. 그리고 코를 킁킁대며 냄새를 맡았다. "무슨 냄새가 나지 않습니까?"

랜트리도 코를 킁킁거렸다. "아무 냄새도 안 나는데요? 왜 그러십니까?"

"무슨 냄새가 납니다."

랜트리는 주머니 속에서 칼을 찾아 쥐었다. 그는 기다렸다.

"어렸을 적에 말입니다. 들판에 암소 한 마리가 죽어 자빠져 있는 걸 발견했어요. 뜨거운 태양 아래 이틀이나 거기 방치되어 있었죠. 그때 맡았던 냄새가 납니다. 어디서 이런 냄새가 나는지 모르겠네요." 직원이 말했다.

"아, 그 냄새가 뭔지 저도 압니다." 랜트리가 조용히 말했다. 그는 주머니에서 손을 꺼내 내밀었다. "여기요."

"이게 뭐죠?"

"물론 접니다."

"당신이요?"

"저는 몇백 년 동안 죽어 있었죠."

"농담도 참 이상하게 하시는군요." 직원이 어리둥절해 했다.

"몹시 이상하죠." 랜트리가 칼을 꺼냈다. "이게 뭔지 압니까?"

"칼이잖습니까."

"사람을 향해 칼을 써본 적이 있습니까?"

"무슨 뜻이죠?"

"제 말은 칼이나 총이나 독으로 사람을 죽여본 적이 있느냐는 겁니다."

"정말 이상한 농담을 하시는군요!" 남자는 거북하게 웃었다.

"나는 당신을 죽일 겁니다." 랜트리가 말했다.

"누구도 사람을 죽이지 않습니다." 직원이 말했다.

"더 이상 죽이지 않는다는 말이겠죠. 예전에는 죽였습니다."

"그건 저도 압니다."

"삼백 년 만에 첫 살인으로 기록될 겁니다. 저는 방금 당신 친구를 죽였습니다. 그리고 소각로 잠금장치 안쪽으로 그를 밀어 넣었죠."

그 말이 바라던 효과를 낳았다. 직원은 완전히 얼어붙었다. 얼마나 철저하게 충격을 주었는지 랜트리가 다가가는 동안에도 남자는 꼼짝도 하지 못했다. 그는 직원의 가슴에 칼을 댔다. "나는 당신을 죽일 겁니다."

"어리석은 짓이에요." 남자는 마비된 채 말했다. "사람들은 살인하지 않아요."

"이렇게 죽일 겁니다." 랜트리가 말했다. "이제 알겠습니까?"

칼이 직원의 가슴으로 쑥 들어갔다. 남자는 잠시 칼을 빤히 보고만 있었다. 랜트리는 쓰러지는 남자의 몸을 붙잡았다.

III

아침 6시, 살렘 시의 소각로가 폭발했다. 거대한 불의 굴뚝이 수만 조각으로 깨지더니 땅으로, 하늘로, 잠자는 이들의 지붕으로 흩어졌다. 화재가 잇달아 일어났고 폭발음이 들려왔다. 가을이 언덕의 나무를 불태울 때보다 훨씬 더 큰 불이었다.

소각로가 폭발하는 시간에 윌리엄 랜트리는 현장에서 10킬로미터쯤 떨어진 곳에 있었다. 그는 거대한 불길이 일어나 도시 전체로 퍼지는 것을 보았다. 그는 고개를 흔들며 조금 웃었고 신나게 손뼉도 쳤다.

일은 비교적 간단했다. 살인은 먼 옛날 야만인들이나 저질렀고 지금은 사라진 관습이라고 배운, 살인의 존재 자체를 믿지 않는 사람들을 죽이며 돌아다녔다. 일단 소각로 통제실로 들어가 물었다. "이 소각로는 어떻게 작동합니까?" 미래 세계 사람들은 오직 진실만을 말하고 거짓말은 거의 하지 않으며 거짓말을 할 이유도 거짓말로 대응할 위험도 없었기 때문에 통제실 직원은 그의 질문에 순순히 대답했다. 이 세계에서 범죄자는 단 한 명뿐이었는데, 아직은 아무도 '그'의 존재 자체를 몰랐다.

오, 정말이지 믿을 수 없을 정도로 아름다운 설정이었다. 통제실 직원은 그에게 소각로가 어떻게 작동하는지, 어느 정도의 압력으로 가스의 흐름을 통제해야 불길이 연통을 통해 위로 올라가는지, 어떤 레버를 조정하고 재조정해야 하는지 기꺼이 알려주었다. 통제실 직원은 기꺼이 랜트리와 대화를 나누었다. 쉽고 자유로운 세계였다. 사람들은 서로를 신뢰했다. 잠시 후 랜트리는 통제실 직원을 칼로 찔렀고 30분 후 과부하가 걸리도록 압력 수치를 설정한 다음 휘파람을 불며 소각로를 빠져나왔다.

잠시 후 폭발이 일어났고 하늘은 거대한 검은 구름으로 뒤덮였다.

"이제 시작일 뿐이야." 랜트리는 하늘을 보며 말했다. "이 세계에 도덕을 모르는 자가 돌아다닌다는 의심을 하기도 전에 다른 소각로도 전부 무너뜨릴 거야. 저들은 나 같은 변종이 왜 생겼는지 설명하지 못하겠지. 나는 그들의 이해범위를 벗어나 있으니까. 나는 이해할 수 없고 불가능한 존재이므로 존재하지 않는 것과 같아. 맙소사, 나는 이 세계에 살인이 다시 등장했음을 깨닫기도 전에 수십만 명은 죽일 수 있어. 매번 우발적인 살인으로 보이게 할 수도 있어. 와, 정말이지 믿을 수가 없을 정도로 거창한 계획이로군!"

불길이 도시를 활활 태웠다. 그는 아침이 올 때까지 나무 아래에 앉아 있었다. 그러다 언덕에 동굴을 하나 발견하고 들어가 잠을 청했다.

＊

그는 갑자기 일어난 불 꿈을 꾸다 잠에서 깨어났다. 저녁

놀이 붉게 번져 있었다. 자신이 굴뚝 속으로 빨려 들어가 불길에 의해 조각조각 잘려 깨끗하게 타버리는 모습을 보았다. 그는 동굴 바닥에 앉아 혼자 웃었다. 좋은 생각이 떠올랐다.

그는 도시로 걸어 내려가 오디오 부스로 들어갔다. 그는 교환원을 불렀다. "경찰서를 연결해주세요."

"다시 말씀해주시겠어요?" 교환원이 말했다.

그는 다시 말했다. "법률수호단이요."

"평화통제부를 연결해 드리겠습니다." 마침내 교환원이 말했다.

그의 마음속에서 작은 시계가 돌아가듯 공포가 째깍거리기 시작했다. 만약 교환원이 '경찰서'라는 단어가 시대착오적이라는 사실을 눈치채고 이곳의 오디오 부스 번호를 알아내 누구라도 보내 조사해보게 한다면? 아니다. 그렇게 하지 않을 것이다. 교환원이 왜 의심을 하겠는가? 이 문명에는 편집증이 존재하지 않는다.

"예, 평화통제부요." 그가 말했다.

잡음이 들리고 잠시 후 한 남자의 목소리가 들렸다. "평화통제부의 스티븐입니다."

"살인담당 부서를 바꿔주십시오." 랜트리가 웃으며 말했다.

"뭐라고요?"

"살인사건은 누가 담당합니까?"

"다시 한 번 말씀해주시겠습니까? 무슨 말씀인지 모르겠는데요."

"제가 전화를 잘못 걸었군요." 랜트리는 껄껄 웃으며 전화를 끊었다. 그렇다. 살인담당 부서 같은 것은 존재하지도 않는다. 살인도 없다. 그러므로 형사도 필요 없다. 완벽하다, 완벽해!

오디오가 울렸다. 랜트리는 머뭇거리다가 전화를 받았다.

"여보세요." 수화기 너머 목소리가 말했다. "당신은 누구입니까?"

"전화한 사람은 방금 떠났어요." 랜트리는 말하고 다시 끊었다.

그는 뛰었다. 그들은 랜트리의 목소리를 알아들었을 것이고 어쩌면 누군가를 보내 조사할지도 모른다. 여기 사람들은 거짓말을 하지 않는다. 그는 방금 거짓말을 했다. 그들은 그의 목소리를 알고 있다. 그는 거짓말을 했다. 거짓말을 한 사람은 정신과 의사를 만나야 한다. 그들은 그가 왜 거짓말을 하는지 알아보려고 그를 데리러 올 것이다. 그를 의심할 다른 이유는 없었다. 그러므로 그는 달아나야 한다.

지금부터 몹시 조심스럽게 행동해야 한다. 그는 이 세계의 반듯하고 진실한 도덕에 대해서는 아무것도 몰랐다. 그는 단지 창백해 보이는 것만으로도 의심을 받았다. 밤에 잠을 자지 않는 것만으로도 의심을 받았다. 목욕을 하지 않는 것으로도, 죽은 소의 냄새를 풍기는 것으로도 의심을 받았다. 무엇으로도 의심을 받을 수 있었다.

도서관에 가야 한다. 그러나 그것 역시 위험했다. 오늘날 도서관은 어떤 모습일까? 그곳에는 책이 있을까? 아니면 화면에 책 내용을 띄우는 필름이 있을까? 혹시 집집마다 도서관이 있어서 커다란 공공도서관을 운영할 필요가 없어진 건 아닐까?

그는 운에 맡기기로 했다. 오래된 용어를 사용했다가 또 의심을 받을 수도 있었지만, 그가 다시 나온 이 불쾌한 세계에 대해 배워야 했다. 그는 거리에서 한 남자를 불러 세웠다. "도서관이 어디입니까?"

남자는 놀라지 않았다. "동쪽으로 두 블록, 북쪽으로 한 블록 가세요."

"고맙습니다."

아주 간단했다.

그는 몇 분 후 도서관으로 들어갔다.

"무엇을 도와드릴까요?"

그는 도서관 사서를 바라보았다. 무엇을 도와드릴까요? 무엇을 도와드릴까요? 친절한 사람들의 세상이로군! "에드거 앨런 포를 '구하고' 싶습니다만." 그는 동사를 매우 신중하게 골랐다. '읽고' 싶다는 말은 쓰지 않았다. 책이라는 것 자체가 시대에 뒤떨어진 것이 되었을지 모르니까. 인쇄술 자체가 사라졌을지도 모르니까. 어쩌면 오늘날 '책'이란 완전한 3차원 동영상이 되어 있을지도 모른다. 그런데 소크라테스며 쇼펜하우어, 니체, 프로이트를 어떻게 3차원 동영상으로 만들 수 있단 말인가?

"이름을 다시 말씀해주시겠어요?"

"에드거 앨런 포요."

"우리 파일에는 그런 이름의 작가가 없습니다."

"다시 한 번 확인해주시겠습니까?"

그녀는 확인해보았다. "아, 예. 파일 카드에 붉은색으로 표시되어 있네요. 이 작가는 2265년 대소각기에 불태운 작가 중 하나였어요."

"제가 무지했군요."

"괜찮습니다." 그녀가 말했다. "그 작가에 대해 잘 아시나요?"

"그는 죽음에 관해 흥미롭고도 야만적인 생각을 했죠." 랜트리가 말했다.

"끔찍하군요." 그녀가 코를 찡그리며 말했다. "소름 끼쳐요."

"예. 소름 끼치죠. 사실 가공할 수준이죠. 그의 작품을 태워버렸다니 잘됐네요. 불결하니까요. 그런데 러브크래프트의 작품은 있나요?"

"섹스에 관한 책인가요?"

랜트리는 웃음을 터뜨렸다. "아니, 아닙니다. 사람 이름입니다."

그녀는 파일을 넘겼다. "그도 역시 소각되었네요. 에드거 앨런 포와 함께."

"마켄과 딜레스라는 사람은요? 앰브로즈 비어스라는 사람도 마찬가지인가요?”

“예.” 그녀는 파일 캐비닛을 닫았다. “모두 태웠어요. 속 시원하게 없애버렸죠.” 그녀의 얼굴에 이상하리만큼 따뜻한 관심의 표정이 떠올랐다. “당신은 화성에서 돌아온 지 얼마 안 된 모양이군요?”

“왜 그렇게 생각하십니까?”

“어제도 다른 탐험가가 여기 왔었어요. 그분도 화성에서 돌아온 지 얼마 되지 않는데 초자연적인 문학에 관심을 보이더라고요. 화성에는 진짜 ‘무덤’이 있다면서요?”

“‘무덤’이 뭔가요?” 랜트리는 말을 아끼는 법을 배우고 있었다.

“음, 예전에 사람들을 땅에 묻었던 곳이죠.”

“야만적인 관습이군요. 소름 끼쳐요!”

“그런가요? 그런데 어제 만난 젊은 탐험가는 화성인의 무덤을 보고 호기심이 생긴 모양이더군요. 여기 와서 아까 당신이 말한 작가들의 작품을 찾더라고요. 물론 지금은 단 한 권도 남아 있지 않지요.” 그녀는 랜트리의 창백한 얼굴을 쳐다보았다. “당신도 화성의 로켓맨이었죠?”

“그렇습니다.” 그가 말했다. “그저께 우주선을 타고 돌아왔습니다.”

“어제 만난 청년은 버크였어요.”

“그래요, 버크! 친한 친구죠!”

“도움을 못 드려서 죄송해요. 비타민 주사를 맞고 태양광

램프를 쐬시는 게 좋겠어요. 몹시 피곤해 보여요. 아, 성함이…?"

"랜트리입니다. 저는 괜찮습니다. 걱정해주셔서 감사해요. 다음 핼러윈 이브에 만납시다!"

"똑똑한 분인 줄 알았더니." 그녀가 웃음을 터뜨렸다. "핼러윈 이브가 있다면 날짜를 맞춰보죠."

"하지만 그것도 역시 다 태워버렸겠죠." 그가 말했다.

"몽땅 태워버렸죠." 그녀가 말했다. "안녕히 가세요."

"안녕히." 그리고 그는 밖으로 나갔다.

＊

오오, 그는 이 세계에서 얼마나 조심스럽게 균형을 잡고 있는가! 그는 어둠 속의 자이로스코프처럼 어떤 잡음도 내지 않고 돌아가는 몹시 조용한 사람이었다. 저녁 8시, 거리를 걷다가 그는 주변에 이상하리만큼 조명이 없다는 사실을 깨달았다. 모퉁이마다 보통 가로등이 있었지만, 동네 자체에 조명이 약했다. 이 특별한 인간들은 어둠을 두려워하지 않는 걸까? 말도 안 되는 소리! 누구나 어둠을 무서워한다. 심지어 그도 어렸을 때는 어둠을 무서워했다. 그건 먹는 일만큼이나 자연스러운 현상이다.

어린 소년이 펠트 신발을 신고 달려갔다. 여섯 명의 소년이 뒤를 따라갔다. 아이들은 나뭇잎이 푹신하게 쌓인 어둡고 서늘한 10월의 잔디밭에서 고함을 지르며 굴러댔다. 랜트리는 아이들을 바라보다가 놀이를 멈추고 마치 구멍 뚫린 종이 봉지에 공기를 불어 넣는 것처럼 그 작은 폐로 잠시 숨을 돌리는 어린 소년에게 말을 걸었다.

"얘, 너 그러다 쓰러지겠다." 랜트리가 말했다.

"정말로 쓰러질 것 같아요." 소년이 말했다.

"그런데 여긴 왜 이렇게 가로등이 없는지 말해줄 수 있겠니?"

"왜요?" 소년이 되물었다.

"아, 나는 선생님인데, 네가 얼마나 제대로 알고 있는지 시험해보고 싶구나." 랜트리가 말했다.

"음…, 동네 한가운데는 빛이 필요 없으니까요."

"하지만, 좀 어둡지 않니?"

"그러면 안 돼요?"

"안 무섭니?"

"뭐가요?"

"어둠이."

"하하하." 소년이 웃음을 터뜨렸다. "어둠이 왜 무서워야 해요?"

"그건 말이다." 랜트리가 말했다. "검고 어두우니까. 애초에 가로등을 발명한 것도 어둠과 공포를 몰아내려고 그랬던 거잖아."

"바보 같은 생각이네요. 가로등은 걸을 때 앞이 잘 보이라고 만들었어요."

"내 말은 그게 아니야." 랜트리가 말했다. "한밤중에 아무도 없는 공터 한가운데 앉아 있으면 안 무섭겠니?"

"뭐가요?"

"뭐가요! 뭐가요! 뭐가요! 이 바보 같은 자식! 어둠 말이다!"

"하하하."

"넌 언덕에 올라가 밤새 어둠 속에 있을 수 있어?"

"그럼요."

"혼자 버려진 집에 있을 수 있어?"

"그럼요."

"그래도 무섭지 않아?"

"예."

"거짓말쟁이!"

"저한테 그런 더러운 말 쓰지 마세요!" 소년이 외쳤다. 거짓말쟁이는 부적절한 낱말이었다. 사람한테 쓰면 절대로 안 되는 최악의 단어인 모양이었다.

랜트리는 이 작은 괴물에게 완전히 분노했다.

"여길 보렴." 그가 지시했다. "내 눈을 들여다봐."

소년은 보았다.

랜트리는 살짝 이를 드러냈다. 손을 내밀어 짐승의 발톱 같은 자세를 취했다. 얼굴을 한껏 찌푸리고 짓궂게 노려보며 끔찍하게 무서운 표정을 지어 보였다.

"하하." 소년이 말했다. "아저씨, 웃겨요."

"뭐라고 말했니?"

"웃기다고요. 다시 해보세요. 애들아, 이리 와봐! 이 아저씨가 웃긴 거 한다!"

"됐다."

"다시 해보세요, 아저씨."

"됐어. 됐다고! 잘 가라!" 랜트리는 달아났다.

"아저씨도 잘 가요. 어둠 조심하시고요!" 어린 소년이 외쳤다.

∗

모든 어리석음을 통틀어, 지독하고 고약하고 소름 끼치고 끈적끈적한 모든 어리석음 중에서도, 이런 것은 난생처음 보았다! 단 1그램의 상상력도 없이 아이들을 키우다니! 상상하지 않는 아이가 무슨 재미로 산단 말인가!

그는 달리기를 멈췄다. 속도를 늦추고 처음으로 자신을 살펴보기 시작했다. 손으로 얼굴을 쓸어보고 손가락을 깨물어보고 자신이 동네 한가운데 서 있다는 것을 깨닫고 불편함을 느꼈다. 그는 가로등이 반짝이는 거리 모퉁이로 올라갔다. "한결 낫군." 그는 따뜻한 모닥불을 쬐는 사람처럼 양손을 앞으로 내밀었다.

그는 귀를 기울여보았다. 귀뚜라미 소리 말고는 아무 소리도 들리지 않았다. 잠시 후 로켓이 하늘을 휩쓸고 지나가며 불을 내뿜는 소리가 들렸다. 검은 하늘 위로 횃불을 휘두르는 듯

한 소리였다.

그는 자신을 향해 귀를 기울여봤다. 그리고 처음으로 자신에게 무척 특이한 점이 있다는 걸 깨달았다. 그에게는 소리가 나지 않았다. 작은 콧구멍과 폐에서 나는 숨소리가 없었다. 그의 폐는 산소를 마시지도 이산화탄소를 내뿜지도 않았다. 폐가 움직이지 않았다. 콧구멍 속 털도 따뜻한 공기를 걸러내느라 떨지 않았다. 그의 코에는 호흡이 일으키는 희미하게 떨리는 소리가 나지 않았다. 이상했다. 우스웠다. 살아 있을 때는 한 번도 들어본 적이 없는 소리, 자신의 몸을 채우는 숨소리, 그러나 일단 죽으면 그 소리를 잃게 된다!

자신의 숨소리를 들었던 유일한 순간은 한밤중 꿈도 없이 깊은 잠에 빠졌다가 깨어났을 때, 가장 먼저 코가 공기를 들이마셨다가 가만히 내쉬고 다음으로 관자놀이에, 귀 고막에, 목구멍에 욱신거리는 손목에, 따뜻한 허리에, 가슴에 피가 붉은 천둥처럼 깊고 희미하게 울리는 소리를 들었을 때였다. 그 작은 리듬이 모두 사라졌다. 손목에서 뛰는 맥박은 사라졌고 목구멍의 맥박도, 가슴의 진동도 모두 사라졌다. 피가 온몸을 돌고 돌아 위아래로 움직이고 돌아다니며 관통하는 소리도 사라졌다. 이제는 조각상에 귀를 기울이는 것과 같았다.

그러나 그는 살아 있었다. 어쨌든 이리저리 움직였다. 어떻게 이런 일이 가능한지 과학적으로 설명하거나 가설을 세울 수 있을까?

이유는 한 가지, 오직 한 가지다.

증오 때문이다.

증오가 피처럼 그의 몸속을 흐르고 있다. 증오는 온몸을 돌고 돌아 위아래로 움직이고 돌아다닌다. 증오는 뛰지는 않지만, 그의 몸속에 따뜻하게 실재하는 심장이었다. 그는… 무엇일까? 분개다. 질투다. 사람들은 그가 영원히 묘지의 관 속에 누워 있을 거라고 생각했다. 그도 그러기를 바랐었다. 한 번도 관에서 일어나 돌아다니고 싶은 욕망을 품어본 적이 없었다. 수백 년 동안 깊은 관 속에 누워 느끼는 것만으로 충분했다. 다만, 땅속을 기어 다니는 오만가지 곤충 파수꾼과 깊은 생각처럼 땅에 묻힌 벌레들의 움직임까지 느끼고 싶지는 않았다.

그런데 언제부턴가 사람들이 찾아와 말했다. "이제 그만 밖으로 나와 소각로로 들어가시지!" 그것은 사람에게 할 수 있는 최악의 말이었다. 그에게 이래라저래라 해서는 안 되는 것이었다. 만약 그에게 '당신은 죽었어'라고 말한다면 그는 죽어 있지 않기를 바랄 것이다. 뱀파이어 같은 것은 없다고 말하면 그는 악의를 품고 뱀파이어가 되려고 노력할 것이다. 죽은 자는 걸을 수 없다고 말하면 자기 팔다리로 시험해볼 것이다. 살인은 더 이상 존재하지 않는다고 말하면 살인을 저지를 것이다. 그는 모든 불가능한 것들의 총합이었다. 사람들은 실천과 무지로써 그를 낳았다. 아, 그들은 완전히 틀렸다. 그들은 제대로 알았어야 했다. 이제 그가 똑똑히 보여줄 것이다! 사람들은 태양이 좋으면 밤도 좋은 것이라고, 어둠에는 아무런 문제가 없다고 말했다.

어둠은 공포야. 그는 작은 집들을 향해 말없이 외쳤다. 어둠은 대조를 위해 존재한다고. 마땅히 두려워해야지! 이 세계는 언제나 이런 식이었다. 에드거 앨런 포를, 거창한 말을 멋들어지게 써낸 러브크래프트를 파괴하고, 핼러윈 가면을 태워버리고, 호박등을 없애버렸지! 내가 밤을 예전 모습으로 되돌려놓겠어. 사람들이 도시를 등불로 환하게 밝힐 수밖에 없었던 시절의 모습으로. 아이들이 어둠을 두려워할 수밖에 없었던 시절로.

낮게 날던 로켓이 그에게 대답이라도 하듯 긴 불꽃 깃털을 경쾌하게 남기고 지나갔다. 랜트리는 움찔하며 뒷걸음질 쳤다.

IV

사이언스 포트라는 작은 마을은 겨우 16킬로미터 떨어져 있었다. 그는 밤새 걸어 새벽녘에 도착했다. 그러나 이것도 좋은 생각은 아니었다. 새벽 4시, 은색 딱정벌레 차가 도로를 달리다가 그의 옆에 멈춰 섰다.

"안녕하십니까?" 안에 탄 남자가 불렀다.

"안녕하십니까." 랜트리가 지친 기색으로 말했다.

"왜 걷고 계십니까?" 남자가 물었다.

"사이언스 포트로 가는 길입니다."

"왜 차를 타지 않고요?"

"나는 걷는 게 좋아요."

"걷는 걸 좋아하는 사람은 없습니다. 어디 아프십니까? 태워 드릴까요?"

"고맙지만 나는 걷는 게 좋습니다."

남자는 머뭇거리다가 딱정벌레 차 문을 닫았다. "안녕히 가십시오."

자동차가 언덕 너머로 사라지자 랜트리는 가까운 숲으로 들어갔다. 이 세계는 서투르게 도움을 주려는 사람들로 가득하다. 세상에, 심지어 아프냐는 의심을 받지 않고서는 걸어다닐 수조차 없다. 이는 오직 한 가지를 의미했다. 더는 걸어서는 안 된다. 차를 타야 한다. 아까 그 친구의 제안을 받아들였어야 했다.

동이 트기 전에 그는 고속도로에서 최대한 멀리 떨어져서 걸었다. 딱정벌레 차가 지나가면 얼른 덤불 아래로 숨을 생각이었다. 동이 틀 무렵 그는 마른 배수로로 기어들어가 눈을 감았다.

＊

꿈은 눈의 결정처럼 완벽했다.

그가 수백 년 동안 무르익은 과일처럼 깊이 묻혀 누워 있던 묘지가 보였다. 이른 아침 일꾼들이 일을 마무리하러 돌아오는 소리가 들렸다.

"삽 좀 건네줘, 짐."

"자, 여기."

"어? 잠깐!"

"왜 그래?"

"여길 봐. 어제저녁 이 무덤은 마무리를 짓지 못했잖아."

"그랬지."

"여길 봐. 관이 열렸어!"

"다른 구덩이랑 착각한 거 아냐?"

"묘비에 이름이 뭐라고 되어 있어?"

"랜트리. 윌리엄 랜트리."

"맞아. 그 사람이야! 그런데 사라졌어!"

"어떻게 이런 일이!"

"난들 알겠어? 어제저녁에는 분명히 여기 시체가 있었어."

"확실하지는 않지. 직접 보지는 않았으니까."

"이봐, 누가 빈 관을 묻었겠어? 그 사람은 분명히 여기 관 속에 있었어. 지금은 없지만."

"어쩌면 이 관은 처음부터 비어 있었던 걸지도 몰라."

"말도 안 돼. 그 냄새 기억 안 나? 그는 여기 있었어."

잠깐 침묵.

"시체를 가져갈 사람은 없을 거야, 그렇지?"

"뭣 때문에 그런 짓을 하겠어?"

"호기심 때문에 그럴 수도 있지."

"말도 안 되는 소리 하지 마. 훔치는 사람은 없어. 아무도 훔치지 않아."

"그렇다면, 답은 하나뿐이군."

"뭔데?"

"그 사람이 벌떡 일어나 가버린 거지."

침묵. 어두운 꿈속에서도 랜트리는 일꾼들이 웃음을 터뜨릴 거라고 생각했다. 그러나 웃음소리는 들리지 않았다. 대신 신중한 침묵 끝에 한 일꾼의 목소리가 들렸다. "그래, 바로 그거야. 그는 벌떡 일어나서 가버렸어."

"정말 흥미롭군." 다른 일꾼이 말했다.

"그렇지?"

침묵.

∗

랜트리는 잠에서 깨어났다. 몹시 현실적인 꿈이었다. 두 일꾼이 얼마나 이상하게 굴던지. 그러나 부자연스럽지는 않았다. 정말로 미래 사람들이 나눌 법한 이야기였다. 미래 사람들이라니. 랜트리는 쓴웃음을 웃었다. 미래 사람들이라는 말 자체가 시대착오적이었다. 미래란 바로 여기다. 지금 여기서 일어나는 일이다. 지금으로부터 3백 년 전이 아니다. 과거도 아니고 다른 시대도 아니고 바로 지금이다. 지금은 20세기가 아니다. 꿈속의 두 남자는 얼마나 차분하게 이야기를 나누던지.

"그는 벌떡 일어나서 가버렸어." "정말 흥미롭군." "그렇지?" 목소리에 한점 떨림도 없었다. 그들은 어깨너머를 흘낏 보지도 않았고 삽을 든 손을 떨지도 않았다. 물론 완벽하게 솔직하고 논리적인 그들의 마음으로는 단 한 가지 설명밖에 할 수 없었다. 아무도 시체를 훔치지 않았다. "아무도 훔치지 않아." 그렇다면 시체가 벌떡 일어나 가버렸을밖에. 시체를 움직일 수 있는 유일한 존재는 바로 시체였다. 일꾼들이 느긋하게 나누는 일상적인 대화를 통해 랜트리는 그들이 어떻게 생각하는지 알 수 있었다. 이곳에 수백 년 동안 정말로 죽지는 않았지만 한동안 움직이지 않는 남자가 누워 있었다. 그런데 주변이 파헤쳐지고 흔들리는 바람에 남자는 되돌아왔다.

진흙이나 얼음 덩어리 속에 산 채로, 오오, 산 채로 수백 년을 갇혀 있는 작은 초록두꺼비 이야기를 들어봤을 것이다. 과학자들이 덩어리를 자르고 조약돌을 쥐듯 손에 넣고 따뜻하게 해주었더니 작은 두꺼비가 살아나 펄쩍 뛰어오르고 눈을 끔벅였다. 그러니 묘지 일꾼들도 윌리엄 랜트리에 대해 그렇게 생각하는 게 논리에 맞았다.

그런데 하루 정도가 지나 다양한 퍼즐 조각이 전부 하나로 맞춰지면 어쩌지? 사라진 시체와 폭발사고로 산산조각이 나버린 소각로가 하나로 연결된다면? 화성에서 막 돌아와 낯빛이 하얗다는 버크라는 친구가 다시 도서관에 찾아가 젊은 여자 사서에게 책을 찾아달라고 했는데, 사서가 "아, 당신 친구 랜트리도 엊그제 여기 왔었어요."라고 말하면? 그런데 버크가 "랜트리요? 모르는 사람인데요."라고 대답해버리면? 그래서 사서가 "어머, 그 사람이 거짓말을 했군요."라고 한다면? 이 시대 사람들은 거짓말을 하지 않는다. 그렇게 모든 조각이 하나하나 맞춰지고 하나로 간추려질 것이다. 사람들이 더 이상 거짓말을 하지 않는 세상에서 창백해서는 안 되는데 창백한 남자가 거짓말을 했고, 사람들이 더 이상 걷지 않는 시대에 외딴 시골길을 걷는 남자를 발견했으며, 묘지에서 시체가 하나 사라졌고, 소각로가 폭발했다면….

사람들이 그를 찾아다닐 것이다. 그리고 그를 발견할 것이다. 그는 쉽게 발견될 것이다. 그는 걸어 다니니까. 그는 거짓말을 하니까. 그는 창백하니까. 사람들은 그를 찾아내 가장 가까운 소각로로 데려가 잠금장치 안으로 밀어 넣을 것이고 그는 유명한 독립기념일 상징처럼 누구나 아는 '여러분의 윌리엄 랜트리'가 될 것이다!

효율적이고도 완벽한 대응방식은 오직 한 가지뿐이었다. 그는 분연히 떨쳐 일어났다. 굳게 다문 입술, 이글거리는 검은 눈동자, 온몸이 떨리며 화르르 불타올랐다. 죽여야 한다. 죽이고, 죽이고, 또 죽여야 한다. 적을 친구로 만들어야 한다. 걸어서는 안 되는 세상을 걷는 자, 붉은 땅에서 창백한 자를 만들어내야 한다. 모든 소각로를, 굴뚝을, 아궁이를 파괴해야 한다. 폭발시키고 또 폭발시켜야 한다. 죽음 다음 또 죽음이 이어질 것이다. 모든 소각로가 무너지고 서둘러 만든 시체안치소까지 폭발사고로 죽은 이들의 시체로 가득 차면 그는 친구를 만들기 시작할 것이다.

사람들이 쫓아와 그를 발견하고 죽이기 전에, 그가 먼저 그들을 죽여야 한다. 그때까지 그는 안전할 것이다. 그는 죽일 수 있지만 그들은 그를 죽일 수 없을 것이다. 여기 사람들은 죽이러 돌아다니지 않는다. 그래서 그는 안전할 것이다. 그는 버려진 배수로에서 나와 도로 위에 섰다.

랜트리는 주머니에서 칼을 꺼낸 다음, 지나가는 딱정벌레 차를 불러 세웠다.

*

독립기념일 같았다! 세상에서 가장 큰 폭죽이 터졌다. 사이언스 포트의 소각로는 한가운데가 동강 나며 파편이 멀리 튀었다. 곧 수천 번의 작은 폭발이 뒤를 이었고 마침내 더욱 큰 폭발로 끝이 났다. 파편이 도시를 덮쳐 집을 부수고 나무를 태웠다. 사람들은 잠에서 깨어났다가 곧 다시 잠들었다. 영원한 잠이었다.

윌리엄 랜트리는 자기 것도 아닌 딱정벌레 차를 타고 라디오 다이얼을 돌려 한 뉴스채널에 맞추었다. 소각로 폭발로 약 4백 명이 죽었다. 많은 이들이 무너진 집 안에 갇혔고 날아온 금속 파편에 맞은 사람도 있었다. 임시 시체안치소가 급히 만들어졌다.

뉴스에서 주소 하나가 흘러나왔다.

랜트리는 수첩과 연필로 주소를 받아적었다.

이런 식으로 도시에서 도시로 시골에서 시골로 이동하면서 불의 기둥 소각로를 무너뜨리며 계속 갈 수 있을 것이다. 불꽃과 소각으로 이루어진 거대한 청결의 구조물이 완전히 몰락할 때까지. 그는 견적을 내보았다. 소각로가 한 번 폭발할 때마다 평균 5백 명이 죽었다. 이런 식이라면 곧 수십만 명도 죽일 수 있을 것이다.

그는 딱정벌레 차 바닥에 있는 버튼을 누르고 웃으며 어두운 도시를 지나갔다.

＊

도시의 낡은 창고가 임시 시체안치소가 되었다. 자정부터 새벽 4시까지 회색 딱정벌레차들이 비로 번들거리는 도로를 내달려 시체들을 날라왔고, 흰색 천으로 덮인 시체는 차가운 콘크리트 바닥에 눕혀졌다. 오전 4시 30분쯤 되자 끊임없이 몰려오던 시체의 행렬도 잠시 주춤했다. 이곳엔 희고 차가운 시체가 약 200구가량 있었다.

시체들은 홀로 남았다. 아무도 시체를 돌보지 않았다. 죽은 자를 돌볼 이유는 없었다. 쓸모없는 절차였다. 죽은 자는 알아서 처리되었다.

오전 5시 무렵, 동이 트려는 기미가 보이자 첫 번째 가족이 도착해 아들이나 아버지, 어머니, 삼촌의 신원을 확인했다.

사람들은 서둘러 창고로 들어가 시신을 확인하고 재빨리 밖으로 나갔다. 6시, 동쪽 하늘이 조금 더 밝아졌을 때 가족 무리도 역시 썰물처럼 빠져나갔다.

윌리엄 랜트리는 비에 젖은 넓은 도로를 가로질러 창고로 들어갔다.

그는 한 손에 파란색 분필 한 조각을 쥐고 있었다.

그는 입구에 서서 두 사람에게 뭐라고 말하는 검시관 쪽으로 다가갔다. "시체들은 내일 멜린 타운 소각로로 옮기고 또…." 목소리가 희미해졌다.

랜트리는 움직였다. 발이 차가운 콘크리트에 닿아 희미하게 울렸다. 수의로 덮인 시신들 사이를 걷다 보니 근거 없는 안도감이 몰려왔다. 그도 한때는 시신들 사이에 있었다. 지금은 그 시절보다 훨씬 낫다! 이것들을 만들어낸 것은 바로 그였으니까! 그가 이들을 죽게 했으니까! 그는 가로누워 움직이지 않는 친구들을 수없이 만들어냈다!

혹시 검시관이 보고 있지는 않을까? 랜트리는 고개를 돌렸다. 아니다. 창고 안은 고요했고 아직 어두운 새벽의 그늘 속에 잠겨 있었다. 검시관은 두 사람의 조수와 함께 창고 밖으로 나가 길을 건넜다. 딱정벌레 차 한 대가 길 건너편에 멈춰 섰고 검시관은 차에 탄 사람과 이야기를 나누었다.

윌리엄 랜트리는 파란색 분필로 시체마다 옆 바닥에 별 표시를 그렸다. 소리 하나 내지 않고 눈도 깜박이지 않고 신속하게 움직였다. 몇 분 후 흘낏 위를 쳐다보니 검시관은 여전히 다른 일에 신경을 쓰고 있었다. 랜트리는 100구가 넘는 시신 옆에 분필로 별을 그렸다. 마침내 그는 허리를 펴고 분필을 주머니에 넣었다.

모든 선한 자들이여, 어서 와 우리 편이 되시라, 모든 선한 자들이여, 어서 와 우리 편이 되시라, 모든 선한 자들이여, 어서 와 우리 편이 되시라, 모든 선한 자들이여….

수백 년간 땅속에 누워 지나가는 사람들과 지나가는 시간을 생각했던 나날이 깊숙한 스펀지에 흡수되듯 천천히 그에게 스며들었다. 얄궂게도 검은 타자기가 그가 지닌 죽음의 기억에서 관련 문장을 끄집어내 반복적으로 찍어낸다.

모든 선한 자들이여, 모든 선한 자들이여, 어서 와 우리 편이 되시라….

윌리엄 랜트리.

다른 문장도 찍어낸다.

일어나라, 내 아들아, 나와 함께 가자….

날쌘 갈색 여우가 게으른 개를 뛰어넘는다…. 이 문장을 살짝 바꿔보자. 날쌘 무덤에서 일어난 시체가 무너진 소각로를 뛰어넘는다….

나사로여, 무덤에서 나오라….

그는 뭐라고 말해야 할지 알았다. 수백 년 동안 써왔던 그 말을 입 밖에 내기만 하면 된다. 올바른 손짓을 하고 그 말을 하기만 하면 된다. 이 시체들이 덜덜 떨며 일어나 걷게 할 어둠의 주문을!

그들이 몸을 일으키면 그는 그들을 데리고 도시로 나갈 것이고 만나는 사람들을 죽일 것이며, 그 사람들도 다시 일어나 걸을 것이다. 하루가 끝나갈 무렵이면 그와 함께 걷는 선한 친구들이 수천 명은 될 것이다. 이 시대, 이런 날 이런 시각에 살아 있는 순진한 사람들은 전혀 준비되어 있지 않을 것이다. 그들은 이런 식의 전쟁은 전혀 예상하지 못했기 때문에 속절없이 패배하고 말 것이다. 이런 일이 가능하다는 것을 믿지도 않을 것이다. 이렇게 비논리적인 일이 일어날 수 있다는 것을 믿게 될 무렵이면 이미 모든 게 끝나 있을 것이다.

그는 양손을 들어 올렸다. 입술을 달싹이며 주문을 외웠다. 속삭임으로 시작해 점점 목소리를 높였다. 어둠의 주문을 몇 번이고 반복해 외웠다. 눈을 질끈 감았다. 몸을 좌우로 흔들었다. 주문은 점점 빨라졌다. 그는 시체들 사이를 오갔다. 어둠의 말이 그의 입에서 흘러나왔다. 그는 자신의 주문에 스스로 매혹되었다. 허리를 숙이고 오래전 죽은 마법사들이 했던 대로 확신에 차 웃으며 콘크리트 위에 파란색 상징을 더 많이 그렸다. 이제 곧 차가운 시체 사이에서 벌떡 몸을 일으킬 자들이 나올 것이다!

그는 양손을 높이 쳐들었다. 고개를 끄덕였다. 말하고, 말하고, 또 말했다. 몸을 움직였다. 긴장으로 바짝 굳어, 이글거리는 눈빛으로, 시체들을 향해 큰 소리로 말했다. "지금이다!" 그는 격렬하게 외쳤다. "모두 일어나라!"

아무 일도 일어나지 않았다.

"일어나라!" 그는 끔찍한 고통을 담아 소리쳤다.

말 없는 시체들을 덮은 수의가 희푸르게 그늘진 윤곽을 그리고 있었다.

"내 말을 들어라! 행동하라!" 그는 외쳤다.

저 멀리 거리에 딱정벌레 차 한 대가 쉭쉭 소리를 내며 지나갔다.

다시, 또다시, 몇 번이고 외치고 간청했다. 시체마다 돌아다니며 옆에 주저앉아 격렬하게 애원했다. 그러나 응답이 없었다. 그는 반듯하게 그어진 흰색 줄 사이를 성큼성큼 걸어 다니며 두 팔을 휘젓고, 몇 번이고 허리를 숙여 바닥에 파란색 상징을 그렸다.

랜트리의 얼굴이 하얗게 질렸다. 그는 혀로 입술을 축였다. "제발 일어나." 그는 말했다. "천 년이나 해왔잖아. 이렇게 표시를 하고! 이렇게 주문을 외우면! 반드시 일어났잖아! 그런데 왜 지금은 안 되는 거야? 너희는 왜 안 일어나느냐고! 제발, 제발, 누가 오기 전에 얼른 일어나!"

창고가 그늘 속으로 들어갔다. 창고 안은 강철 대들보가 가로와 세로로 짜여 있었다. 창고 지붕 밑에는 고함을 질러대는 외로운 남자 말고는 아무 소리도 들리지 않았다.

랜트리는 멈추었다.

창고의 널찍한 문을 통해 차가운 아침의 마지막 별이 얼핏 보였다.

2349년이었다.

그의 눈빛은 차갑게 식었고 양손도 아래로 툭 떨어졌다. 그는 움직이지 않았다.

✳

오래전 사람들은 집 주변에 바람 소리가 들려오면 흠칫 몸을 떨면서 십자가와 투구꽃을 붙잡았고, 걸어 다니는 시체와 박쥐, 성큼성큼 달리는 흰 늑대의 존재를 믿었다. 그들이 믿는 동안은 걸어 다니는 시체도 박쥐도 성큼성큼 달리는 흰 늑대도 오래도록 존재했다. 마음이 현실을 낳았다.

그러나….

그는 흰색 수의로 덮인 시체들을 바라보았다.

이자들은 믿지 않았다.

그들은 전혀 믿지 않았다. 절대로 믿지 않을 것이다. 그들은 죽은 자가 걸어 다닐 거라고는 상상도 하지 못했다. 이곳에서 죽은 자는 불 속으로 들어가 굴뚝 위로 사라졌다. 그들은 미신에 대해 들어본 적도 없고 어둠 속에서 몸을 떨거나 흠칫 소스라치거나 의심조차 하지 않았다. 걸어 다니는 시체는 논리에 맞지 않으므로 존재할 수도 없었다. 지금은 2349년이니까!

그러므로 이자들은 일어날 수도 다시 걸을 수도 없다. 이들은 죽어서 납작해졌고 싸늘하게 식어버렸다. 분필도 저주의 말도 미신도, 그 어떤 것도 이들을 다시 일으켜 세워 걷게 할 수는 없었다. 이들은 죽었고, 스스로 죽었다는 것을 알고 있었다!

그는 혼자였다.

이 세계의 산 사람들은 움직이고, 딱정벌레 차를 몰고, 조명이 거의 없는 시골 길가의 어두운 술집에서 조용히 술을 마시고, 여자들과 입을 맞추고, 매일 온종일 좋은 말만 하고 또 한다.

그러나 그는 살아 있지 않다.

몸을 비비자 인색하게나마 온기가 느껴졌다.

이곳 창고에는 200구의 죽은 자들이 차가운 바닥에 누워 있었다. 백 년 만에 처음으로 죽은 자들을 한 시간 남짓 시체 상태로 놔두었다. 처음으로 소각로로 즉시 운반되어 다량의 인으로 불타지 않아도 되었다.

그 역시 그들 사이에 누워 있다면 행복할 것 같았다.

그러나 그러지 못했다.

그들은 완전하게 죽었다. 일단 심장이 멈춰버리면 다시 일어나 걷는 일은 알지도 못했고 믿지도 않았다. 그들은 그 어느 때보다 완전하게 죽어 있었다.

그는 철저히 혼자였다. 누구보다도 혼자였다. 쓸쓸한 냉기가 가슴으로 파고들어 조용히 그의 목을 졸랐다.

윌리엄 랜트리는 불쑥 몸을 돌렸다가 숨이 멎을 만큼 놀랐다.

어느새 누군가 창고에 들어와 있었다. 흰 머리에 연한 황

갈색 가죽 코트를 입고 모자는 쓰지 않은 키 큰 남자였다. 남자는 아무 말도 하지 않고 언제부터 근처에 와 있었던 걸까?

더는 여기 머무를 이유가 없었다. 랜트리는 몸을 돌려 천천히 걷기 시작했다. 지나가며 흘깃 남자를 보았고 백발의 남자도 호기심 어린 표정으로 랜트리를 보았다. 혹시 그는 저주의 말과 애원과 고함을 들었을까? 랜트리를 의심했을까? 그는 걸음을 늦추었다. 남자는 랜트리가 파란색 분필로 바닥에 별을 그리는 모습을 봤을까? 남자도 그 표식을 보고 고대 미신의 상징으로 해석할까? 아마 아닐 것이다.

창고 문에 도착해 랜트리는 걸음을 멈추었다. 잠시 그는 아무것도 하지 않고 정말로 다시 죽어 차가운 몸으로 바닥에 누워 있다가 조용히 거리로 실려 나가 어느 먼 곳의 소각로로 운반되어 급히 재와 속삭이는 불길로 사라지고만 싶었다. 정말로 이 세계에 그 혼자이고 그의 편으로 군대를 모을 기회가 없다면 이런 일을 계속할 이유가 있을까? 계속 사람을 죽이고 다닐 필요가 있을까? 그렇다. 그는 몇천 명은 더 죽일 것이다. 그 정도로도 충분하지 않았다. 다만 그들에게 붙잡혀 끌려가기 전에 그 정도는 할 수 있을 것이다.

그는 서늘한 하늘을 올려다보았다.

로켓이 불꼬리를 남기며 검은 하늘을 가로지르고 있었다.

수많은 별 속에서 화성이 붉게 타올랐다.

화성. 도서관. 도서관 사서. 돌아온 로켓맨. 무덤.

랜트리는 하마터면 고함을 지를 뻔했다. 그는 당장 하늘로 손을 뻗어 화성을 만져보고 싶은 마음을 꾹 눌러 참았다. 저 하늘의 사랑스러운 붉은 별이여. 화성이 그에게 갑작스럽게 새로운 희망을 안겨주었다. 만약 그의 심장이 살아 있다면, 그 심장은 거칠게 고동쳤을 것이고 땀이 솟구쳤을 것이며 맥박이 망치질하듯 쿵쿵 뛰고 눈에는 눈물이 차올랐을 것이다!

로켓이 우주를 향해 출발하는 곳으로 가겠다. 거기서 편도로 화성에 갈 것이다. 화성의 무덤에 갈 것이다. 그곳에는 시체들이 있을 것이고, 그가 마지막 남은 증오를 내걸면 그곳의 시체들은 벌떡 일어나 그와 함께 걸을 것이다! 도서관 사서의 말이 사실이라면 화성에는 지구와 상당히 다른, 고대 이집트에서 일반적이었던 문화가 남아 있을 것이다. 고대 이집트의 문화라면 어둠의 미신과 한밤의 공포가 어우러진 도가니였다. 화성도 마찬가지일 것이다. 아아, 아름다운 화성이여!

이제 그는 관심을 끌 만한 짓을 해서는 안 된다. 조심스럽게 움직여야 한다. 그는 정말로 달아나고 싶었다. 그러나 달음박질이야말로 그에게는 최악의 행동이 될 것이다. 백발의 남자가 입구에 서서 간간이 랜트리를 흘끔거리고 있었다. 주변에 사람이 너무 많았다. 무슨 일이라도 생기면 그는 수적으로 열세다. 지금껏 한 번에 한 사람씩만 처리해왔다.

랜트리는 억지로 걸음을 멈추고 창고 앞 계단에 섰다. 백발 남자도 계단으로 와 서서 하늘을 올려다보았다. 금방이라도 말을 걸 것만 같은 모습이었다. 남자가 주머니를 뒤져 담배를 꺼냈다.

V

키가 크고 얼굴이 분홍빛인 백발 남자와 주머니에 양손을 찔러넣은 랜트리가 함께 시체안치소 앞에 서 있었다. 조개 모양의 하얀 달이 높이 떠서 이곳 창고 건물과 저쪽의 도로와 저 멀리 강물까지 드문드문 하얗게 비춰주는 서늘한 밤이었다.

"담배 한 대 피우겠습니까?" 백발 남자가 랜트리에게 담배를 하나 건넸다.

"고맙습니다."

두 사람은 함께 담뱃불을 붙였다. 남자가 랜트리의 입가를 흘끗 보았다. "서늘한 밤이로군요."

"서늘하네요."

두 사람은 발의 자세를 고쳐 섰다. "끔찍한 사건이었어요."

"예, 끔찍했지요."

"너무 많은 사람이 죽었습니다."

"너무 많이 죽었어요."

랜트리는 저울 위에 올라간 섬세한 무게추가 된 것 같았다. 상대방은 그를 보는 것 같지는 않았지만 그를 향해 귀를 기울이고 촉각을 곤두세우고 있었다. 아슬아슬하게 균형을 이루는 분위기에는 팽팽한 긴장감과 불편함이 서려 있었다. 그는 이 묵직한 긴장감에서 벗어나 도망가고 싶었다. 그때 키가 큰 백발 남자가 말했다. "맥클루어라고 합니다."

"안에 친구라도 있습니까?" 랜트리가 물었다.

"친구는 아니고 그냥 아는 사람입니다. 정말 끔찍한 사고였어요."

"끔찍했지요."

두 사람은 서로 머뭇거렸다. 딱정벌레 차 한 대가 열일곱 개나 되는 바퀴를 굴리며 조용히 도로를 지나갔다. 달이 어두운 언덕 너머 멀리 있는 작은 마을을 어렴풋이 비추었다.

"저기." 맥클루어가 말했다.

"예."

"질문에 대답해주겠습니까?"

"기꺼이." 랜트리는 외투 주머니에 있는 칼을 풀고 준비를 했다.

"당신이 랜트리인가요?" 드디어 남자가 물었다.

"그렇습니다."

"윌리엄 랜트리?"

"예."

"그저께 살렘 시 묘지에서 나온 남자가 맞습니까?"

"예."

"오, 세상에! 정말 반갑습니다, 랜트리! 우린 지난 24시간 동안 당신을 백방으로 찾아다녔어요."

남자가 그의 손을 꼭 잡고 위아래로 흔들며 등을 두드렸다.

"왜, 왜 그러십니까?" 랜트리가 물었다.

"도대체 왜 달아났습니까? 이게 어떤 일인지 알기나 합니까? 우린 정말 당신과 많은 이야기를 나누고 싶어요!"

맥클루어는 활짝 웃고 있었다. 그는 또 한 번 악수하고 또 한 번 등을 두드렸다. "당신일 줄 알았다니까요!"

랜트리는 남자가 미쳤다고 생각했다. 완전히 미쳤다. 지금껏 소각로를 무너뜨렸고 사람들을 죽였는데 반갑게 내 손을 잡고 흔들고 있다니. 미쳐도 단단히 미쳤군!

"나와 함께 회관으로 갑시다!" 남자가 그의 팔을 잡으며 말했다.

"무, 무슨 회관이요?" 랜트리는 뒷걸음질을 쳤다.

"당연히 과학회관이지 어디겠어요? 우린 매년 가사상태의 실제 경우를 수집해왔어요. 물론 작은 동물들이었지요. 그런데 사람이라니! 어서 나와 같이 갑시다."

"이게 무슨 짓입니까?" 랜트리는 남자를 노려보며 버럭 화를 냈다. "도대체 무슨 소리를 하는 겁니까?"

"오오, 친애하는 친구여, 왜 그러십니까?" 남자는 깜짝 놀랐다.

"아, 신경 쓰지 마십시오. 나를 만나고 싶어 했던 이유가 정말로 그것뿐입니까?"

"다른 이유가 또 뭐가 있겠습니까, 랜트리 씨? 이렇게 당신을 찾아서 얼마나 기쁜지 몰라요." 그는 춤이라도 출 것처럼 들떠 있었다. "처음 여기 와서 당신을 봤을 때부터 의심스러웠답니다. 무엇보다 당신 얼굴이 몹시 창백했으니까요. 게다가 담배를 피우는 모양새도 어딘가 이상하더군요. 그 밖에 많은 점이 특이해 보였어요. 그러니 당신일 수밖에 없지! 바로 당신!"

"예, 접니다. 윌리엄 랜트리." 건조하게 대꾸했다.

"친구여! 나랑 함께 갑시다!"

＊

딱정벌레 차가 날렵하게 새벽 거리를 달렸다. 맥클루어는 빠른 속도로 말을 쏟아냈다.

랜트리는 옆에 앉아 그의 말을 듣다가 아연실색했다. 바보 같은 맥클루어는 성실하게 제 할 일을 하고 있을 뿐이었다! 어리석기 짝이 없는 이 과학자 나부랭이는 그를 수상한 짐짝이나 살인마로 보지 않았다. 절대 아니었다! 오히려 정반대였다. 그는 오직 가사상태의 실제 경우로서만 랜트리를 대했다. 랜트리가 위험한 사람이라는 생각은 전혀 하지 못했다. 전혀!

"당연히 당신은 어디로 가야 좋을지, 누구에게 의지해야 할지 몰랐겠지요. 스스로도 완전히 믿기 어려운 일이었을 테니까." 맥클루어가 씩 웃으며 큰 소리로 말했다.

"그랬습니다."

"왠지 오늘 밤 시체안치소에 당신이 올 것 같았어요." 맥클루어가 흡족하게 말했다.

"그랬습니까?" 랜트리의 몸이 굳었다.

"왜 그런지는 설명할 수 없었지만, 왠지 그럴 것 같더군요. 그런데 당신을 무엇으로 분류해야 좋을지 모르겠군요. 고대 미국인? 당신네는 죽음에 관해 아주 우스꽝스러운 생각을 품

었었지요. 당신은 꽤 오랫동안 죽은 자들 사이에 있었으니까 어쩐지 시체안치소로 끌리지 않을까 생각했어요. 별로 논리적인 생각은 아닙니다. 사실 바보 같은 생각이지요. 그냥 그런 느낌이 들었어요. 나는 원래 느낌을 몹시 싫어하지만, 그런 게 있더라고요. 당신네는 이런 걸 직감이라고 하지 않았나요?"

"뭐, 그랬지요."

"그런데 당신이 정말로 거기 있었어요!"

"거기 있었죠." 랜트리가 말했다.

"배가 고프진 않습니까?"

"먹었습니다."

"그동안 어떻게 돌아다녔어요?"

"히치하이크를 했습니다."

"뭘 했다고요?"

"도로에서 사람들에게 태워달라고 했습니다."

"대단하군요."

"예, 그렇게 보일 겁니다." 그는 지나치는 집들을 보았다. "지금은 우주여행의 시대입니까?"

"아, 화성에 오간 지 40년 정도 되었습니다."

"놀랍군요. 그런데 도시마다 한복판에 솟은 저 커다란 굴뚝 같은 탑은 뭡니까?"

"못 들어봤습니까? 소각로라는 겁니다. 아, 당연히 당신이 살던 시대에는 저런 게 없었겠군요. 당신네는 참 운이 없었죠. 48시간 이내에 살렘 시와 이곳에서 소각로 폭발사고가 연

달아 일어났습니다. 그런데 좀 전에 하려던 말이 뭐였지요?"

"별거 아닙니다. 관 밖으로 나오다니 제가 참 운이 좋은 사람이라는 생각이 드는군요. 안 그랬으면 저도 당신들 소각로로 끌려가 불태워졌겠죠?"

"그랬을 겁니다."

랜트리는 딱정벌레 차 계기반에 있는 다이얼들을 만지작거렸다. 그는 화성에 가지 않을 것이다. 계획이 바뀌었다. 이 얼간이 과학자가 어쩌다 만난 범인을 알아보지 못한다면 그냥 계속 얼간이로 살게 놔두자. 두 건의 소각로 폭발사고와 무덤에서 나온 남자를 연결짓지 못한다면, 랜트리로선 다행이었다. 그냥 속아 넘어가게 놔두자. 누군가 비열하고 사악하고 살인을 저지를 수도 있다는 사실을 상상조차 할 수 없다면 그런 자들이야 하늘이 도와주겠지. 그는 만족감으로 양 손바닥을 싹싹 비볐다. 이제 화성으로 가지 않아도 되겠어. 아직은 말이야, 랜트리. 우선 가장 안쪽부터 어떤 지루한 일이 벌어지고 있는지 봐야겠어. 시간은 많다. 소각로 폭발은 일주일 정도는 기다릴 수 있다. 조금 더 교묘하게 움직일 필요가 있다. 곧바로 폭발사고가 일어나면 생각과 의심이 꼬리를 물고 이어질지도 모른다.

맥클루어는 마구 지껄여댔다.

"즉시 검사를 받을 필요는 없습니다. 일단 휴식이 필요하겠지요? 우선 내 집으로 모시겠습니다."

"고맙습니다. 솔직히 여기저기 주삿바늘이 찔리고 밀고 당겨질 기분은 아니군요. 일주일 정도 시간은 충분합니다."

그들은 어느 집 앞에 차를 세우고 밖으로 나왔다.

"좀 자고 싶겠군요."

"잠이라면 수백 년 동안 잤습니다. 깨어 있는 편이 좋아요. 조금도 피곤하지 않습니다."

"잘됐군요." 맥클루어가 집 안으로 안내했다. 그는 곧바로 술을 마실 수 있는 바로 향했다. "한잔 마시면 기분이 한결 나아질 겁니다."

"먼저 한잔 하시죠." 랜트리가 말했다. "저는 이따 하겠습니다. 지금은 그냥 좀 앉아 있고 싶군요."

"거기 앉으세요." 맥클루어가 이것저것 섞어 술을 만들었다. 그는 방 안을 한 번 둘러보고 랜트리 쪽을 보았다가 술잔을 들고 잠시 멈춰 서서 고개를 갸웃하더니 뺨 한쪽이 볼록하게 혀를 내밀었다. 그러더니 어깨를 으쓱하고 술을 저었다. 그는 천천히 의자로 걸어가 자리에 앉더니 조용히 술을 마셨다. 그는 귀를 쫑긋 세우고 뭔가를 듣고 있는 것 같았다. "담배는 탁자에 있습니다." 그가 말했다.

"고맙습니다." 랜트리는 담배 한 개비를 집어 불을 붙이고 담배를 피웠다. 그리고 한동안 아무 말도 하지 않았다.

랜트리는 스스로 이 모든 것을 너무 쉽게 받아들이고 있지는 않나, 생각했다. 어쩌면 이자를 죽이고 달아나야 할지도 모른다. 이자는 나를 발견한 유일한 사람이다. 어쩌면 함정일지도 모른다. 우리가 여기 앉아 있는 사이 경찰이 올지도 모르지. 요즘엔 '경찰'이라는 말 대신 다른 말을 쓸지도 모르지만.

랜트리는 맥클루어를 보았다. 아니다. 이자는 경찰을 기다리는 게 아니다. 다른 것을 기다리고 있다.

맥클루어는 말하지 않았다. 그는 랜트리의 얼굴을 보았다가 손을 보았다. 한동안 느긋하게 랜트리의 가슴을 보았다. 그리고 술을 한 모금 들이켜고 다시 랜트리의 발을 보았다.

마침내 그가 말했다. "그 옷은 어디서 났습니까?"

"어떤 사람한테 부탁했더니 이걸 주더군요. 정말 친절한 분이었습니다."

"이 세계 사람들은 다 그렇답니다. 뭐든 부탁만 하면 되지요."

맥클루어는 다시 입을 다물었다. 그의 눈동자가 이리저리 움직였다. 오직 눈동자만 움직일 뿐 다른 곳은 움직이지 않았다. 가끔 술잔을 들어 홀짝였다.

어디선가 작게 시계 소리가 들렸다.

"당신 이야기를 좀 해보세요, 랜트리 씨."

"할 말이 별로 없습니다."

"겸손하시군요."

"아닙니다. 당신은 과거에 대해 알지만 저는 미래에 대해 아는 게 없습니다. 아, 미래가 아니라 '오늘' 그리고 그저께라고 해야겠군요. 관 속에 있을 때는 별로 배운 게 없습니다."

맥클루어는 입을 다물었다. 그는 갑자기 의자에 앉은 몸을 앞으로 쑥 내밀었다가 다시 뒤로 기대앉아 고개를 흔들었다.

74

절대로 나를 의심하지는 못할 거야. 랜트리는 생각했다. 이들은 미신을 믿지 않는다. 죽은 자가 걸어 다닌다는 사실을 아예 믿지 못한다. 그러므로 나는 안전할 것이다. 신체검사를 계속 미룰 것이다. 이들은 정중하므로 강요하지 않을 것이다. 그런 다음 화성에 갈 수 있도록 일을 꾸밀 것이다. 화성의 무덤에서 나만의 시간을 보내며 계획을 세울 것이다. 아, 이토록 간단한 것을. 여기 사람들은 얼마나 순진한가.

✳

맥클루어는 5분 동안 가만히 앉아 있었다. 그의 몸에 냉기가 훅 끼쳤다. 낯빛이 서서히 하얗게 질렸다. 주사기 맨 위를 누르면 그 안에 든 약물 색깔이 스르르 빠져나가는 것을 볼 때와 비슷했다. 그는 아무 말 없이 앞으로 몸을 내밀어 랜트리에게 담배 한 개비를 더 권했다.

"고맙습니다." 랜트리는 담배를 받았다. 맥클루어는 안락의자에 몸을 깊숙이 묻고 다리를 꼬고 앉았다. 랜트리 쪽은 보지도 않았다. 아슬아슬하게 무게중심을 잡는 팽팽한 긴장감이 되돌아왔다. 맥클루어는 다른 사람은 들을 수 없는 소리를 듣는 키가 크고 메마른 사냥개 주인 같았다. 개만 들을 수 있는 소리를 내는 작은 은제 호루라기가 있는데, 맥클루어는 눈과 반쯤 벌린 마른 입, 바싹 말라 숨을 쉴 때마다 아픔이 느껴지는 콧구멍으로 보이지 않는 호루라기 소리를 향해 예민하게 귀를 세우고 있는 것 같았다.

랜트리는 담배를 빨고 또 빨았고 몇 번이고 담배 연기를 뿜고 또 뿜었다. 맥클루어는 붉은 털로 뒤덮인 호리호리한 사냥개가 빈틈없는 곁눈질로 귀를 쫑긋 세우고 보이지 않는 호루라기 소리를 감지하듯이, 눈코귀보다 더 깊숙한 두뇌를 통해서만 감지할 수 있는 아주 미세한 것들을 이해하려고 애쓰고 있었다.

방 안이 너무 조용해 담배 연기가 천장에 닿으면서 보이지 않는 소리를 낼 것만 같았다. 맥클루어는 온도계였고 화학자의 저울이자 귀를 세운 사냥개였으며 리트머스 종이이자 안테나였다. 랜트리는 움직이지 않았다. 어쩌면 지금의 긴장감도 지난번처럼 지나갈 것이다. 맥클루어는 한동안 한마디도 하지 않고 움직이지도 않더니 셰리주 병을 향해 고갯짓했다. 랜트리는 조용히 사양했다. 두 사람은 서로 바라보며 앉았다가 다시 고개를 돌렸다가 다시 보았다가 고개를 돌렸다.

맥클루어의 몸이 서서히 굳었다. 랜트리는 깡마른 맥클루어의 뺨 색깔이 점점 창백해지고 술잔을 잡은 손이 굳어가며 마침내 어떤 깨달음이 그의 눈동자에 확고하게 서리는 모습을 지켜보았다.

랜트리는 움직이지 않았다. 움직일 수가 없었다. 이 모든 과정이 너무도 매력적이라 다음에 또 무슨 일이 벌어질지 제대로 보고 듣고 싶었다. 지금부터 맥클루어의 일인극이 펼쳐질 것이다.

맥클루어가 말했다. "처음에는 내가 목격한 최초의 정신병 사례라고 생각했습니다. 당신 말입니다. 저 사람은 자신을 굳게 믿고 있구나. 랜트리는 자신을 단단히 믿고 있어. 저토록 사소한 일까지 자신이 하라는 대로 하고 있다니, 미쳐도 단단히 미쳤구나, 이렇게 생각했습니다." 맥클루어는 꿈이라도 꾸는 것처럼 계속해서 말했다.

"저 사람은 일부러 코로 숨을 쉬지 않는구나, 생각했습니다. 그래서 당신의 콧구멍을 관찰했지요. 작은 코털이 한 시간 동안 단 한 번도 떨리지 않더군요. 그것만으로 충분하지 않았어요. 그건 내가 수집한 한 가지 사실에 불과했으니까. 그 정도로는 어림없지요. 저 사람은 일부러 입으로 숨을 쉬는구나. 그래서 담배를 주었더니 담배를 빨고 내뱉고 빨고 내뱉고 하는 동안 당신 코로는 어떤 것도 나오지 않더군요. 그래서 또 생각했지요. 괜찮아. 저 사람은 숨을 들이마시지 않는 거야. 그건 끔찍한 일인가? 의심스러운 일인가? 오직 입으로만, 입으로만 숨을 내쉬는 게? 그래서 나는 당신의 가슴을 봤습니다. 관찰했지요. 당신 가슴은 한 번도 오르내리지 않더군요. 아무런 일도 하지 않았습니다. 와, 저 사람은 저토록 자신을 굳게 믿고 있구나. 이 모든 일을 자신이 시키는 대로 하고 있구나. 나는 생각했습니다. 저 사람은 누가 보고 있지 않으면 가슴을 움직이지 않는구나."

말들이 멈추지 않고 꿈결처럼 조용한 방 안을 떠다녔다. "그래서 당신에게 술을 권했지요. 당신은 마시지 않더군요.

그래서 나는 또, 저 사람은 뭔가를 마시지 않는구나, 하고 생각했지요. 그것은 끔찍한 일인가? 그래서 또 당신을 계속 지켜보고 관찰했습니다. 랜트리는 숨을 참고 있구나. 장난을 치고 있구나. 그런데 이제야 제대로 알겠습니다. 어떻게 알았는지 압니까? 방 안에 숨 쉬는 소리가 들리지 않더군요. 기다리고 기다렸지만 아무 소리도 들리지 않았어요. 심장 뛰는 소리도 폐가 공기를 마시는 소리도 들리지 않았습니다. 방 안은 지나치게 고요합니다. 사람들은 말도 안 되는 소리라고 하겠지요. 하지만 나는 알고 있습니다. 소각로에서부터 알았어요. 뭔가 다른 점이 있습니다. 한 사람이 침대에 누워 있는 방에 들어가면 그 사람이 눈을 들어 나를 보고 말을 건넬지 아니면 영원히 말을 하지 않을지 단박에 알 수 있습니다. 비웃어도 좋아요. 하지만 그런 건 곧바로 알 수 있는 법이죠. 잠재된 속성 같은 거예요. 인간이 들을 수 없는 호루라기 소리를 개는 들을 수 있는 것과 같아요. 너무 오래 그 자리에서 째깍거린 시계 소리를 아무도 알아채지 못하는 것과도 같습니다. 살아 있는 사람에게는 분명히 뭔가가 있기 마련입니다. 죽은 사람에게는 그 뭔가가 없기 마련이고요."

*

맥클루어는 잠시 눈을 감았다. 그는 술잔을 내려놓았다. 그는 잠시 기다렸다. 담배를 집어 들고 담배 연기를 내뿜었다가 다시 검은 재떨이에 내려놓았다.

"나는 이 방에 혼자 있습니다." 그가 말했다.

랜트리는 움직이지 않았다.

"당신은 죽었어요." 맥클루어가 말했다. "이성으로는 알 수 없습니다. 이것은 생각의 문제가 아니니까요. 이것은 감각과 잠재의식의 문제입니다. 처음에는 당신이 스스로 죽은 사람이라고 믿는다고 생각했어요. 자신이 죽었다가 살아난 뱀파이어라고 생각하는구나. 논리적이지 않습니까? 미신이 가득한 무지한 문화에서 살다가 수백 년 동안 묻혀 있던 무덤에서 일어났을 때, 자신을 뭐라고 생각하겠습니까? 논리적이죠. 이 사람은 스스로 최면을 걸고, 거대한 과대망상, 자기기만에 어긋나지 않게 신체기능까지 바꿔냈구나. 자신의 호흡을 지배하는구나. 내겐 숨 쉬는 소리가 들리지 않는다, 고로 나는 죽었다. 이렇게 스스로 명령을 내리는구나. 다만 마음속으로는 숨 쉬는 소리를 감지하겠지. 이 사람은 먹거나 마시는 것도 허락하지 않는다. 어쩌면 자는 동안 마음이 일부 깨어나 몰래 먹고 마시며, 깨어 있을 때 자신을 속이는 마음으로부터 이런 인간적인 면모를 철저히 숨기는 걸지도 모른다."

맥클루어는 마무리를 지었다. "그러나 내 생각이 틀렸습니다. 당신은 미친 게 아니에요. 자신을 속이는 것도 아닙니다. 나를 속이는 것도 아니지요. 완전히 비논리적이고, 인정하고 싶지 않지만, 거의 두려울 지경입니다. 당신 때문에 겁이 난다고 하면 기분이 좋습니까? 아, 당신을 어떻게 분류해야 할지 모르겠군요. 당신은 정말 이상한 사람입니다, 랜트리. 당신을 만나게 되어 정말 기뻐요. 꽤 흥미로운 보고서가 될 겁니다."

"내가 죽은 사람이면 안 되는 이유라도 있습니까?" 랜트리가 말했다. "범죄라도 되나요?"

"몹시 이상하다는 것만은 인정해야 할 겁니다."

"그렇더라도, 이게 범죄입니까?" 랜트리가 물었다.

"우리에겐 범죄가 없고 법정도 없습니다. 우린 당연히 당신을 검사해보고 어쩌다 이런 일이 벌어졌는지 알아내고 싶을 뿐입니다. 이건 뭐랄까, 한순간 비활성 상태였다가 다음 순간 살아 있는 세포가 되는 화학물질과 같아요. 어떤 것이 무엇이 될지 누가 알겠어요? 당신이야말로 불가능 그 자체입니다. 사람을 미치게 만들만 하죠."

"검사가 모두 끝나면 나를 풀어줄 겁니까?"

"당신을 붙잡아두지는 않을 겁니다. 원하지 않으면 검사도 하지 않을 거고요. 하지만 나는 당신이 우리를 도와주길 바랍니다."

"도와드리겠습니다." 랜트리가 말했다.

"하지만, 하나만 대답해주십시오." 맥클루어가 말했다. "아까 시체안치소에서 뭘 하고 있었죠?"

"아무것도 하지 않았습니다."

"내가 창고 안으로 들어갔을 때 당신이 뭐라고 말하는 소리를 들었어요."

"그냥 호기심이 동했을 뿐입니다."

"거짓말을 하고 있군요. 거짓말은 몹시 나쁜 일입니다, 랜트리 씨. 진실이 훨씬 좋아요. 진실은 당신이 죽은 사람이라는 것이고, 당신 같은 존재는 오직 하나이므로 무척 외로웠을 거라는 게 아니겠어요? 그래서 당신은 자기편을 만들려고 사람들을 죽였습니다."

"그걸 어떻게 알았습니까?"

맥클루어가 웃었다. "이게 바로 논리라는 겁니다, 친구여. 좀 전에 당신이 정말로 죽은 사람이라는 것을 알게 되었으니까요. 당신네는 이런 걸 뱀파이어라고 부른다지요. 뱀파이어라니, 정말 우스운 이름이군요! 아무튼 진실을 알게 되면서 곧바로 당신을 소각로 폭발사건과 연결지을 수 있었습니다. 그전에는 당신과 연결지을 이유가 전혀 없었지요. 그런데 일단당신이 죽은 자라는 사실 하나로 퍼즐 조각이 맞춰지자 곧 당신이 느꼈을 외로움이며 증오, 질투 등 걸어 다니는 시체가 품을 수 있는 온갖 비속한 동기가 간단히 떠오르더군요. 소각로들이 왜 폭발했는지 알 수 있었어요. 게다가 당신이 시체안치소에서 했던 행동들을 떠올려보니 함께 일할 친구들을 찾고 있었다는 것까지 알 수 있었습니다."

"망할!" 랜트리가 의자에서 벌떡 일어났다. 그가 달려들자 맥클루어는 잽싸게 몸을 피했고 셰리주 병을 집어 던지며 뒷걸음질 쳤다. 랜트리는 바보처럼 맥클루어를 죽일 단 한 번의 기회를 날려버렸음을 깨닫고 낙담했다. 조금 더 일찍 나섰어야 했다. 먼저 나서는 것이야말로 랜트리가 지닌 단 하나의 무기요 안전범위였다. 살인을 생각조차 하지 못하는 사회라면 절대로 의심도 하지 않을 것이다. 그러므로 아무한테나 다가가 죽일 수 있다는 말이 된다.

"돌아와!" 랜트리는 칼을 휘둘렀다.

맥클루어는 의자 뒤로 갔다. 위험으로부터 달아나거나, 자신을 지켜야 하거나, 맞서 싸워야 한다는 생각 자체가 맥클루어에겐 새로웠다. 어느 정도는 그런 생각을 품고 있었지만, 아직 행운은 랜트리의 편이었다.

"오, 그러지 마세요." 맥클루어는 다가오는 남자와 자신 사이에 있는 의자를 꽉 붙잡았다. "당신은 나를 죽이고 싶어 하는군요. 이상하지만 사실이에요. 나로선 이해가 안 됩니다. 당신은 그 칼이나 뭐로든 나를 베려고 하지만 그런 이상한 행동을 막는 것은 내 몫이로군요."

"죽여버릴 거야!" 랜트리가 불쑥 말을 뱉었다. 그리고 곧바로 자신을 저주했다. 절대로 해서는 안 되는 말을 해버렸다.

랜트리는 의자 너머로 몸을 날려 맥클루어를 붙잡았다.

맥클루어는 매우 논리적이었다. "나를 죽여봐야 당신한테 득 될 게 전혀 없을 겁니다. 당신도 알지 않습니까." 두 사람은 서로를 붙들고 격하게 비틀거리며 몸싸움을 벌였다. 탁자가 넘어지고 물건이 떨어졌다. "시체안치소에서 있었던 일, 기억합니까?"

"집어치워!" 랜트리가 소리쳤다.

"당신은 시체들을 일으켜 세우지 못했어요."

"상관없어!" 랜트리가 외쳤다.

"이봐요." 맥클루어는 끝까지 합리적으로 말했다. "당신 같은 사람이 다시 나타날 일은 절대로 없을 겁니다. 당신 같은 사람은 쓸모가 없으니까요."

"상관없어! 내가 당신들을 모두, 남김없이 파괴할 거야!" 랜트리는 소리쳤다.

"그래서 뭘 어쩌려고요? 여전히 당신 곁엔 비슷한 사람이 하나도 없어 외롭기만 할 텐데요."

"화성에 갈 거야. 거긴 무덤이 있어. 거기 가서 나 같은 사람을 더 찾을 거야."

"아니요." 맥클루어가 말했다. "어제 실행령이 떨어졌습니다. 화성의 모든 무덤에서 시체를 제거하고 있어요. 다음 주면 전부 화장될 겁니다."

두 사람은 함께 바닥으로 나동그라졌다. 랜트리는 두 손으로 맥클루어의 목을 졸랐다.

"제발." 맥클루어가 말했다. "아셔야 합니다. 당신은 결국 죽어요."

"무슨 소리야?" 랜트리가 외쳤다.

"당신이 우릴 모두 죽이고 혼자 남으면 당신도 죽을 거라고요! 그러면 증오가 죽어 사그라져요. 여태껏 당신을 움직여온 증오 말입니다! 다름 아닌 증오가! 질투가! 당신을 움직여왔어요. 그게 사라지면 당신도 죽어요. 당신은 불멸의 존재가 아닙니다. 심지어 살아 있지도 않아요! 당신은 그저 움직이는 증오 덩어리일 뿐이라고요!"

"상관없어!" 랜트리는 제대로 방어하지도 못하는 맥클루어의 목을 조르고 주먹으로 머리를 때리기 시작했다. 맥클루어는 죽어가는 눈빛으로 랜트리를 올려다보았다.

이때 앞문이 열리고 두 사람이 들어왔다.

"어, 뭘 하고 계십니까? 새로운 게임인가요?" 그중 한 사람이 말했다.

랜트리는 풀쩍 뒤로 물러나 달아나기 시작했다.

"그, 그래. 새로운 게임이야!" 맥클루어가 몸을 일으키며 말했다. "저 사람을 잡으면 자네들이 이기는 게임이지!"

두 남자가 얼른 랜트리를 붙잡았다. "우리가 이겼어요!"

"놔! 놓으라고!" 랜트리는 몸부림을 치며 두 사람의 얼굴을 마구 때려 피를 냈다.

"단단히 붙잡아!" 맥클루어가 외쳤다.

두 사람은 랜트리를 꼭 붙잡았다.

"꽤 격렬한 게임이군요." 한 사람이 말했다. "무슨 게임이 이렇습니까?"

＊

번들거리는 도로를 따라 딱정벌레 차가 쉭쉭거리며 달려갔다. 하늘에서 빗방울이 떨어졌고 바람이 진초록색으로 젖은 나무를 뒤흔들었다. 차 안에서 반달 모양 운전대를 잡은 맥클루어가 말하고 있었다. 최면에 걸린 사람처럼 속삭이는 소리였다. 다른 두 남자는 뒷자리에 앉았다. 랜트리는 앞자리에 고개를 뒤로 젖히고 눈을 희미하게 뜨고 거의 눕다시피 앉아 있었다. 계기반 다이얼의 반짝이는 초록색 등이 그의 뺨을 비추고 있었다. 그의 입은 헤 벌어져 있었다. 그는 아무 말도 하지 않았다.

맥클루어는 생명과 움직임에 대하여, 죽음과 움직이지 않는 것에 대하여, 태양과 위대한 태양의 소각로에 대하여, 빈 묘지에 대하여, 증오와 증오가 살면서 어떻게 진흙 인간을 살아 움직이게 하는지, 이 모든 게 얼마나 논리에 어긋나는지, 나지막이 논리적으로 말하고 또 말했다. 한 명은 죽은 자였고, 죽어 있었고, 죽어 있는 게 전부였다. 그는 죽지 않은 자가 되려고 노력하지 않았다. 자동차가 움직이는 도로 위에서 속삭였다. 비가 차창에 부드럽게 떨어졌다. 뒷자리 남자들은 조용히 대화했다. 이들은 어디로 가고 있는가? 당연히 소각로겠지. 담배 연기가 천천히 공중으로 올라가 휘감기고 연결되면서 잿빛 고리와 소용돌이를 이루었다. 한 사람은 죽은 자였고, 그는 그 사실을 받아들여야 한다.

랜트리는 움직이지 않았다. 그는 줄이 끊긴 마리오네트였다. 그의 가슴과 눈동자에는 희미하게 빛나며 점점 꺼져가는 두 알의 석탄처럼 미약한 증오만 남았다.

나는 에드거 앨런 포다. 그는 생각했다. 나는 에드거 앨런 포의 찌꺼기다. 나는 앰브로즈 비어스의 찌꺼기요, 러브크래프트라는 남자의 찌꺼기다. 나는 날카로운 이빨을 드러낸 잿빛 박쥐요, 네모난 검은 돌덩어리 괴물이다. 나는 오시리스요, 바알이요, 세트다.* 나는 '네크로노미콘', 사자의 서다.** 나는 화마에 휩싸인 어셔가다. 나는 붉은 죽음이다. 나는 아몬틸라도 술통과 함께 지하무덤 회벽 속에 갇힌 남자다. 나는 춤추는 해골이다. 나는 관이요, 수의요, 낡은 집 창문에 내리꽂히는 번개이다. 나는 텅 빈 가을 나무요, 덜컹거리며 들썩이는 덧문이다. 나는 갈퀴 손 아래 누렇게 변한 책이다. 나는 한밤중 다락방에서 울리는 오르간이다. 나는 10월의 마지막 날, 떡갈나무 뒤에 숨은 해골 가면이다. 나는 아이들이 코를 박고 한입 베어 물 수 있게 물 양동이에 띄워둔 독 사과다. 나는 뒤집힌 십자가 앞에 밝혀놓은 검은 양초다. 나는 관뚜껑이고 눈가리개고 검은 계단을 밟는 발자국이다. 나는 던세이니요, 마켄이요, 슬리피 할로우의 전설이다.*** 나는 원숭이 발이요, 환상의 인력거다.**** 나는 고양이와 카나리아요, 고릴라이자

---

* 이집트 신화에서 오시리스는 악의 신인 동생 세트에게 살해당한 후 새 생명을 얻어 지하 세계의 통치자가 되었다. 바알은 고대 가나안에서 숭배한 풍요의 신이다.

** 《네크로노미콘》은 러브크래프트의 소설 속 크툴루 신화에 등장하는 가상의 책이다.

*** 던세이니는 톨킨, 러브크래프트 등 후세의 판타지, 호러, SF 작가들에게 큰 영향을 주었던 아일랜드 출신의 작가다. 마켄은 웨일스 출신 작가로 초자연적 판타지, 공포소설을 주로 썼다.

**** 《원숭이 발》은 영국 작가 제이콥스의 괴담 소설이고 《환상의 인력거》는 키플링의 괴담 소설이다.

박쥐다.* 나는 성벽에 모습을 드러낸 햄릿 아버지의 유령이다.

이 모든 것이 바로 나다. 이제 마지막 남은 이것들은 소각될 것이다. 내가 살아 있는 동안은 그것들 역시 살아 있었다. 내가 움직이고 증오하며 존재하는 동안은 그것들 역시 존재했다. 그것들을 기억하는 게 바로 나다. 나는 지금도 계속되고 있으며 오늘 밤 이후로는 계속되지 않을 그것들 전부이다. 오늘 밤 우리는, 에드거 앨런 포와 비어스와 햄릿의 아버지는 함께 소각될 것이다. 우리는 가이 포크스의 날의 석유와 횃불과 외침처럼 거대한 모닥불이 되어 활활 타오를 것이다.**

우리는 얼마나 크게 울부짖을 것인가. 세상은 우리를 깨끗이 없애버리겠지만, 우리는 가는 길에도 이 세상이 어떤 곳인지 말할 것이다. 공포를 깨끗이 지워버린 이 세계에 대해 떠들 것이다. 암흑시대에서 온 검은 상상력은 어디로 가버렸느냐고 물을 것이다. 로켓의 시대이자 소각로 시대 사람들은 옛 10월의 오싹함과 기대감, 서스펜스를 짓밟아 뭉개고 불태워 다시는 돌아오지 못하게 파괴하고 말살했다. 이제 그 자리에는 두려움 없이 열리고 닫히는 문과 공포 없이 켜졌다 꺼지는 조명이 들어섰다. 우리가 한때 어떻게 살았는지 기억할 수 있

다면! 우리에게 핼러윈이 어떤 존재였는지, 에드거 앨런 포가 누구였는지, 병적인 암흑을 얼마나 찬미했는지 기억할 수만 있다면! 친구들이여, 우리 불타버리기 전에 아몬틸라도를 한 잔만 더 마시자. 이 모든 기억은 지구 상 단 하나 남은 최후의 두뇌에 깃들어 있다. 그러므로 오늘 밤 온 세상이 죽어간다. 제발, 한 잔만 더.

"다 왔습니다." 맥클루어가 말했다.

✳

소각로는 환히 밝혀져 있었다. 근처에서 나직한 음악이 들렸다. 맥클루어가 먼저 딱정벌레 차에서 내려 반대편 문 쪽으로 돌아갔다. 그는 차 문을 열었다. 랜트리는 그 자리에 그대로 누워 있었다. 논리적으로 말하고 또 말했더니 천천히 몸 밖으로 생명력이 빠져나갔다. 그는 지금 눈동자에 희미한 광채만 남은 밀랍 덩어리에 불과했다. 미래 사람들처럼 논리적으로 말하고 추론했더니 생명력이 사라졌다. 그들은 그의 존재를 믿으려 들지 않았다. 그들이 품은 불신의 힘이 그를 얼어붙게 했다. 그는 팔도 다리도 움직일 수가 없었다. 그저 무감하고 차갑게 눈만 깜박이며 중얼거릴 뿐이었다.

맥클루어와 뒷자리에 탄 두 사람이 랜트리를 도와 차에서 내리게 하고 금빛 관에 넣고 바퀴 차에 실어 따뜻하게 빛나는 건물 안으로 옮겼다.

나는 에드거 앨런 포다, 나는 앰브로즈 비어스다, 나는 헬러윈이다. 나는 관이요, 수의요, 원숭이 발이요, 환상의 인력거요, 뱀파이어다….

"그래요, 그래." 맥클루어가 조용히 말했다. "알아요, 알아."

바퀴 차가 미끄러졌다. 그의 몸 위와 옆에서 벽이 흔들리며 음악이 흘러나왔다. 너는 죽었다. 너는 논리적으로 죽었다.

나는 어셔, 나는 거대한 소용돌이, 나는 병 속의 수기, 나는 갈가마귀….*

"그래요." 맥클루어가 옆을 걸어가며 조용히 말했다. "알아요."

"나는 지하묘지에 있다!" 랜트리가 외쳤다.

"그래요, 지하묘지에요." 옆에서 걸어가는 한 남자가 말했다.

"나는 사슬로 벽에 묶여 있다! 여긴 아몬틸라도가 한 병도 없잖아!" 랜트리는 눈을 감고 희미하게 외쳤다.

"그래요." 누군가가 말했다.

벌컥 불꽃의 문이 열렸다.

"이제 곧 누가 나를 지하실 회벽에 가둬버리겠지! 나를 회벽으로 발라버리겠지!"

"그래요. 알아요." 누군가 속삭였다.

금빛 관이 소각로 잠금장치 안으로 미끄러져 들어갔다.

---

* 모두 에드거 앨런 포의 작품에 등장하는 소재다.

"누가 나를 벽에 가둔다! 농담 한 번 대단하군! 우릴 보내 줘!" 외마디 비명과 큰 웃음이 들렸다.

"우리도 알아요. 이해해요."

안쪽 잠금장치가 열렸다. 금빛 관이 불길을 향해 밀려들어 갔다.

"오오, 제발 살려줘, 몬트레소! 제발!"*

---

* 에드거 앨런 포의 〈아몬틸라도의 술통〉에서 지하묘지 회벽에 갇히는 남자가 최후의 순간 친구에게 살려달라고 애원하는 말

그분

The Man

하트 선장은 로켓 탑승구에 서 있었다. "왜 안 오는 거지?"

"그러게 말입니다. 저라고 알겠습니까, 선장님?" 부관 마틴이 말했다.

"그나저나 뭐 이런 데가 다 있어?" 선장은 시가에 불을 붙이고 성냥을 반짝이는 풀밭에 그대로 던져버렸다. 풀이 타기 시작했다.

마틴이 군홧발로 불을 밟아 끄려고 움직였다.

"그냥 타게 내버려 둬. 그래야 저 무식한 바보들이 무슨 일인가 싶어 나와볼 게 아닌가." 선장이 명령했다.

마틴은 어깨를 으쓱하고는 번져가는 불길에서 발을 거두었다.

하트 선장은 손목시계를 들여다보았다. "여기 착륙한 게 한 시간 전인데 환영단이 브라스밴드를 앞세우고 악수라도 하러 왔던가? 아니잖아! 우린 우주를 가로질러 수백만 킬로미터를 날아왔는데 이 듣도 보도 못한 행성의 코딱지만 한 도시 사람들은 우리를 깡그리 무시하고 있단 말이야!" 선장은 손목시계를 톡톡 두드리며 코웃음을 쳤다. "좋아, 딱 5분만 주겠어. 그때도 코빼기도 안 비친다면….'

"그러면 어떻게 하실 겁니까?" 마틴은 이를 악물고 부르르 떠는 선장을 쳐다보며 여느 때처럼 공손하게 물었다.

"이 빌어먹을 도시 위를 날아다니며 번쩍거리는 섬광을 쏘아 혼을 쏙 빼놓아야지." 선장의 목소리가 점점 낮게 가라앉았다. "마틴, 혹시 말이야. 저들이 우리가 착륙하는 모습을 못 본 것은 아닐까?"

"봤을 겁니다. 우리가 날아올 때 고개를 들고 쳐다보던 걸요."

"그럼 당장 들판을 가로질러 이리로 달려왔어야지! 혹시 숨어 있나? 겁을 잔뜩 먹고서?"

마틴은 고개를 저었다. "아닙니다. 여기 망원경으로 직접 보십시오, 선장님. 다들 그냥 돌아다니고 있지 않습니까. 겁을 먹은 게 아닙니다. 그냥, 신경을 쓰지 않는 것 같습니다."

하트 선장은 피곤한 눈에 망원경을 갖다 댔다. 마틴은 위를 쳐다보는 척하면서 짜증과 피로와 불안감이 선장의 얼굴에 새겨놓은 주름살을 슬쩍 살폈다. 하트 선장은 족히 백만 살은 되어 보였다. 잠도 잘 자지 않고 새처럼 조금 먹으면서 늘 자신을 끝까지 밀어붙이는 성격이었다. 망원경 아래로 주름이 자글자

글하지만 날카로운 입매가 움직이기 시작했다.

"솔직히 우리가 왜 이 고생을 하는지 모르겠어, 마틴. 우린 로켓을 만들어 머나먼 우주를 힘들게 날아와 저들을 찾아왔지 않나? 그런데 이 꼴이 뭔가? 완전히 무시당하고 있잖아. 저기 어슬렁거리는 바보들을 좀 보라고. 이게 얼마나 대단한 일인지 모르는 건가? 이 촌구석에 난생처음 우주선이 착륙했는데? 이런 일이 일생에 몇 번이나 찾아오겠나? 저들은 그저 매사에 심드렁해진 건가?"

마틴도 알 수 없었다.

하트 선장은 지친 기색으로 마틴에게 망원경을 넘겨주었다.

"우리가 도대체 무슨 부귀영화를 누리겠다고 우주여행이니 뭐니 이러고 다니는지 모르겠군. 늘 돌아다니며 탐사나 하고 말이야. 긴장감으로 바짝 졸아서 어디 제대로 쉴 수나 있나."

"우린 평화와 고요를 찾고 있을지도 모르겠습니다. 지구에는 확실히 없는 것들이니까요." 마틴이 말했다.

"없지. 있을 리가 없잖아." 하트 선장이 생각에 잠긴 사이 풀밭에 번져가던 불길이 잦아들었다. "다윈 이후로 없었을걸. 그때부터 우리가 믿었던 것들이 전부 사라져버렸으니까. 성령의 힘이랄지 뭐 그런 것들 말이네. 자네 생각은 어떤가? 우린 왜 다른 별을 찾아 지구를 떠나왔지? 잃어버린 영혼을 되찾으려고? 사악한 우리 행성을 떠나 착한 별을 찾으려고?"

"그럴지도 모르겠습니다. 아무튼 뭔가를 찾고 있는 것은 분명합니다."

하트 선장은 헛기침하고 원래의 날카로운 말투로 돌아갔다. "자, 지금부터 우리는 저 도시의 시장을 찾아간다. 구보로 도시에 진입한 다음 제3항성계 43호 행성에 최초로 로켓원정대가 착륙했음을 알린다. 시장에게 하트 선장이 정식 면담을 요청한다고 전할 것. 출동!"

"예." 마틴은 천천히 풀밭을 가로질렀다.

"서둘러!" 선장이 외쳤다.

"예, 선장님!" 마틴은 뛰어갔다가 다시 씩 웃으며 천천히 걸었다.

하트 선장이 시가 두 대를 다 피울 즈음 마틴이 돌아왔다.

마틴은 걸음을 멈추고 왠지 머뭇거리며 로켓의 탑승구를 올려다보았다. 눈빛이 흔들리고 뭔가를 망설이는 기색이었다.

"무슨 일인가? 그들이 우릴 환영하러 오고 있나?" 선장이 매섭게 물었다.

"아닙니다." 마틴은 어지러운 듯 로켓 선체에 몸을 기댔다.

"아니 왜?"

"지금 그게 중요한 게 아닙니다. 저, 담배 한 대만 주십시오, 선장님." 마틴은 선장이 내민 담뱃갑을 보지도 않고 손으로 더듬었다. 그의 눈은 황금빛으로 반짝이는 도시를 바라보며 깜박이느라 바빴다. 그는 담배 한 개비에 불을 붙이고 한동안 말없이 담배만 피웠다.

"무슨 말이라도 해보게! 저들은 우리 로켓에 관심이 없던가?" 선장이 버럭 소리를 질렀다.

"예? 아, 로켓 말이군요." 마틴은 담배를 슬쩍 살폈다. "예, 저들은 로켓에는 관심이 없습니다. 아무래도 우리가 때를 잘못 타서 온 것 같습니다."

"때를 잘못 타다니, 그게 무슨 소리야!"

마틴은 꾹 참고 말했다. "선장님, 제 말 좀 들어보십시오. 어제 저 도시에 큰일이 벌어졌습니다. 엄청나게 대단한 일이라서 우리 로켓은 비교가 안 될 정도로 사소한 일이 되어버린 겁니다. 우선 저 좀 앉아야겠습니다." 마틴은 균형을 잃고 자리에 털썩 주저앉아 허공에 한숨을 토해냈다.

선장은 씩씩거리며 시가를 질겅질겅 씹어댔다. "대체 무슨 일이 있었다던가?"

마틴은 고개를 들더니 손가락 사이에서 타는 담배를 한 모금 빨고는 바람에 훅하고 연기를 내뿜었다. "선장님, 어제 저 도시에 대단히 훌륭한 남자가 나타났다고 합니다. 선하고 똑똑하고 온정이 넘치면서 한없이 현명한 남자가 말입니다!"

선장은 마틴을 노려보았다. "그게 대체 우리랑 무슨 상관이야?"

"설명하기 어렵지만, 여기 사람들은 꽤 오랫동안 그 남자를 기다려왔다고 합니다. 족히 백만 년은 기다렸다나요. 그런데 어제 그 남자가 제 발로 도시를 찾아온 겁니다. 그러다 보니 우리 로켓은 아무것도 아니게 보인 거지요."

선장은 털썩 주저앉았다. "그자가 누군데? 혹시 애슐리 아냐? 설마 그 자식 로켓이 우리보다 먼저 착륙해 내 몫의 영광을 차지해버린 건 아니겠지?" 선장은 마틴의 팔을 움켜잡았다. 하얗게 질린 얼굴에 당황한 기색이 역력했다.

"애슐리는 아닙니다, 선장님."

"그럼 버튼이군! 내가 그럴 줄 알았어! 버튼 그놈이 우리보다 먼저 와서 다 된 밥에 재를 뿌린 거야! 세상에 믿을 놈 하나도 없다더니!"

"버튼도 아닙니다, 선장님." 마틴이 조용히 말했다.

그러나 선장은 마틴의 말을 믿지 않았다. "로켓은 단 석 대였고 우리가 선두였어. 누가 우리보다 먼저 왔다는 거야? 놈의 이름이 뭐야?"

"그 남자는 이름이 없습니다. 이름이 필요하지 않습니다. 행성마다 그 남자를 부르는 이름이 다를 테니까요."

선장은 매섭고도 냉소적인 눈빛으로 마틴을 노려보았다.

"그자가 얼마나 대단한 일을 했기에 다들 우리 로켓은 거들떠보지도 않는단 말인가?"

"우선." 마틴이 하나하나 짚어가며 말했다. "그 남자는 아픈 사람을 치료해주고 가난한 자를 위로해주었다고 합니다. 위선과 부패에 맞서 싸웠고 온종일 사람들 곁에 머물며 대화를 나눴다고 합니다."

"그게 그렇게 대단한 일이란 말인가?"

"그럼요, 선장님."

"당최 이해를 못 하겠군." 선장은 마틴 앞으로 바짝 다가가 그의 얼굴과 눈을 들여다보았다. "자네 혹시 술 마셨나?" 그는 의심을 풀지 못하고 뒤로 물러섰다. "도무지 이해가 안 돼."

마틴은 도시 쪽을 바라보며 말했다. "선장님이 이해를 못 하시겠다면 저로선 더 이상 드릴 말씀이 없습니다."

선장도 마틴의 시선을 따라갔다. 도시는 고요하고 아름다웠으며 평화가 가득 깃들어 있었다. 선장은 앞으로 걸어가 입술에 물고 있던 시가를 손으로 옮겨 들었다. 그는 마틴을 한번 곁눈질하고 도시의 건물들 사이로 우뚝 솟은 황금빛 뾰족탑을 보았다.

"설마… 설마 자네가 말한 그 남자가… 정말로… 그 사람은 아니겠…."

마틴은 고개를 끄덕였다. "예, 그분 맞습니다, 선장님."

선장은 꼼짝도 하지 않고 그 자리에 서 있었다. 한참 후에 그는 자세를 바로 하고 입을 열었다. "믿을 수가 없군."

*

정오가 되자 하트 선장은 부관인 마틴과 전자기기를 나르는 조수를 데리고 도시를 향해 걸음을 서둘렀다. 선장은 간간이 큰 소리로 웃음을 터뜨렸다가 엉덩이에 손을 올려놓고 고개를 절레절레 흔들었다.

도시의 시장이 선장 일행을 맞이했다. 마틴은 삼각대를 설치하고 그 위에 기계 상자를 연결한 다음 전원을 켰다.

"당신이 시장이오?" 선장이 손가락을 펴서 시장을 가리켰다.

"그렇습니다." 시장이 말했다.

마틴과 조수가 둘 사이에 설치한 기계를 조종했다. 어떤 언어든지 동시 통역해주는 장치였다. 도시의 부드러운 공기 속으로 삐삑거리는 기계음이 퍼졌다.

"어제 발생했다는 사건 말인데, 진짜로 있었던 일이오?" 선장이 물었다.

"그렇습니다."

"목격자가 있소?"

"있습니다."

"목격자와 이야기를 나누고 싶소."

"아무하고나 이야기하면 됩니다. 우리가 모두 목격자이니까요."

선장은 마틴을 향해 몸을 숙이고 속삭였다. "집단 환각이군." 그리고 시장에게 말했다. "그 남자, 그 낯선 사람 말인데, 어떻게 생겼소?"

"말로 설명하긴 좀 어렵습니다." 시장이 살짝 웃으며 말했다.

"아니, 왜 어렵단 말이오?"

"사람마다 의견이 조금씩 다르니까요."

"어쨌든 나는 당신의 의견이 듣고 싶소." 선장이 말했다. "녹음하게." 선장은 어깨너머로 마틴에게 지시했다. 마틴은 휴대용 녹음기의 버튼을 눌렀다.

"흐음. 그분은 무척 다정하고 친절한 분이었습니다. 굉장히 영리하고 지혜로운 분이기도 하고요."

"아아, 압니다, 알아요." 선장은 손을 내저었다. "그런 일반적인 말은 그만두고 구체적인 이야기를 듣고 싶소. 그 사람은 어떻게 생겼소?"

"그건 별로 중요하지 않은 것 같습니다." 시장이 대답했다.

"아니, 몹시 중요한 일이오." 선장은 단호하게 말했다. "그 남자가 어떻게 생겼는지 꼭 들어야겠소. 당신이 들려주지 않는다면 다른 사람에게 물어봐서라도 듣고 싶소." 그리고 마틴에게 말했다. "장난을 그럴싸하게 친 걸 보면 버튼이 틀림없어."

마틴은 선장의 얼굴을 쳐다보지도 않고 차갑게 침묵을 지킬 뿐이었다.

선장은 손가락을 튕겨 딱 소리를 내고 말했다. "그럼 다른 이야기를 해볼까요? 그 남자가 아픈 사람을 낫게 했다던데?"

"많은 사람을 치료했습니다." 시장이 말했다.

"그중 한 명이라도 만나볼 수 있겠소?"

"물론입니다." 시장이 말했다. "저기 제 아들을 보십시오." 시장은 앞으로 나서는 어린 소년을 고갯짓으로 가리켰다. "이 아이는 팔을 쓸 수 없었는데 이제 여길 보십시오."

선장은 웃음을 터뜨렸다. "이보시오. 이런 건 정황상 증거로 봐줄 수가 없지 않소. 내 눈으로 이 아이가 팔을 쓰지 못했을 때를 본 적이 없으니 말이오. 지금 내가 볼 수 있는 건 온전하고 건강하기만 한 모습뿐이잖소. 이런 건 증거가 못되오. 어제는 이 아이가 팔을 쓰지 못했는데 오늘은 괜찮아졌다는 증거가 있소?"

"제 말이 증거입니다." 시장은 간략하게 말했다.

"허, 이거 참! 나보고 그 말을 믿으란 말이오? 그럴 순 없지!"

"유감입니다." 시장은 딱하기도 궁금하기도 하다는 얼굴로 선장을 쳐다보았다.

"이 아이의 예전 사진이라도 있소?" 선장이 물었다.

잠시 후 유화로 그린 커다란 그림이 운반되어 왔는데, 팔이 비틀린 소년의 초상화였다.

"아니, 이 사람이! 그림은 누구나 그릴 수 있잖소. 그림은 얼마든지 거짓말을 할 수 있소. 내가 원하는 건 사진이란 말이오." 선장은 손을 내저으며 그림을 물렸다.

그러나 사진은 없었다. 이 행성에는 아직 사진기술이 없었다.

"그렇다면 다른 사람들과 이야기를 나눌 수 있게 해주시오. 우린 당분간 여기 머물 테니 시간은 많소." 선장은 얼굴을 씰룩거리며 한숨을 내쉬었다. 선장이 한 여자를 가리켰다. "거기 당신." 여자가 머뭇거렸다. "그래요, 당신. 이리로 좀 와보시오. 어제 봤다는 그 대단한 남자에 관해 얘기 좀 들려주시오."

여자는 선장을 물끄러미 바라보다가 입을 열었다. "그분은 걸어서 우리를 향해 오셨어요. 몹시 다정하고 선한 분이셨죠."

"눈동자 색이 어땠소?"

"태양의 빛깔이자 바다의 빛깔이자 꽃의 빛깔이며 산의 빛깔, 밤의 빛깔이었지요."

"아아, 됐소." 선장은 양손을 들어 올렸다. "이봐 마틴. 자네도 봤지? 웬 사기꾼이 찾아와 순진한 사람들 귀에 대고 달콤한 말을 속닥거린 거야."

"그만하십시오." 마틴이 말했다.

선장은 깜짝 놀라 뒤로 한 걸음 물러났다. "뭐?"

"제가 말씀드렸잖습니까. 저는 이 사람들이 좋습니다. 이들이 하는 말을 믿습니다. 선장님에게도 의견이라는 게 있겠지만, 그냥 혼자만의 의견으로 남겨두십시오."

"나한테 이래라저래라 명령하는 건가?" 선장이 소리쳤다.

"저는 선장님의 독단에 질려버렸습니다. 이 사람들을 그냥 내버려두십시오. 이들 나름대로 착하게 잘살고 있는데 선장님이 와서 들쑤시고 비웃고 있지 않습니까. 저도 이 사람들과 이야기를 나눠봤습니다. 도시 곳곳에서 사람들 얼굴도 봤습니다. 이들에겐 선장님에게는 없는 어떤 것이 있습니다. 믿음만 있다면 산도 옮길 수 있다는 작고 소박한 믿음 말입니다. 선장님은 누군가 먼저 도착하는 바람에 영광을 빼앗기고 중요한 대접도 못 받고 있다고 화가 난 게 아닙니까!"

"딱 5초를 더 줄 테니 마무리를 하게." 선장이 말했다. "이해하네. 자네도 뭔가 쌓인 게 있겠지. 몇 달 동안 우주여행이니 뭐니 고향 생각도 나고 외로울 거야. 게다가 이런 일까지 벌어졌으니 내 자네 심정을 충분히 이해하네. 자네의 옹졸한 불복종 행위는 그냥 넘어가겠네."

"저는 선장님의 옹졸한 독단을 그냥 넘길 수 없습니다. 우주선에서 내리겠습니다. 그리고 앞으로 여기서 살겠습니다."

"안 되네!"

"왜 안 됩니까? 어디 한번 막아보십시오. 여기야말로 그동안 제가 찾아다녔던 곳입니다. 몰랐는데 와서 보니 알겠습니다. 여긴 저를 위한 곳입니다. 그러니 선장님은 더러운 로켓을 타고 가서 그 의심 많은 과학적 방법론으로 다른 행성이나 들쑤시고 다니십시오!" 마틴은 재빨리 주위를 둘러보았다. "이 사람들은 분명히 경험했습니다. 선장님만 그 일이 정말로 일어났다는 사실을 머리로 받아들이지 못할 뿐이죠. 우리 역시 운이 좋아서 거의 동시에 찾아온 덕분에 그분을 만날 수 있게 된 겁니다. 지구인들은 그분이 옛 세계를 떠난 후로 2천 년 동안 그분 이야기를 해왔습니다. 다들 그분을 직접 보고 말씀을 듣고 싶었지만, 그럴 기회가 없었습니다. 그런데 우리는 오늘 단 몇 시간 차이로 그분을 볼 기회를 놓치고 말았단 말입니다."

하트 선장은 마틴의 뺨을 보았다. "자네 어린애처럼 질질 짜고 있군. 당장 멈추지 못하겠나."

"상관 마십시오."

"아니, 상관 좀 해야겠네. 우린 이 원주민들에게 최대한 어엿한 모습을 보여야 해. 자넨 지금 너무 긴장했어. 아까도 말했지만, 이번에는 자넬 용서하고 넘어가겠네."

"선장님의 용서는 필요 없습니다."

"어리석기는. 자넨 이 사람들을 속이고 등쳐먹으려는 버튼의 속셈이 보이지 않나? 종교의 탈을 쓰고 석유와 광물을 가로채려는 수작이라고! 자넨 아직도 지구인이 어떤 자들인지 모르나? 그들은 어떤 짓도 서슴지 않네. 목적을 위해서라면 신성

모독도 거짓말도 사기도 도둑질도 살인도 가리지 않아. 효과만 있다면 무슨 짓이든 저지를 놈들이라고. 진정한 실용주의자지. 그게 바로 버튼이야. 자네도 알잖아!"

선장은 코웃음을 치며 말을 이었다. "그러니 그만하게, 마틴. 이제 그만 인정하라고. 이거야말로 딱 버튼이 저지를만한 짓거리야. 순진한 사람들 귀에 대고 속닥거리다가 때가 되면 똑 따먹는 수법 말이야."

"그렇지 않습니다." 마틴은 잠시 생각해보더니 말했다.

선장이 한 손을 들어 올렸다. "틀림없이 버튼 짓이야. 그 자식의 더러운 사기수법이라고. 앞으론 그 늙어빠진 용을 존경해야겠어. 난데없이 불을 뿜으며 여기에 나타나 머리 뒤로 후광을 두르고 달콤한 말을 속닥이면서 사랑 가득한 손길로 연고를 발라주고 치료용 광선을 쐬어주었겠지. 버튼이 틀림없다니까!"

"아닙니다." 마틴의 목소리가 멍해졌다. 그는 자기 눈을 가렸다. "아닙니다. 선장님 말을 믿지 않습니다."

"믿고 싶지 않은 거겠지." 하트 선장은 계속 말했다. "그만 인정하게. 인정하라고! 이건 그냥 버튼이 벌인 수작이야. 그만 꿈에서 깨어나, 마틴. 정신 차려! 아침이야. 이건 현실이고 우리는 현실을 살아가는 더러운 사람들이야. 버튼은 그중 가장 더러운 자식이고!"

마틴이 고개를 돌렸다.

"자, 자, 마틴." 하트 선장은 기계적으로 마틴의 등을 두드렸다. "내 이해하네. 자네에겐 꽤 충격이었겠지. 알아. 끔찍하도록 수치스러울 거야. 버튼 자식, 정말 악당 중의 악당이야. 자넨 가서 좀 쉬게나. 나머지는 내가 알아서 처리하겠네."

마틴은 천천히 로켓을 향해 걸어갔다.

하트 선장은 멀어지는 마틴의 모습을 바라보다가 깊은숨을 들이마시고 아까 질문했던 여자에게 돌아갔다. "저, 그 남자에 대해 조금 더 말해보시오. 어디까지 말했더라?"

✳

한참 후 로켓원정대 대원들은 우주선 바깥에 카드 테이블을 펴놓고 저녁을 먹었다. 마틴은 빨개진 눈으로 조용히 생각에 잠겨 있었다. 선장은 마틴에게 그날 모은 정보를 전해주었다.

"서른 명 정도를 만나봤는데 다들 하나 마나 한 소리만 늘어놓더군." 선장이 말했다. "버튼 짓이 틀림없어. 내일이나 다음 주쯤이면 녀석이 슬그머니 돌아와서 또 기적을 보여주고는 우리 대신 중요한 계약을 따낼 거야. 내가 지키고 있다가 녀석의 계약을 망쳐버릴 거야."

마틴이 음침한 눈빛으로 선장을 올려다보았다. "그게 사실이라면 제가 버튼 그놈을 죽여버리겠습니다."

"이런, 마틴! 진정하게!"

"제가 놈을 죽여버릴 테니 선장님이 좀 도와주십시오."

"우린 놈의 일을 망쳐놓기만 하면 되네. 녀석이 얼마나 똑똑한지는 자네도 인정해야 할 거야. 비열한 놈이지만 머리 하나는 확실히 똑똑하니까."

"파렴치한 놈."

"절대 폭력은 쓰지 않겠다고 약속하게." 하트 선장은 잠시 숫자를 헤아려보았다. "여기 자료에 의하면 병을 낫게 하고 장님을 눈뜨게 하고 문둥이를 깨끗이 낫게 한 사례가 서른 건 정도라는군. 버튼 이 자식, 열심히도 했군."

이때 종이 울렸다. 잠시 후 대원 한 명이 달려왔다. "선장님, 보고드립니다. 버튼의 로켓이 착륙 중이랍니다. 애슐리의 로켓도 오고 있습니다."

"아주 개떼처럼 몰려오는군!" 하트 선장이 카드 테이블을 내리치며 말했다. "하루라도 빨리 여길 집어삼키고 싶어 안달이 난 게지. 내가 환영해줄 테니 기다리라고. 이 잔치에 나를 빼면 섭섭하지, 암!"

마틴은 역겨운 얼굴로 선장을 노려보았다.

"이건 업무야, 이 친구야. 업무라고." 선장이 말했다.

다들 하늘을 올려다보았다. 로켓 두 대가 착륙하고 있었다. 로켓은 거의 충돌하듯이 내려앉았다.

"저 바보들, 왜 저러는 거야?" 하트 선장이 벌떡 일어나 외쳤다. 대원들은 연기가 피어오르는 우주선을 향해 풀밭을 가로질러 뛰어갔다. 선장도 도착했다. 버튼의 로켓 탑승구가 벌컥 열렸다.

대원 하나가 그들 앞으로 고꾸라지듯 뛰어내렸다.

"어떻게 된 일인가?" 하트 선장이 외쳤다.

대원은 땅에 쓰러졌다. 하트 선장의 부하들이 살펴보니 그는 온몸에 심각한 화상을 입고 있었다. 온몸에 상처와 흉터가 있었고 피부 조직은 그을려 연기를 피우고 있었다. 그는 부어오른 눈을 겨우 뜨고 위를 올려다보며 갈라진 입술 사이로 두툼한 혀를 움직여 겨우 말했다.

"선장님⋯." 죽어가는 남자가 속삭였다. "48시간 전, 본 항성계 제1행성 근처 79번 구간에서 저희 우주선과 애슐리 선장의 우주선이 우주폭풍을 만났습니다." 그의 입에서 피가 흘러나왔다. "완파되었습니다. 승무원 전원 사망에 버튼 선장도 죽었습니다. 애슐리 선장도 한 시간 전에 사망했습니다. 겨우 세 명만 살았습니다."

"이봐, 정신 차리게!" 하트 선장은 피 흘리는 남자를 향해 몸을 숙이고 소리쳤다. "그렇다면, 최근 이 행성에 온 적이 없다는 말인가?" 아무 소리도 들리지 않았다.

"대답해보게!" 하트 선장이 외쳤다.

죽어가는 남자가 말했다. "없습니다. 오는 길에 폭풍을 만났고 버튼 선장은 이틀 전에 죽었습니다. 지금이 6개월 만에 첫 착륙입니다."

"정말인가?" 하트 대장이 남자의 손을 꼭 쥐고 격하게 흔들며 외쳤다. "확실한가?"

"확실합니다." 죽어가는 남자가 말했다.

"버튼이 이틀 전에 죽었다고? 정말인가?"

"예, 그렇습…." 남자가 속삭였다. 그의 머리가 앞으로 푹 꺾였다. 그리고 숨을 거두었다.

선장은 말 없는 시체 옆에 무릎을 꿇었다. 선장의 얼굴이 씰룩거렸다. 근육이 저절로 움찔거렸다. 다른 대원들은 선장 뒤에서 내려다보고 있었다. 마틴은 기다렸다. 마침내 선장이 자신을 일으켜달라고 부탁하고 대원들의 부축을 받으며 일어났다. 전부 서서 도시를 바라보았다. "그렇다면, 그 말은…."

"무슨 뜻일까요?"

"우리가 지금껏 여기에 도착한 유일한 원정대라는 뜻이지." 하트 선장이 속삭였다. "그렇다면 과연 그 남자는…."

"그 남자는 누구일까요, 선장님?" 마틴이 물었다.

선장의 얼굴이 마구 씰룩거렸다. 그는 몹시 늙고 울적해 보였다. 눈빛만 번득였다. 그는 마른 풀밭을 밟으며 앞으로 걸어갔다.

"같이 가세, 마틴. 같이 가. 나를 좀 붙잡아주게. 쓰러질 것 같군. 서두르세. 시간이 없어."

그들은 불어오는 바람을 맞으며 훌쩍 자란 마른 풀밭을 걸어 휘청거리며 도시를 향해 갔다. 증인선서를 하고 이야기를 들려주는 이들의 얼굴에 빛이 흘러넘쳐 하트 선장은 그들을 똑바로 보기도 힘들었다. 증언을 듣는 내내 그는 양손을 가지런히 무릎 위에 올려놓았다가 허리띠 위로 옮겨 덜덜 떨다가 했다.

증언이 모두 끝나자 하트 선장은 미심쩍은 눈빛으로 시장을 보았다.

"그 남자가 어디로 갔는지 정말로 모른단 말이오?"

"어디로 가는지 아무 말 없이 떠나셨으니까요." 시장이 말했다.

"근처 다른 행성으로 간 건 아닐까요?" 선장이 물었다.

"저는 모릅니다."

"아실 텐데."

"혹시 이 중에서 그분을 보셨습니까?" 시장이 군중을 가리키며 물었다.

선장도 군중을 바라보며 대답했다. "못 봤소."

"그렇다면 그분은 아마도 어디론가 떠나셨다는 뜻이겠지요." 시장이 말했다.

"또 또 그 빌어먹을 아마도!" 선장은 무기력하게 외쳤다. "내가 끔찍한 실수를 저질렀소. 그러니 그 사람을 꼭 만나야겠소이다. 생각해보면 역사적으로도 매우 특별한 일이 아니겠소? 이런 일이 생기다니! 세상에, 우리가 수백만 개의 행성 중 어느 한 곳에 왔는데 바로 하루 전날 그 사람이 왔다 갔다니, 그럴 확률이 수십억 분의 1이나 될까요? 그러니 그 사람이 어디로 가버렸는지 당신은 알아야 할 것 아니요!"

"다들 각자의 방식으로 그분을 만나게 됩니다." 시장은 온화하게 말했다.

"당신이 그 사람을 숨겨두었지?" 선장의 얼굴이 천천히 일그러지더니 단단하게 굳은 평소 표정이 되살아났다. 그는 자리에서 일어났다.

"그렇지 않습니다." 시장이 대답했다.

"그럼 어디 있는지 알 것 아니요!" 선장의 손이 오른쪽 허리춤에 찬 가죽 권총집 위에서 움찔거렸다.

"그분이 어디 계신지는 정확히 알 수가 없습니다."

"말하는 게 좋을걸." 선장은 조그만 강철 권총을 꺼냈다.

"정말로 드릴 말씀이 없습니다."

"거짓말하지 마!"

하트 선장을 바라보는 시장의 얼굴에 딱하다는 표정이 떠올랐다.

"당신은 몹시 지쳤군요. 장기간 여행을 했고 오랫동안 믿음 없이 살아온 사람들 사이에 있느라 지친 겁니다. 그러다가 지금은 믿음이 너무 절실해 자신을 망가뜨리고 있습니다. 살인을 했다간 일을 더 그르치기만 할 겁니다. 그런 식으로는 절대 그분을 찾을 수가 없어요."

"그 사람은 어디로 갔어? 당신한테는 말했을 거 아니야! 그러니 어서 말해!" 선장은 권총을 휘둘렀다.

시장은 고개를 저었다.

"말해! 어서 말하라고!"

권총이 한 번, 그리고 두 번 발사되었다. 시장은 팔에 총상을 입고 쓰러졌다.

마틴이 앞으로 뛰어나왔다. "선장님!"

권총이 마틴 쪽으로 움직였다. "방해하지 마."

바닥에 쓰러진 시장이 다친 팔을 감싸 쥐고 두 사람을 올려다보았다. "총을 내려놓으십시오. 안 그러면 당신만 다칩니다. 한 번도 믿음을 가져본 적 없는 당신은 이제 와 믿음에 마음을 뺏기고 사람들을 해치고 있군요."

"다 필요 없어." 하트 선장은 시장을 내려다보며 말했다. "하루 차이로 그 사람을 놓쳤다면 다른 별로 가면 돼. 거기서 또 다른 별로, 또 다른 별로 옮겨가면 되겠지. 그러면 다음 별에선 한나절 차이로, 그다음 별에선 반나절 차이로, 그다음은 두 시간 차이, 또 한 시간 차이, 30분 차이, 1분 차이로 그를 놓치겠지. 그러다간 언젠가는 그를 따라잡을 수 있을 거야! 무슨 말인지 알아듣겠어?" 하트 선장은 이제 바닥에 쓰러진 시장의 몸 위로 비스듬히 서서 외쳤다. 그는 기진맥진해 금방이라도 쓰러질 것처럼 휘청거렸다. "가자, 마틴." 선장은 총을 그대로 들고 있었다.

"아니요. 저는 여기 남겠습니다." 마틴이 말했다.

"이런 바보 같은 자식. 맘대로 해. 나는 대원들을 데리고 끝까지 가겠다."

시장이 마틴을 올려다보았다. "저는 괜찮습니다. 그냥 놔두십시오. 주민들이 와서 보살펴줄 겁니다."

"로켓까지만 갔다가 다시 오겠습니다." 마틴이 말했다.

그들은 무시무시한 속도로 도시를 빠져나갔다. 선장은 강철같이 단단한 평소 모습을 보여주고 위엄을 지키려고 모진 애를 쓰고 있었다. 로켓에 도착하자 그는 떨리는 손으로 선체 옆을 내리쳤다. 그는 권총을 집어넣고 마틴을 쳐다보았다.

"마틴?"

"예, 선장님."

하트 선장은 눈을 들어 하늘을 보았다. "정말로… 같이 가지 않을 생각인가?"

"예, 선장님."

"굉장한 모험이 될 거야. 나는 그 사람을 반드시 찾아낼 걸세."

"선장님은 오로지 그 생각에 사로잡혀 있으시군요?"

하트 선장은 얼굴을 움찔거리며 눈을 꼭 감았다. "그렇다네."

"알고 싶은 게 한 가지 있습니다."

"뭔가?"

"그분을 찾으면, 정말로 그분을 찾는다면, 뭘 부탁할 생각입니까?"

"글쎄…." 선장은 주춤거리다 눈을 떴다. 주먹을 쥐었다 풀었다 하다가 뭔가를 깊이 생각해보다가 야릇한 미소를 짓기도 했다. "난 그저, 평화와 고요를 바랄 뿐이라네." 그는 로켓 선체를 어루만졌다. "느긋하게 마음을 놓아본 게 정말 언제 일인지, 너무나 너무나 오래되었다네."

"느긋해지려고 노력해본 적은 있으시고요?"

"그게 무슨 말인가?"

"아무것도 아닙니다. 안녕히 가십시오, 선장님."

"잘 있게. 마틴."

대원들은 탑승구 옆에 서 있었다. 하트 선장과 함께 가기로 한 사람은 겨우 세 명이었다. 나머지 일곱 명은 마틴과 함께 남기로 했다.

하트 선장은 그들을 살펴보고 마지막으로 한마디를 내뱉었다. "멍청한 녀석들!"

마침내 그는 탑승구로 올라가 재빨리 경례하고 씩 웃었다. 문이 닫혔다. 로켓은 불기둥을 달고 하늘로 올라갔다.

마틴은 로켓이 점점 멀어지며 시야에서 사라질 때까지 쳐다보았다. 일행의 부축을 받으며 여기까지 온 시장이 풀밭 가장자리에서 마틴을 불렀다.

"선장님은 갔습니다." 마틴이 시장에게 다가가 말했다.

"그렇군요. 가엾은 분. 결국엔 갔군요." 시장이 말했다. "저분은 이 행성에서 저 행성으로 그분을 찾고 또 찾으며 언제나 한 시간, 혹은 반 시간, 혹은 10분, 1분이 늦었다고 생각할 겁니다. 그러다 마침내 몇 초 차이로 그분을 놓쳤다고 말하겠지요. 그렇게 3백 곳의 행성을 찾아 헤매다 일흔 여든 살이 되면 몇 분의 1초나 몇십 분의 1초 차이로 놓쳤다고 생각할 겁니다. 그렇게 계속 생각하면서 그분을 찾아다니겠지요. 바로 여기 남겨두고 간 그분을 말이지요."

마틴이 물끄러미 시장을 보았다.

시장이 손을 내밀었다. "빤하지 않습니까?" 그는 일행에게 손짓하며 돌아섰다. "자, 가세. 그분을 기다리게 해서는 안 되네."

그들은 도시를 향해 걸어갔다.

그대의 시간여행

Time in Thy Flight

뜨거운 바람이 그들의 얼굴에 불어닥치며 오랜 시간이 훅 지나갔다.

　타임머신이 멈췄다.

　"1928년이야." 재닛이 말했다. 두 소년이 소녀의 어깨너머를 보았다.

　필즈 선생님이 당부했다. "잊지 마라. 너희는 고대인들의 행동을 관찰하려고 여기 온 거야. 탐구 정신을 가지고 열심히 관찰하거라."

　"예." 선명한 카키색 교복을 입은 소녀와 두 소년이 대답했다. 아이들은 가족이나 친척이 아니었는데도, 똑같은 머리 모양에 똑같은 손목시계와 샌들을 신고 있었고 머리카락과 눈동자, 치아, 피부의 색깔도 똑같았다.

"쉿, 다들 조용히!" 필즈 선생님이 말했다.

그들은 1928년 봄, 일리노이주의 작은 마을에 와 있었다. 이른 새벽, 거리에는 서늘한 안개가 자욱했다.

저 멀리 어린 소년 하나가 크림색 달이 뿌리는 마지막 빛을 받으며 달려왔다. 어디선가 커다란 시계가 새벽 5시를 알렸다. 소년은 고요한 잔디밭에 테니스화로 발자국을 찍으며 보이지 않는 타임머신 근처를 걸어 어느 집의 높고 어두운 창문을 향해 소리쳤다.

창문이 열리더니 또 다른 소년이 지붕을 타고 땅으로 내려왔다. 두 소년은 입안 가득 바나나를 물고 어둡고 싸늘한 새벽 속을 달려갔다.

"저 뒤를 따라가라." 필즈 선생님이 속삭였다. "저들의 생활양식을 알아와. 어서!"

재닛과 윌리엄과 로버트는 이제 남들 눈에도 보이는 상태가 되어 잠들어 있는 동네와 공원을 지나 봄날의 차가운 도로 위를 달려갔다. 가는 길 내내 전등이 켜졌다가 꺼졌고, 문이 덜컹 소리를 내며 열렸다 닫히며 아이들 수가 점점 늘어났다. 아이들은 혼자 혹은 짝을 지어 숨을 헐떡이며 언덕을 내달려 파랗게 번들거리는 철길로 향했다.

"저기 온다!" 동이 트기도 전에 아이들이 잔뜩 몰려왔다. 멀리 번들거리는 철길 아래쪽에 작은 빛 하나가 보이기 시작하더니 순식간에 증기를 뿜는 천둥으로 변했다.

"저게 뭐지?" 재닛이 외쳤다.

"기차잖아, 이 바보야. 예전에 사진으로 봤어!" 로버트가 소리쳤다.

타임머신을 타고 온 아이들이 지켜보는 가운데, 기차에서 거대한 회색 코끼리들이 내렸다. 코끼리들은 서늘한 새벽하늘을 향해 물음표처럼 생긴 코를 들어 올리며 포장도로에 김이 피어오를 만큼 엄청난 양의 오줌을 내갈겼다. 길쭉한 화물칸에서 붉은색과 황금색으로 장식한 거추장스러운 운반차가 굴러내렸다. 어두운 사각의 우리 안에서 사자들이 으르렁거리며 왔다 갔다 했다.

"앗! 이건… 서커스가 틀림없어!" 재닛은 부르르 몸을 떨었다.

"그래? 서커스는 어떻게 됐는데?"

"크리스마스처럼 오래전에 사라졌어." 재닛은 주위를 둘러보며 말했다. "정말 대단하지 않아?"

소년들은 멍하니 서 있었다. "정말 그러네."

서커스 사람들은 동틀 무렵의 희붐한 빛 속에서 고함을 질러댔다. 침대칸 열차가 서서히 멈추어서자 잠을 채 떨치지 못한 멍한 얼굴들이 창밖의 아이들을 바라보았다. 말들이 포장도로에 돌멩이가 쏟아지는 것처럼 따그닥 따그닥 소리를 내며 움직였다.

아이들 뒤로 필즈 선생님이 불쑥 나타났다. "동물을 우리에 가두다니 역겹고도 야만적이군. 여기가 이런 곳인 줄 알았다면 너희에게 보여주지 않았을 거다. 정말 끔찍한 문화야."

"예, 정말 그렇네요." 그러나 재닛의 눈만은 휘둥그레졌다. "그런데 선생님. 여긴 정말 구더기 소굴 같아요. 조금 더 공부해보고 싶어요."

"저는 잘 모르겠어요." 로버트는 손을 덜덜 떨며 앞을 노려보았다. "정말 미친 세상이에요. 선생님이 괜찮다고 하시면 이 시대에 관해 논문을 쓰긴 하겠지만⋯."

필즈 선생님이 고개를 끄덕였다. "너희가 이 시대를 참고 견디면서 자발적으로 이곳의 공포를 연구한다면 나로선 기쁜 일이지. 암, 괜찮고말고. 오늘 오후 여기서 서커스를 보자꾸나."

"속이 울렁거릴 것 같아요." 재닛이 말했다.

타임머신이 웅웅 소리를 내며 움직였다.

"그러니까 서커스겠지." 재닛이 진지하게 말했다.

서커스의 트롬본 소리가 귓속에서 잦아들었다. 그들이 마지막으로 본 것은 하얀 분을 바른 어릿광대가 새된 소리를 지르며 튀어 오르는 동안 알록달록한 분홍색 공중그네를 탄 사람들이 빙글빙글 도는 모습이었다.

✳

"너희에겐 가상현실 체험기가 있어서 다행이라는 걸 알겠지?"

"그러게요. 저 더러운 짐승 냄새며 흥분한 사람들이며⋯."

재닛이 눈을 깜박이며 말했다. "어린아이들에게는 정말 해로울 것 같아요. 그런데 저기 나이 든 사람들이 아이들과 함께 앉아 있어요. 아이들은 그들을 아버지, 어머니라고 불렀어요. 아, 정말 이상해요."

필즈 선생님이 채점지 몇 군데에 표시했다.

재닛은 멍하니 고개를 흔들었다. "처음부터 다시 보고 싶어요. 어디선가 주제를 놓치고 말았어요. 이른 새벽 마을을 가로질러 다시 달리고 싶어요. 얼굴에 차가운 바람도 느껴보고 발밑에 닿는 보도의 감촉도 느껴보고 서커스 열차가 들어오는 모습도 다시 보고 싶어요. 아이들이 꼭두새벽부터 일어나 서커스 열차를 보겠다고 달려나갔던 건 이른 시간의 공기 때문이었을까요? 전체 과정을 처음부터 다시 밟아보고 싶어요. 사람들은 왜 그렇게 흥분했을까요? 아아, 어디선가 대답을 놓친 것 같아요."

"아이들이 무척 많이 웃었어요." 윌리엄이 말했다.

"조울증 때문이야." 로버트가 말했다.

"근데 여름방학이 뭐예요? 아까 아이들이 말하는 걸 들었어요." 재닛이 필즈 선생님에게 물었다.

"옛날 아이들은 여름 내내 바보 멍청이처럼 서로 때리고 달리기를 하며 보냈단다." 필즈 선생님이 엄숙하게 말했다.

"저는 나라에서 주관하는 어린이 여름 학습 대회에 참가할 거예요." 로버트가 허공을 보며 희미한 목소리로 말했다.

타임머신이 다시 멈추었다.

"7월 4일이구나." 필즈 선생님이 말했다. "1928년 7월 4일로 왔어. 사람들이 폭죽놀이를 한다고 손가락을 날려 먹던 먼 옛날의 기념일이란다."

아까와 같은 거리, 같은 집 앞에 서 있었지만 이번에는 따뜻한 여름 저녁이었다. 바퀴 모양 불꽃이 쉭쉭거리며 돌아가고 집 앞 포치에서 아이들이 까르르 웃으며 뭔가를 집어 던지니 펑 소리를 내며 터졌다!

"달아나지 마!" 필즈 선생님이 외쳤다. "전쟁이 난 게 아니니 겁먹지 마라!"

그러나 재닛과 로버트와 윌리엄의 불그족족한 얼굴은 파랗게 질려버렸고, 이어서 부드럽게 쏟아져 내리는 불꽃 분수를 보고는 하얗게 질렸다.

"우린 괜찮을 거야." 재닛이 꼼짝도 하지 않고 서서 말했다.

"다행히도 백 년 전에 불꽃놀이가 금지되었단다. 이제 저런 지저분한 폭발은 깨끗이 사라졌어."

아이들은 요정처럼 춤을 추며 하얗게 일어나는 불꽃으로 어두운 여름 대기 위에 자신의 이름과 운명을 그렸다.

"나도 저거 하고 싶다." 재닛이 조용히 말했다. "공기에 내 이름을 쓰고 싶어. 저거, 나도 해보고 싶어."

"뭐라고 했니?" 필즈 선생님은 재닛의 말을 듣지 못했다.

"아무것도 아니에요." 재닛이 말했다.

"펑!" 윌리엄과 로버트는 보드라운 여름 나무 아래 서서 아름다운 여름밤 잔디밭에서 벌어지는 빨강 하양 초록의 불꽃놀이를 보고 또 보면서 나지막이 속삭였다. "펑!"

10월이었다.

타임머신은 한 시간 후 화려하게 불타오르는 단풍의 계절에 멈추었다. 사람들이 호박과 옥수수 노적가리를 들고 어두컴컴한 집들로 부산스럽게 들어갔다. 해골이 춤추고 박쥐가 날고 촛불이 불꽃을 피우고 빈 문간에 사과가 매달렸다.

"핼러윈이다." 필즈 선생님이 말했다. "공포의 절정이지. 여긴 미신의 시대잖니. 나중에는 그림형제의 이야기도 유령도 해골도, 이 모든 허튼짓도 전부 금지당했단다. 감사하게도 너희는 그림자도 유령도 없는 살균의 시대에 태어나고 자랐다. 너희에겐 이제 윌리엄 C. 채터턴* 탄생일이나 일의 날, 기계의 날 같은 점잖은 휴일이 있지."

그들은 텅 빈 10월의 밤, 아까와 같은 집 앞을 걸으며 세모눈이 뚫린 호박과 검은 다락방과 축축한 지하실에서 무섭게 노려보는 가면들을 구경했다. 아이들은 집 안에 모여 앉아 깔깔 웃으며 이야기를 나누고 있었다.

"나도 저 애들과 함께 집 안에 들어가 있고 싶어." 이윽고 재닛이 말했다.

"물론, 사회학을 위해서지?" 소년들이 말했다.

"아니야." 소녀가 말했다.

"뭐라고?" 필즈 선생님이 깜짝 놀라 물었다.

---

* 영국의 찬송가, 캐럴 작가

"아니요, 저는 그냥 집 안에 들어가 저 모든 걸 보고 싶어요. 여기가 아니면 볼 수 없는 것들을 보고 싶어요. 불꽃놀이도 해보고 싶고 호박도 서커스도 보고 싶어요. 언젠가 봤던 크리스마스와 밸런타인과 7월 4일을 직접 겪어보고 싶다고요."

"일이 점점 커지는군…." 필즈 선생님이 말했다.

그때 재닛이 갑자기 사라졌다. "로버트! 윌리엄! 가자!" 소녀는 달리기 시작했다. 소년들도 뒤따라 달렸다.

"거기서!" 필즈 선생님이 외쳤다. "로버트! 윌리엄, 이 녀석! 잡았다!" 필즈 선생님은 마지막으로 달려가던 윌리엄을 붙잡았지만, 나머지 두 아이는 놓치고 말았다. "재닛! 로버트! 어서 돌아와! 너 이 녀석들! 7학년으로 진급 못 할 줄 알아라! 너흰 낙제야, 낙제! 로버트! 재닛!"

거친 10월의 바람이 불어와 나뭇잎 사이를 훑으며 지나가더니 달음박질치는 아이들과 함께 사라졌다.

필즈 선생님한테 붙들린 윌리엄이 몸을 뒤틀고 발길질을 했다.

"아니, 아니, 너는 안 돼, 윌리엄. 너는 나랑 같이 돌아가야 해. 저 두 녀석은 잊어서는 안 되는 교훈을 배울 것이다. 그러려고 과거에 살고 싶어 한 게 아니겠니?" 필즈 선생님은 다들 들을 수 있을 만큼 큰 소리로 외쳤다. "괜찮아, 재닛! 로버트! 이 공포와 혼돈 속에서 한 번 살아보려무나! 몇 주일만 지나도 훌쩍훌쩍 울면서 내게 돌아올걸. 하지만 그때가 되면 나는 가고 없단다! 나는 이 미친 세상에 너희를 남겨두고 떠날 테니까!"

그는 윌리엄을 서둘러 타임머신에 태웠다. 소년은 흐느껴 울고 있었다. "다시는 이곳에 현장체험학습을 오지 마세요, 제발요, 필즈 선생님. 제발요."

"닥쳐라!"

곧바로 타임머신은 미래를 향해, 지하동굴 도시와 금속건물과 금속 꽃과 금속 잔디밭을 향해 떠났다.

"잘 있어라, 재닛! 로버트!"

쌀쌀한 10월의 바람이 물처럼 마을 전체를 휩쓸고 지나갔다. 이윽고 바람이 그쳤을 때, 초대받은 아이도 초대받지 않은 아이도, 가면을 쓴 아이도 가면을 쓰지 않은 아이도, 모두 닫혀 있는 집 문을 향해 몰려갔다. 어디에도 한밤중 거리를 내달리는 아이는 없었다. 바람이 벌거벗은 나무 우듬지에서 구슬프게 울었다.

촛불을 밝힌 커다란 집 안에서 누군가 둘러앉은 모두에게 차가운 사과 사이다를 부어주고 있었다. 그게 누구든 상관없이 골고루.

고독한 산책자

The Pedestrian

안개 낀 11월의 저녁 8시에 도시의 적막 속으로 걸어 들어가는 것, 콘크리트 보도에 발을 딛고 풀이 자란 틈새를 골라 밟으며 주머니에 손을 찔러넣고 적막을 뚫고 갈 길을 가는 것, 그것은 레너드가 몹시 사랑하는 일과였다. 그는 교차로 모퉁이에 서서 달빛을 안고 네 방향으로 쭉 뻗은 거리를 바라보며 어느 쪽으로 가볼까 가늠해보지만, 실상 어느 곳으로 가도 다르지 않았다. 그는 서기 2053년의 세계에 거의 홀로 있었고, 어느 길로 갈지 마지막 선택을 하고 나면 시가 연기처럼 눈앞에서 희미하게 피어오르는 저녁 안개를 뚫고 거리를 활보할 것이다.

때로 그는 몇 시간 동안 수 킬로미터를 걸었다가 자정이 되어서야 겨우 집으로 돌아오곤 했다. 산책길에 창문마다 불이

꺼진 집들과 오두막집을 지나가는 것은 유리창 뒤로 반딧불이 꽁무니만이 희미하게 깜박거리는 묘지를 지나가는 것과 같았다. 잠들기 전 아직 커튼을 치지 않은 거실벽에 잿빛 유령이 불쑥 나타날 것만 같았고 무덤처럼 생긴 건물 창문이 아직 열려 있는 곳에서는 유령이 속삭이고 중얼거리는 소리가 들려올 것 같았다.

레너드는 간혹 걸음을 멈추고 고개를 내밀고 귀를 쫑긋 세웠다가 다시 걷기 시작했다. 울퉁불퉁한 길 위에 닿은 그의 발은 어떤 소리도 내지 않았다. 현명하게도 그는 오래전부터 산책할 때는 운동화로 갈아신었다. 이 시간에 굽이 단단한 구두를 신고 나선다면 간혹 개떼가 마구 짖으며 그를 따라다닐 것이고 집집마다 전등이 켜지며 사람들이 창밖으로 고개를 내밀 것이며 온 동네 사람들이 11월 초에 저녁 길을 홀로 걷는 길쭉한 형체의 사람을 보고 화들짝 놀랄 것이다.

오늘같이 특별한 저녁에는 어딘가 숨겨진 바다를 향해 서쪽으로 길을 잡았다. 대기 중에 수정 같은 서리가 잔뜩 내리고 있어서 코가 벨 듯 시렸고 폐는 크리스마스트리가 통째로 들어간 것처럼 화끈거렸다. 가슴속에서 차가운 꼬마전구가 켜졌다 꺼졌다 하고 가지마다 보이지 않는 눈이 잔뜩 쌓여 있는 게 느껴질 정도였다. 그는 부드러운 신발 밑창이 가을 낙엽을 밟는 희미한 소리에 흡족하게 귀를 기울였고, 이 사이로 차갑고도 나직하게 휘파람을 불며 간간이 나뭇잎을 주워들어 어쩌다 하나씩 서 있는 가로등 불빛에 나뭇잎의 해골 무늬를 비춰

보고 썩어가는 냄새를 맡아 보았다.

"안녕들 하십니까?" 그는 지나가는 길에 만난 모든 집을 향해 속삭였다. "오늘 밤 채널 4번은 어떤가요? 7번과 9번은요? 카우보이들은 어디로 달려가고 있죠? 다음 언덕에 도착하면 연방기병대가 출동하는 장면이 나올까요?"

거리는 고요했고 길은 비어 있었다. 평야 한가운데를 날아가는 매의 그림자처럼 오직 그의 그림자만 보였다. 눈을 감고 꼼짝도 하지 않고 서 있으면, 수천 킬로미터 안에 집 한 채 없이 오직 마른 강바닥과 거리만 뻗어 있는 바람 한 점 없는 겨울의 사막 평원 한복판에 홀로 서 있는 모습을 떠올릴 수 있을 것이다.

"지금은 어떤 프로그램이 나오나요?" 그는 손목시계를 들여다보며 집들을 향해 물었다. "오후 8시 30분이면 '살인자의 이모저모'를 할 시간인가? 퀴즈? 아니면 시사풍자극? 혹시 코미디언이 무대에서 떨어졌나요?"

달빛을 받아 하얗게 빛나는 저 집에서 흘러나오는 소리는 웃음인가? 그는 잠시 머뭇거렸지만 아무 일도 일어나지 않자 계속 갈 길을 갔다. 보도블록이 고르지 않은 곳에 발부리가 걸려 비틀거리기도 했다. 꽃과 풀이 무성히 자라 그 아래 깔린 시멘트가 보이지 않았다. 10년 동안 밤이나 낮이나 거리를 산책하며 수천 킬로미터를 걸었지만, 어느 때고 지나가는 사람을 만난 적은 단 한 번도 없었다.

그는 두 개의 고속도로가 마을을 관통하는 클로버잎 모양

교차로에 도착했다. 낮이면 자동차들이 천둥소리를 내며 지나갔고 주유소가 문을 열고 거대한 곤충 모양 자동차가 끊임없이 제자리를 찾아가며 분주하게 움직였다. 마치 지친 딱정벌레가 꾸무럭거리면서 희미한 냄새를 피우고 집을 향해 먼 길을 달려가는 것 같았다. 그러나 지금은 고속도로 역시 가뭄 때의 메마른 강바닥 같아서 보이는 거라곤 돌과 바닥과 달빛뿐이었다.

그는 길가에서 집을 향해 돌아섰다. 목적지가 있는 블록에 도착했을 때 자동차 한 대가 불쑥 모퉁이를 돌아 나오더니 그를 향해 눈부시게 하얀 전조등 불빛을 맹렬하게 비추었다. 그는 갑작스러운 빛에 놀라 어리둥절한 와중에도 흡사 불나방처럼 왠지 모를 황홀함을 느끼며 빛 쪽으로 다가갔다.

금속성 목소리가 그를 향해 외쳤다.

"꼼짝 마. 그 자리에 가만히 있어! 움직이지 마!"

그는 멈춰 섰다.

"손들어!"

"제가 뭘⋯." 그가 말했다.

"손들어! 안 그러면 쏜다!"

당연히 경찰이었지만, 여기서 경찰은 기적적으로 희귀한 존재였다. 인구 3백만 명인 도시에 경찰차가 단 한 대 남았다던데, 잘못 안 걸까? 1년 전인 2052년에 선거가 있었고 정부는 석 대 남긴 경찰차를 다시 한 대로 삭감했다. 범죄는 거의 사라졌고 이제 빈 거리를 돌고 도는 외로운 한 대의 경찰차를 제외하면 더 이상 경찰차는 필요하지 않았다.

"이름이 뭔가?" 경찰차에서 금속성 목소리가 날아왔다. 눈앞을 가로막은 눈부신 전조등 때문에 차 안에 탄 사람들은 보이지 않았다.

"레너드 메드요." 그가 말했다.

"큰 소리로!"

"레너드 메드요!"

"사업가인가? 직업이 있나?"

"작가라고 불러주시오."

"직업이 없군." 경찰차가 혼잣말하듯 중얼거렸다. 가슴에 바늘이 꽂힌 박물관 표본처럼 불빛이 그를 꼼짝 못 하게 붙들고 있었다.

"그렇게 말할 수도 있겠군요." 레너드가 말했다. 실제로 그는 지난 몇 년 동안 글을 한 편도 쓰지 못했다. 지금은 잡지도 책도 팔리지 않았다. 모든 게 한밤중 무덤 같은 집에서 일어나는 세상이었다. 조명이라곤 텔레비전에서 흘러나오는 빛이 전부인 그 무덤 속에서 사람들은 죽은 자처럼 앉아 오로지 텔레비전의 잿빛 혹은 총천연색 불빛만을 뺨에 맞고 있을 뿐, 실제로 그들을 건드리는 것은 아무것도 없었다.

"직업이 없군." 축음기 같은 목소리가 치칙거리며 말했다. "여기서 뭘 하고 있지?"

"산책이요." 레너드가 말했다.

"산책이라고!"

"그냥 걷고 있습니다." 레너드는 얼굴에서 추위를 느꼈다.

"걸었다… 그냥 걸었어… 걸었다고?"

"그렇습니다."

"어딜 걸었지? 무엇 때문에?"

"바람도 쐬고 또 구경도 하려고 걷지요."

"주소!"

"사우스 세인트 제임스 가 11번지."

"바람은 집에도 있지 않나? 에어컨도 있잖소, 레너드?"

"있죠."

"또 집에도 경치를 구경하는 화면이 있을 텐데?"

"없습니다."

"없어?" 그 자체로 비난처럼 들리는 침묵이 찾아왔다.

"결혼했소?"

"아니요."

"미혼이라." 맹렬한 빛 뒤에서 경찰의 목소리가 들렸다. 별 가운데 밝은 달이 높이 떠 있고 잿빛으로 엎드린 집들은 고요했다.

"아무도 나를 원하지 않았거든요." 레너드는 웃으며 말했다.

"묻는 말에만 대답해!"

레너드는 추운 밤공기 속에서 기다렸다.

"그냥 걷고 있었다고요, 레너드?"

"그렇습니다."

"하지만 무슨 목적이었는지는 아직 설명하지 않았소."

"설명했습니다. 바람도 쐬고 구경도 하려고 그냥 걸었습니다."

"이런 일을 자주 하나?"

"지난 몇 년간 매일 밤 해왔습니다."

경찰차는 희미하게 웅웅거리는 전파 음을 내며 거리 한가운데 서 있었다.

"자, 레너드." 경찰차가 말했다.

"끝났습니까?" 그는 예의 바르게 물었다.

"그렇소." 목소리가 말했다. "자." 한숨 소리, 그리고 펑 소리가 들렸다. 경찰차 뒷문이 벌컥 열렸다. "타시오."

"잠깐만요. 저는 아무 짓도 하지 않았습니다!"

"타시오."

"싫습니다!"

"레너드."

그는 취한 사람처럼 비틀거리며 앞으로 걸어갔다. 경찰차 앞을 지나가며 안을 들여다보았다. 예상대로 앞좌석에는 아무도 없었다. 자동차 안에 아무도 타고 있지 않았다.

"타시오."

그는 차 문에 손을 대고 철창이 있는 작은 감방 같은 뒷자리를 들여다보았다. 단단히 고정된 강철의 냄새가 풍겼다. 코끝을 찌르는 소독약 냄새도 났다. 지나치게 청결하고 지나치게 단단한 금속성의 냄새가 훅 끼쳤다. 여기 부드러운 것은 아무것도 없었다.

"알리바이를 대줄 아내가 있다면 모를까….." 금속성의 목소리가 말했다. "하지만…."

"나를 어디로 데려갈 생각입니까?"

경찰차가 머뭇거렸다. 희미하게 웅웅거리는 소리가 들렸다. 어디선가 전자식 눈이 구멍 뚫린 카드를 마구 넘기며 대답을 찾고 있을 것만 같았다. "퇴행성향 연구를 위해 정신병원으로."

그는 경찰차에 탔다. 문이 부드럽게 닫혔다. 경찰차는 희미한 전조등을 켜고 밤거리를 내달렸다.

잠시 후 어느 거리의 어떤 집 앞을 지나갔다. 어두운 집들로 이루어진 전체 도시에서 단 하나의 집에 불과하지만, 방마다 훤히 전등이 켜져 있고 창마다 요란할 만큼 노란빛을 밝힌, 어둠 속에서 홀로 네모나고 따스한 빛을 발하는 특별한 집이었다.

"내 집이오." 레너드가 말했다.

아무도 대답하지 않았다.

자동차는 바싹 마른 강바닥 같은 거리를 지나 쌀쌀한 11월 밤의 남은 시간 내내 소리도 미동도 없는 빈 인도와 빈 거리를 남겨두고 멀어졌다.

어서 와, 잘 가

Hail and Farewell

물론 그는 떠날 것이다. 달리 어쩔 도리가 없었다. 때가 되었고 시계는 멈췄으니 이제 그는 먼 길을 떠나야 한다. 가방은 꾸렸고 구두는 광을 냈고 머리에 빗질도 하고 귀 뒤도 박박 닦았으니, 계단을 내려가 현관문을 나가고 거리를 지나 기차가 단 한 명의 승객을 태우려고 멈춰 설 마을의 간이역으로 가기만 하면 된다. 그렇게 일리노이주의 폭스힐 마을은 그의 과거로 사라질 것이다. 그는 계속 길을 가 어쩌면 아이오와나 캔자스나 혹은 캘리포니아로 갈지도 모른다. 43년 전 태어났음을 알려주는 출생증명서를 여행 가방에 고이 간직한 열두 살 소년의 모습으로.

"윌리!" 아래층에서 누가 불렀다.

"예!" 그는 짐가방을 들어 올렸다. 서랍장 거울에 6월의 민들레와 7월의 사과와 따뜻한 여름 아침의 우유로 빚어진 얼굴이 보였다. 거기에는 평생 절대로 변치 않을 천사처럼 순수한 표정이 떠올라 있었다.

"시간 다 됐다." 여자의 목소리가 들렸다.

"가요!" 그는 미소를 지으며 푸념도 하며 계단을 내려갔다. 거실에 애나와 스티브가 앉아 있었다. 두 사람의 옷차림은 고통스러울 정도로 말끔했다.

"자, 내려왔어요!" 윌리는 거실 문앞에 서서 말했다.

애나는 금방이라도 울음을 터뜨릴 것 같은 얼굴이었다. "오, 세상에. 정말로 우리 곁을 떠나려는 건 아니지, 윌리?"

"사람들이 수군대기 시작했어요." 윌리가 조용히 말했다. "여기 온 지도 3년이나 되었어요. 사람들이 수군대기 시작하면 신발을 신고 기차표를 끊을 때가 왔다는 신호예요."

"이해할 수가 없구나. 너무 갑작스럽잖니." 애나가 말했다. "윌리, 우린 네가 몹시 보고 싶을 거야."

"크리스마스 때마다 편지를 쓸게요. 그러니 저를 도와주세요. 저한테 편지를 쓰지는 마세요."

"그동안 무척 즐겁고 행복했다." 스티브가 앉은 채로 말했다. 그는 입을 조금만 벌려 말했다. "너랑 헤어져야 한다니 애석하구나. 너의 본모습에 대한 말을 듣고 정말 안타까웠다. 네가 여기서 계속 우리랑 함께 살 수 없다는 사실이 끔찍하게 안타까워."

"지금껏 만난 분들 가운데 두 분이 가장 잘해주셨어요." 윌리가 말했다. 120센티미터 키에 면도할 필요가 없는 보드라운 얼굴이 햇빛에 빛났다.

그러자 애나가 정말로 울음을 터뜨렸다. "오, 윌리, 윌리." 그녀는 자리에 주저앉고 말았다. 윌리를 안고 싶지만, 이제는 안는 게 두려운 것처럼 보였다. 그녀는 충격과 경악의 표정으로 윌리를 쳐다보았다. 그녀의 손이 그를 어떻게 대해야 할지 몰라 허공에서 버둥거렸다.

"저도 발걸음이 쉽게 떨어지지 않아요." 윌리가 말했다. "환경에 익숙해지면 계속 머무르고 싶어지는 법이니까요. 하지만, 그래도 소용없어요. 언젠가 사람들이 의심하기 시작했는데도 계속 눌러앉았던 적이 있어요. '정말 무섭군.' 사람들은 수군거렸죠. '그동안 아무것도 모르는 순진한 우리 애들하고 함께 어울렸는데, 짐작조차 못 했어! 끔찍해!' 결국 저는 오밤중에 몰래 마을을 떠나야 했어요. 제게도 쉬운 일은 아니에요. 제가 두 분을 얼마나 사랑하는지 아시죠? 3년 동안 정말 감사했어요."

그들은 다 같이 현관문으로 갔다. "윌리, 어디로 갈 생각이니?"

"모르겠어요. 그냥 여행을 시작하는 거예요. 나무가 우거지고 근사한 마을이 보이면 거기 정착해야죠."

"돌아올 거니?"

"예." 그는 목소리를 높여 진심을 담아 말했다. "20년쯤 지나면 제 얼굴에 신호가 보이기 시작할 거예요. 그러면 지금껏 만난 모든 엄마 아빠를 찾아가는 대장정을 시작할 거예요."

그들은 시원한 바람이 부는 여름 포치에 서서 마지막 작별의 말을 망설이고 있었다. 스티브는 계속 마당의 느릅나무를 쳐다보고 있었다. "그동안 얼마나 많은 사람과 함께 지냈니? 입양이 몇 번이나 되었지?"

윌리는 흡족한 표정으로 헤아려보았다. "처음 여행을 떠난 후로 대략 다섯 군데 마을에서 다섯 부모와 20년을 넘게 살았어요."

"그럼 우리도 불평하면 안 되겠구나." 스티브가 말했다. "아무도 없는 것보다야 36개월 동안 아들을 키워본 게 나을 테니까."

"이만 가볼게요." 윌리는 애나에게 재빨리 입맞춤하고 짐 가방을 들고 정오의 초록빛이 드리운 거리로 나갔다. 어린 소년들이 뒤도 돌아보지 않고 앞으로 달려가고 있었다.

✳

그가 지나갈 때 아이들은 마름모꼴 초록색 공원에서 놀고 있었다. 그는 잠시 떡갈나무 그늘에 서서 아이들이 눈처럼 새하얀 야구공을 따뜻한 여름 하늘로 던지는 모습을 지켜봤다. 야구공의 그림자가 검은 새처럼 풀밭 위를 날아갔다. 아이들은 무엇보다 특별하고 중요한 일이라는 듯 입을 헤 벌리고 양손을 활짝 펴고 날쌔게 날아오는 이 여름의 조각을 잡으려고 골몰했다. 아이들이 고함을 질렀다. 윌리가 서 있는 곳 근처에서 야구공이 반짝거렸다.

윌리는 공을 가지고 그늘 밖으로 나가면서 남김없이 써버린 지난 3년을, 그전의 5년을 생각했다. 그가 진짜 열한 살이고, 열두 살이고, 열네 살이었던 시절도 생각했다. 그 목소리들을 떠올렸다. "아줌마, 윌리가 이상해요." "윌리는 성장이 더딘가 봐요, B 부인." "윌리 너 요즘 담배 피우니?" 여름의 빛과 색 속에서 메아리가 잦아들었다. 어머니의 목소리가 들렸다. "윌리는 오늘부터 스물한 살이에요!" 이어서 들려오는 수천 개의 목소리. "언제든 돌아와라, 아들아. 네가 열다섯 살이 되면 직업을 구해줄 수 있을 거야."

그는 떨리는 손으로 쥐고 있는 야구공을 물끄러미 바라보았다. 마치 그의 인생을 보는 것 같았다. 그의 삶은 공처럼 몇 년 동안 이리저리 여기저기 끊임없이 던져졌지만, 언제나 결국엔 열두 번째 생일로 돌아왔다. 아이들이 자신을 향해 다가오고 있었다. 아이들이 해를 가렸다. 개중 나이가 많은 아이들이 윌리의 주위에 둘러섰다.

"윌리! 너 어디 가냐?" 아이들이 그의 가방을 발로 툭툭 찼다.

태양을 향해 우뚝 선 아이들은 얼마나 키가 큰지. 지난 몇 달 사이 태양이 그들의 머리에서 한 뼘 떨어진 곳을 지나가며 손짓하는 것 같았고 그들은 태양 빛에 녹아 위로 쭉 늘어나는 따뜻한 쇳덩이 같았다. 아이들은 거대한 중력에 의해 하늘로 끌려가는 황금빛 엿가락 같았다. 열세 살, 열네 살 아이들이

윌리를 내려다보며 미소 지었지만, 벌써 그를 무시할 준비가
되어 있었다. 이런 일은 4개월 전부터 시작되었다.

"편을 가르자! 누가 윌리 편 할래?"

"아이, 참. 윌리는 너무 어려. 우리는 꼬맹이랑은 안 놀아."

그리고 아이들은 계절에 따른 해와 달과 나뭇잎과 바람의
변화에 이끌려 윌리를 남겨두고 가버렸다. 열두 살 윌리는 더
이상 아이들 사이에 끼지 못했다. 곧 또 다른 목소리가, 오래
전의 익숙하고 냉혹한 후렴구가 반복되기 시작했다. "스티브,
저 아이에게 비타민이라도 먹이는 게 좋겠어요." "애나, 키
가 작은 게 집안의 유전인가요?" 그러면 차가운 주먹이 심장
을 쥐어짜는 듯한 아픔을 느끼며 '가족'과 함께 잘 살아온 시
간을 뿌리째 뽑아 다른 곳으로 가야 한다는 사실을 자각했다.

"윌리, 너 어디 가냐?"

그는 고개를 들었다. 다시 허리를 숙여 샘물을 마시는 거인
처럼 그의 주위에 떼를 지어 모여 서서 그늘을 드리운 소년들
사이에 돌아와 있었다.

"응, 며칠 사촌네에 다녀오려고."

"아." 하루나 일 년 전이었다면 아이들은 퍽 다정하게 굴었
을 것이다. 그러나 지금은 오직 윌리의 짐에 대한 호기심이나
기차와 여행과 먼 곳이 주는 매혹에만 관심을 보였다.

"누가 누가 빨리 달리나, 어때?" 윌리가 말했다.

소년들은 어딘가 미심쩍은 눈치였지만 주위를 한 번 둘러
보더니 고개를 끄덕였다. 그는 가방을 내려놓고 앞으로 달려

나갔다. 하얀색 야구공이 태양 아래 높은 곳까지 올라갔다가 저 아래 풀밭에서 이글거리는 하얀 형체들을 향해 떨어지고 다시 태양 바로 밑까지 올라가길 반복했다. 마치 왔다 갔다 하는 삶의 모습처럼. 여기로! 저기로! 1932년 첫 번째 부모였던 위스콘신 크리크 벤런의 로버트 핸런 부부에게! 여기로! 저기로! 1935년 아이오와 라임빌의 헨리와 앨리스 볼츠 부부에게! 야구공이 날아간다. 스미스 부부에게로, 이튼 부부에게로, 로빈슨 부부에게로! 1939년! 1945년! 남편과 아내에게! 남편과 아내에게! 남편과 아내에게! 아이가 없는 집! 아이가 없는 집! 아이가 없는 집! 이 집 문을 똑똑, 저 집 문을 똑똑.

"실례합니다. 제 이름은 윌리예요. 혹시….."

"샌드위치 줄까? 어서 들어와 앉으렴. 너는 어디서 왔니, 꼬마야?"

샌드위치, 큰 컵 가득 따른 차가운 우유, 미소, 끄덕임, 편안하고 느긋한 대화.

"여행 중이었던 모양이구나. 어디서 도망이라도 친 거니?"

"아니에요."

"얘야, 너는 고아니?"

우유 한 컵 더.

"우린 언제나 아이를 원했단다. 그 꿈은 한 번도 실현된 적이 없었지. 왜 그런지 알 수가 없었단다. 뭐, 여러 가지 이유 중 하나겠지. 어쨌든, 시간이 늦었구나. 이제 그만 집으로 가는 게 좋지 않을까?"

"집이 없어요."

"너 같은 아이가? 아직 귀 뒤도 채 마르지 않았는데? 엄마가 걱정하시겠다."

"하늘 아래 집도 없고 가족도 없어요. 혹시, 저기 혹시, 오늘 밤 여기서 자고 가도 될까요?"

"아, 모르겠구나. 우린 한 번도 이런 걸 생각해본 적이 없어서…." 남편 쪽이 말했다.

"우린 오늘 저녁으로 닭고기를 먹는단다." 아내 쪽이 말했다. "다 같이 먹을 만큼 충분히 만들었어."

그렇게 몇 년이 쏜살같이 흘러 그 목소리, 그 얼굴, 그 사람들, 그리고 언제나 똑같은 첫 대화가 이어졌다. 어두운 여름밤 흔들의자에 앉은 에밀리 로빈슨의 목소리. 그녀와 함께 머물렀던 마지막 밤. 그녀가 그의 비밀을 모두 알아버린 밤. 그녀는 이렇게 말했다.

"지나가는 아이들의 얼굴을 전부 들여다본단다. 그리고 가끔 생각하지. 아, 애석하다. 애석해. 꽃은 꺾여야 하고 밝은 불은 꺼져야 하는데. 네가 학교에 다니며 보는 사람들, 달려가며 스치는 아이들이 모두 키가 자라고 보기 흉해지고 주름이 생기고 머리칼도 희끗희끗해지거나 대머리가 되어 마침내 뼈와 헐떡이는 숨소리만 남아 죽어 땅에 묻혀 사라진다는 사실이 얼마나 안타까우냐. 나는 아이들이 웃는 소리를 들을 때마다 그들도 언젠가는 내가 가는 이 길을 따라갈 거라는 사실을 통 믿을 수가 없구나. 그런데 그들이 벌써 그 길에 섰다! 지금도 워즈워스의 그 시를 기억해. '문득 나는 보았네, 수없이 많은 황금빛 수선화가, 호숫가 나무 아래서, 미풍에 한들한들 춤추는 것을.' 나는 아이들도 이렇게 생각한단다. 때론 잔인하고 비열해질 수 있지만 아직은 그 눈동자 주위에 혹은 그 눈동자 속에 비열한 기운이 보이지 않아. 피로로 가득 차 있지도 않지. 아이들은 매사에 열심이니까! 내가 나이든 사람들에게서 가장 그리워하는 면이 바로 그거야. 십중팔구 열렬함은 사라지고, 신선함도 사라지고, 추진력도 생명력도 상당히 빠져나가고 말지. 나는 매일 학교가 파하는 모습을 지켜보는 게 좋더라. 누가 학교 정문 밖으로 꽃다발을 던지는 것 같아. 어떤 느낌이니, 윌리? 영원히 젊다는 건 어떤 느낌이야? 화폐 주조소에서 갓 찍어낸 반짝거리는 은화처럼 보이는 건 어떤 기분이니? 행복하니? 겉으로 보이는 것만큼 괜찮은 거니?"

＊

　푸른 하늘에서 야구공이 붕 날아와 큼직한 흰색 곤충처럼 그의 손을 쏘았다. 그는 공을 붙잡으며 기억 속의 목소리를 들었다.
　"내가 가진 것을 써서 일했어요. 가족이 모두 죽고 어디서도 사내의 일을 구할 수 없다는 걸 깨달은 다음부터 카니발에서 일하려고 했지만, 그 사람들은 웃기만 했죠. '얘야. 넌 난쟁이가 아니잖니. 설사 난쟁이라고 해도 네 얼굴은 어린애처럼 보여! 우린 난쟁이 얼굴을 한 난쟁이를 원한다! 미안하다, 얘야. 미안해.' 그래서 나는 집을 떠났어요. 생각해 봤죠. 나는 누구인가? 소년이지. 나는 소년처럼 보이고 소년의 목소리로 말하니 앞으로도 계속 소년으로 살아가는 게 좋겠다. 저항해 봐야 소용이 없다. 외쳐봐야 아무 소용없다. 그런데 나는 무슨 일을 할 수 있을까? 어떤 직업이 좋을까? 그러던 어느 날 식당에서 다른 사람의 아이들 사진을 보는 남자를 보았어요. '아, 나한테도 자식이 있다면 얼마나 좋을까.' 남자는 말했어요. '내게도 자식이 있다면.' 남자는 계속 고개를 흔들었어요. 나는 햄버거를 들고 몇 좌석 떨어진 곳에 앉아 있었죠. 나는 그대로 얼어붙고 말았어요! 바로 그 순간 평생 뭘 하고 살아야 할지 깨달은 거죠. 내게도 일이 있었어요. 외로운 사람들을 행복하게 해주는 일. 나 자신을 바쁘게 만드는 일. 영원히 노는 일. 나는 영원히 놀아야 한다는 걸 알았어요. 신문 배달을 조금 하고 심부름도 좀 하고 잔디밭을 조금 깎을 수도 있지만, 어쨌든요. 하지만 힘든 일이라면? 할 수 없겠죠. 내가 할 수 있는 일이라곤 엄마의 아들, 아빠의 자랑이 되는 것뿐이었어요. 그래서 카운터 바로 옆에 앉은 그 남자에게 다가갔어요. '실례합니다.' 나는 말했죠. 그리고 그를 향해 미소를 지었어요."

"그런데 윌리." 오래전 에밀리 부인이 말했다. "너는 외로웠던 적이 없니? 어른들이 원하는 그런 것들을 원한 적이 없었어?"

"저는 홀로 싸웠어요." 윌리가 말했다. "나는 소년이다. 스스로 말했죠. 나는 소년의 세계에서 살아야 한다. 소년의 책을 읽고 소년의 놀이를 하고 그 밖의 다른 것들은 멀리해야 한다. 오직 한 가지, 젊음만을 가져야 한다. 그래서 그렇게 놀았죠. 물론 쉽지는 않았어요. 그럴 때도 있었죠." 그는 말끝을 흐리다 침묵했다.

"전에 함께 살던 가족은 정말 아무것도 몰랐니?"

"몰랐어요. 알았다면 모든 게 엉망이 되어버렸을 거예요. 저는 그 사람들한테 도망치는 중이라고 말했어요. 그들에게 경찰을 통해 직접 확인해보라고 했죠. 그런데 아무런 기록이 없자 그들이 저를 입양했죠. 그들이 아무것도 의심하지 않을 때까지가 최고로 좋아요. 보통 3년이나 5년이 흐르면 대부분 눈치를 채요. 아니면 카니발에서 만났던 사람들이 우연히 지나가다 저를 발견하기도 하고요. 그러면 끝장이에요. 언제나 그런 식으로 끝이 났죠."

"40년이 넘도록 어린아이로 사는 건 행복하고 좋으니?"

"흔히 말하는 대로 그것도 그저 하나의 삶일 뿐이에요. 다른 사람을 행복하게 해줄 수 있다면 저 역시 행복하고요. 제가 할 수 있는 일을 찾아서 그 일을 하는 거죠. 어쨌든 몇 년이 더 흐르면 저도 두 번째 아동기에 접어들겠죠. 이 모든 열병이 빠져나갈 것이고 성취하지 못한 일들과 꿈도 대부분 사라질 거예요. 그러면 느긋하게 쉬면서 내내 그렇게 살아갈 수 있을지도 몰라요."

그는 마지막으로 야구공을 던지며 회상을 깨뜨렸다. 그리고 다시 짐가방을 놔둔 곳으로 달려갔다. 톰, 빌, 제이미, 밥, 샘, 입술을 달싹이며 아이들의 이름을 하나씩 말했다. 그가 악수를 청하자 아이들은 당황했다.

"윌리, 너 설마 중국이나 아프리카로 가는 건 아니지?"

"당연하지." 윌리는 움직이지 않았다.

"잘 가라, 윌리. 다음 주에 보자!"

"안녕! 안녕!"

그는 다시 가방을 들고 걷기 시작했다. 나무 사이로 걸어가며 소년들에게서, 그가 살았던 마을로부터 점점 멀어졌다. 모퉁이를 돌 때 기차 기적 소리가 들렸고 그는 달리기 시작했다.

그가 마지막으로 보고 들은 것은 높은 지붕을 향해 던져진 하얀 야구공이 앞으로 뒤로 왔다 갔다 하는 모습, 그리고 공이 하늘을 오르내릴 때마다 외치는 두 사람의 목소리였다. "애니, 애니, 받아! 애니, 애니, 받아!" 머나먼 남쪽을 향해 날아가는 새들의 울부짖음 같았다.

＊

그는 이른 새벽 안개와 차가운 금속의 냄새, 기차가 내뿜는 쇠의 냄새, 그의 뼈마디를 흔들어대는 밤샘 여행의 냄새, 그리고 지평선 너머로 고개를 내민 태양의 냄새를 맡으며 잠에서 깨어나서, 그와 마찬가지로 막 잠에서 깨어나 기지개를 켜는 작은 마을을 내다보았다. 빛이 켜지고, 작은 목소리들이 웅얼거리고, 싸늘한 공기 속에서 붉은 신호가 앞으로 뒤로 왔다 갔다 움직였다. 졸음이 가득한 고요 속에서 메아리 혼자 분명하고도 날카롭게 울려 퍼졌다. 짐꾼이 그림자 속에 그림자를 드리우며 지나가고 있었다.

"아저씨." 윌리가 말했다.

짐꾼이 멈춰 섰다.

"여긴 어디예요?" 소년은 어둠 속에서 속삭였다.

"밸리빌이란다."

"사람들이 몇 명이나 사나요?"

"만 명 정도? 왜 그러니? 여기서 내리니?"

"나무가 많아 보여요." 윌리는 오래도록 서늘한 새벽 도시를 내다보았다. "근사하고 조용해 보이고요." 윌리가 말했다.

"얘야. 너 어디로 가는지는 아니?"

"여기요." 윌리는 고요하면서도 싸늘한 쇠 냄새가 풍기는 새벽, 여기저기 부스럭거리며 소란스러운 어두운 기차 안에서 조용히 일어났다.

"네가 지금 뭘 하고 있는지 알았으면 좋겠구나, 얘야." 짐꾼이 말했다.

"예, 아저씨." 윌리가 말했다. "저는 제가 뭘 하고 있는지 잘 알아요." 그리고 그의 짐을 나르는 짐꾼과 함께 어두운 통로를 지나 이제 막 동이 트려는 안개 자욱한 싸늘한 새벽 공기 속으로 나갔다. 그는 잔별이 뜬 어두운 하늘을 배경으로 서 있는 검은색 기차와 짐꾼을 쳐다보았다. 기차가 고막을 찢을 듯한 큰 소리로 기적을 울리자 철길을 따라 늘어서 있던 짐꾼들이 고함을 질러댔다. 열차가 덜컹거렸고 그의 짐을 날라주었던 짐꾼이 거기 서 있는 소년을 향해 웃으며 손을 흔들어주었다. 커다란 짐가방을 든 작은 소년이 그에게 뭐라고 소리를 쳤을 때 기적이 다시 울부짖었다.

"뭐라고?" 짐꾼이 귀에 손을 대고 외쳤다.

"행운을 빌어주세요!" 윌리가 외쳤다.

"행운을 빈다, 애야." 짐꾼이 웃으며 손을 흔들었다. "행운을 빌어!"

"고맙습니다!" 기차가 큰 소리로 증기를 내뿜으며 떠났다.

그는 검은색 기차가 시야에서 완전히 벗어날 때까지 지켜보았다. 기차가 떠나는 내내 움직이지 않았다. 그는 조용히 서 있었다. 열두 살 된 작은 소년은 오래된 목재 플랫폼 위에 그렇게 서 있었다. 꼬박 3분을 서 있다가 마침내 텅 빈 거리를 향해 돌아섰다.

잠시 후 해가 솟자 그는 체온을 유지하려고 잰걸음으로 새로운 마을을 향해 떠났다.

보이지 않는 소년

Invisible Boy

노파는 큼직한 쇠숟가락으로 바싹 말린 개구리를 한 대 쳐 으깬 다음, 돌 같은 주먹으로 재빨리 가루로 빻는 동안 가루에 대고 주문을 외웠다. 노파의 구슬 같은 잿빛 새눈이 오두막을 향해 반짝거렸다. 노파가 돌아볼 때마다 마치 엽총이라도 발사된 것처럼 작은 창문 너머 머리 하나가 아래로 휙 사라졌다.

"찰리!" 노파가 외쳤다. "당장 밖으로 나오지 못하겠니? 녹슨 문을 열기 위해 도마뱀 마법을 준비하고 있다! 당장 나오지 않으면 땅이 흔들리거나 불 속에서 나무가 솟구치거나 정오에도 태양이 나오지 않게 할 거다!"

그러나 들리는 소리라곤 키 큰 소나무 위로 쏟아지는 따사로운 빛, 초록색 이끼로 덮인 나무토막 위를 빙글빙글 돌며 찍찍거리는 다람쥐, 그리고 푸른 핏줄이 내비치는 노파의 맨발 가까이에서 미세하게 갈색 선을 그리며 움직이는 개미떼 뿐이었다.

"너 이 녀석, 거기서 이틀이나 굶고 있잖니!" 노파는 쌕쌕 거리며 숟가락으로 납작한 바윗돌을 두드렸다. 그러자 허리 춤에 매달아 놓은 불룩한 회색 마법 주머니가 달랑달랑 흔들 렸다. 그녀는 시큼한 땀 냄새를 풍기며 가루로 빻은 개구리 살 을 들고 오두막 쪽으로 갔다. "이제 그만 나와!" 그녀는 손끝 으로 개구리 가루를 조금 집어 들고 자물쇠 구멍 안에 뿌렸다. "좋아. 내가 당장 나오게 해주지!" 그녀는 숨을 헐떡거렸다.

노파는 호두 색깔 손으로 문 손잡이를 잡고 한 번은 이쪽으 로 또 한 번은 저쪽으로 돌렸다. "오, 주여." 그녀는 주문을 외 우기 시작했다. "이 문을 활짝 열어주소서!"

아무 일도 일어나지 않았다. 그녀는 마법 가루를 한 번 더 뿌리고 숨을 꼭 참았다. 그녀는 이런 일이 생길까 봐 몇 달 전 미리 말려놓은 개구리보다 더 좋은 마법의 재료가 있는지 보 려고 어둠의 주머니 안을 들여다보았다. 그사이 너저분하게 흐트러진 치마가 버석거리며 움직였다.

문 반대편에서 찰리가 숨 쉬는 소리가 들려왔다. 찰리의 가 족은 이번 주초에 오자크 마을로 찾아와 찰리만 남겨놓고 가 버렸다. 찰리는 노파와 함께 살려고 거의 10킬로미터를 달려 왔다. 노파는 이모나 사촌이나 뭐, 그런 비슷한 존재였지만, 찰리는 노파가 어떤 사람인지 신경 쓰지 않았다.

그러다 이틀 전 노파는 소년과 함께 있는 것에 익숙해진 김에 찰리를 편리한 동행으로 삼기로 결심했다. 그녀는 자신의 가녀린 어깨뼈를 찔러 피 세 방울을 뽑아내 오른쪽 팔꿈치 위에 뱉어놓고 귀뚜라미 한 마리를 때려눕힘과 동시에 왼손으로 찰리를 와락 붙잡고 외쳤다. "너는 나의 아들! 너는 영원한 나의 아들이니라!"

찰리는 놀란 토끼처럼 풀쩍 뛰어오르더니 집 앞 덤불 속으로 들어가 버렸다.

그러나 노파는 도마뱀만큼이나 빠르게 몸을 날려 찰리를 막다른 길로 몰아넣었고, 찰리는 늙은 은둔자의 오두막 안에 숨어 기어코 밖에 나오지 않았다. 노파가 호박 색깔 주먹으로 문이나 창문, 널빤지 구멍을 아무리 두드려도, 의례용 모닥불을 호되게 내리치며 이제 찰리는 누가 뭐래도 노파의 아들이 되었다고 설명해도, 소용없었다.

"찰리, 너 거기 있니?" 그녀는 매끈하게 빛나는 작은 눈으로 문짝 위 구멍을 들여다보았다.

"나 여기 있어요." 마침내 찰리가 몹시 지친 목소리로 대꾸했다.

찰리는 금방이라도 바닥에 쓰러질지 모른다. 그녀는 희망을 품고 문 손잡이를 이리저리 돌려 보았다. 어쩌면 개구리 가루를 너무 많이 뿌려서 자물쇠가 열리지 않았는지도 모른다. 언제나 너무 지나치거나 살짝 모자라서 마법에 실패한다고 생각하니 화가 치밀었다. 이놈의 마법은 정확하게 성공한 적이 한 번도 없어! 망할!

"찰리, 나는 그저 밤이면 함께 불 앞에 앉아 도란도란 이야기를 나눌 사람이 필요할 뿐이야. 아침이면 불쏘시개를 가져다줄 사람, 철 이른 개구리들이 뱉어내는 원기와 맞서 싸워줄 사람이! 나 좋으라고 너한테 마법을 쓰는 일은 절대 없을 거야. 그냥 함께 있어 주기만 하면 된단다, 아들아." 그녀는 자신의 입술을 찰싹 때렸다. "뭐라고 말 좀 해보렴, 찰리. 밖으로만 나오면 내 이것들을 죄 가르쳐주마."

"뭘요?" 그가 미심쩍다는 듯 말했다.

"싸게 사서 비싸게 파는 법을 가르쳐줄게. 족제비를 잡아다 머리를 잘라내고 뒷주머니에 따뜻하게 넣어오는 법을 가르쳐줄게. 어서."

"웩."

노파는 마음이 급해졌다. "총알 막는 법을 가르쳐줄게. 그러면 누가 엽총으로 널 쏜다 해도 끄떡없단다."

찰리가 가만히 있자 노파는 조마조마한 목소리로 비밀을 속닥거렸다. "보름달이 뜬 금요일 밤 패랭이꽃을 꺾어다 하얀 비단으로 엮어서 목에 두르렴."

"아줌마는 미쳤어요." 찰리가 말했다.

"피를 멈추는 법, 짐승을 선 채로 얼리는 법, 눈먼 말들이 앞을 볼 수 있게 해주는 법을 가르쳐주마. 그 모든 걸 가르쳐줄게! 퉁퉁 부은 암소를 고치는 법, 마법에 걸린 염소의 저주를 푸는 법도 가르쳐줄게. 널 투명인간으로 만드는 법도 알려주마!"

"아!" 찰리가 외쳤다.

노파의 심장이 구원의 탬버린처럼 마구 뛰었다.

손잡이가 반대쪽으로 돌아갔다.

"아줌마, 지금 나 놀리는 거죠?" 찰리가 말했다.

"아니야! 그렇지 않아!" 노파가 외쳤다. "찰리, 네 몸을 유리창처럼 건너편을 꿰뚫어볼 수 있게 만들어줄게. 깜짝 놀랄 거다!"

"정말로 투명하게요?"

"정말로 투명하게!"

"내가 밖으로 나가도 덮치지 않을 거죠?"

"털끝 하나도 안 건드리마."

"그럼." 그는 머뭇거리며 말끝을 흐렸다. "좋아요."

문이 열렸다. 찰리는 턱 끝이 가슴팍에 닿도록 고개를 푹 숙이고 서 있었다. "날 투명인간으로 만들어줘요."

"우선 박쥐를 잡아와야 해." 노파가 말했다. "가서 찾아보자!"

노파는 찰리가 배고플까 봐 쇠고기 육포를 조금 주고 곧이어 찰리가 나무에 올라가는 것을 지켜보았다. 찰리는 높이 높이 올라갔다. 몇 년 동안 아침에 일어나면 새똥과 달팽이가 지나간 은빛 자국 말고는 인사를 건넬 대상 하나 없이 혼자 살다가 이렇게 찰리가 이리저리 움직이는 모습을 보니 좋았다.

곧 박쥐 한 마리가 날개가 부러진 채 퍼덕거리며 나무 밑으로 내려왔다. 노파는 박쥐를 움켜쥐었다. 박쥐는 날개를 열심히 퍼덕거리며 도자기처럼 하얀 이빨 사이로 새된 비명을 질렀다. 박쥐의 뒤를 이어 찰리가 양손을 꼭 깍지낀 채 나무 기둥을 붙잡고 아래로 내려왔다.

 그날 밤, 달이 알싸한 맛의 솔방울을 조금씩 갉아먹는 가운데 노파는 폭이 넓은 파란색 치마 밑에서 길쭉한 은 바늘을 하나 꺼냈다. 그녀는 흥분과 은밀한 기대감을 곱씹으며 죽은 박쥐를 꺼내 놓고 차가운 바늘을 흔들림 없이 꼭 쥐었다.

 그녀는 이미 오래전에 아무리 노력하고 소금과 유황을 쏟아부어도 자신의 마법이 듣지 않는다는 것을 깨달았다. 그러나 언젠가는 기적이 다시 일어날 거라고, 기적이 선홍빛 꽃과 은빛 별처럼 솟구쳐올라 신이 이미 젊은 시절 그녀의 분홍빛 몸과 분홍빛 생각과 따뜻한 몸과 따뜻한 생각을 용서했음을 증명할 날이 올 거라고 믿었다. 그러나 여태껏 신은 어떠한 말도 어떠한 징후도 보여주지 않았다. 마법이 듣지 않는다는 사실은 노파 말고는 아무도 몰랐다.

 "준비됐니?" 노파는 무릎을 포갠 그 어여쁜 다리를 소름 돋은 길쭉한 팔로 감싸 안은 채 이를 딱딱 부딪치며 떨고 있는 찰리에게 물었다.

 "준비됐어요." 그는 몸을 덜덜 떨며 속삭였다.

 "그럼, 시작한다!" 노파는 박쥐의 오른쪽 눈에 바늘을 깊숙이 찔러넣었다. "됐다!"

 "으악." 찰리는 얼굴을 찌푸리며 소리쳤다.

 "이제 박쥐를 깅엄 천으로 쌀 거야. 자, 이걸 주머니에 넣으렴. 박쥐랑 천이랑 전부 넣어. 어서."

찰리는 마법의 약을 주머니에 넣었다.

"찰리!" 노파가 겁에 질린 듯 외쳤다. "찰리, 너 어디에 있니? 안 보여!"

"여기요!" 찰리가 제자리에서 깡충깡충 뛰었다. 아이의 몸 위로 붉은 불빛이 비쳤다. "저 여기 있어요, 아줌마!" 아이는 자기 팔과 다리, 가슴과 발가락을 샅샅이 살폈다. "저 여기 있다고요!"

노파의 눈은 밤 들판 위를 마구 엇갈리며 날아가는 반딧불이 수천 마리를 보는 듯 분주하게 움직였다.

"찰리, 너 정말 날쌔구나! 벌새처럼 빨라! 오, 찰리, 이제 그만 돌아오렴!"

"하지만 저는 여기 있는 걸요!" 그가 외쳤다.

"어디 말이냐?"

"불 옆이요. 모닥불 옆이요! 그런데 전 제 모습이 보여요. 전혀 투명하지 않아요!"

노파는 깡마른 옆구리를 흔들었다. "당연히 네 눈엔 네가 보이지! 투명인간은 원래 자기는 알아보는 법이야. 그렇지 않으면 어떻게 먹고 걷고 주변을 돌아다니겠니? 찰리, 날 건드려봐라. 내가 널 알아챌 수 있게 나를 한 번 건드려봐."

찰리는 마지못해 한 손을 내밀었다.

노파는 찰리의 손길이 닿자 몸을 홱 움직이며 화들짝 놀란 척했다. "아야!"

"정말로 내가 안 보여요? 정말이에요?" 찰리가 물었다.

"머리카락 한 올도 안 보인다!"

노파는 시선을 고정할 나무 한 그루를 찾아내 찰리 쪽을 보지 않으려고 조심하면서 반짝이는 눈으로 그 나무만 뚫어지게 보았다. "아아, 내가 마법에 성공했구나!" 그녀는 경탄의 한숨을 내쉬었다. "오오, 지금까지 부렸던 마법 중에서 가장 빨리 투명인간을 만들었어! 찰리, 기분이 어떠니?"

"시냇물이 된 것 같아요. 계속 흔들려요."

"곧 괜찮아질 거다."

그리고 잠시 멈추었다가 덧붙였다. "저기, 찰리, 투명인간이 되었으니 이제 뭘 할 거니?"

소년의 머리에 온갖 생각이 스쳐 가는 게 그녀의 눈에도 보였다. 그의 눈과 입에 온갖 모험이 들불처럼 일어나 춤을 추었고, 자신이 산들바람이라고 상상하는 소년이 된다는 게 무슨 의미인지 말해주었다. 소년은 차가운 꿈을 꾸며 말했다. "밀밭을 가로질러 뛰어다니고, 눈 덮인 산에 오르고, 농장에서 하얀 닭도 훔칠 거예요. 안 볼 때 분홍색 돼지들을 발로 찰 거예요. 교실마다 다니며 잠든 여자애들 다리를 꼬집고 양말대님을 잡아당길 거예요." 찰리는 노파를 보았다. 노파는 번들거리는 곁눈질로 소년의 얼굴에 짓궂은 표정이 떠오르는 것을 보았다. "또 다른 것들도 할 거예요. 하고 또 할 거예요."

"나한텐 아무 짓도 하지 마라." 노파가 경고했다. "나는 봄날 얼음처럼 덧없고 아무 힘도 없단다." 그러고 나서 덧붙였다. "네 가족은 어떻게 할 거니?"

"가족이라고요?"

"그런 모습을 하고 집에 갈 수는 없잖니. 다들 너무 놀라 심장이 밖으로 튀어나올 거다. 네 엄마는 도끼질에 쓰러지는 나무 기둥처럼 기절할걸. 식구들이 집 안 곳곳을 다닐 때마다 네 몸에 발이 걸려 넘어지고, 너희 엄마는 네가 바로 옆에 있는데도 3분에 한 번씩 너를 불러야 할 거다."

찰리는 그런 것까지는 미처 생각하지 못했다. 흥분이 조금 가라앉으며 조그맣게 속삭였다. "맙소사." 그리고 길쭉한 자신의 뼈마디를 조심스럽게 만져보았다.

"너는 무척 외로울 거야. 사람들은 유리잔처럼 네 너머를 볼 거고 네가 발치에 있는 줄도 모르고 마구 부딪치겠지. 게다가 여자들을 생각해보렴, 찰리. 여자들 말이야."

찰리는 마른침을 꿀꺽 삼켰다. "여자들이 어떤데요?"

"어떤 여자가 너한테 눈길을 주겠니? 보이지도 않는 남자애와 키스하고 싶은 여자는 없을 거다!"

찰리는 맨발 끝으로 흙을 파내며 곰곰이 생각을 해보았다. 그는 입을 삐죽거렸다. "뭐, 마법 때문에 계속 보이지 않겠죠. 그래도 혼자 재미나게 보낼 거예요. 아주 조심할 거라고요. 짐 마차나 말이나 아빠 앞에는 절대 안 가요. 아빠는 거의 들리지 않는 소리에도 총을 쏴대거든요." 찰리는 눈을 깜박였다. "아, 이제 내가 보이지 않으니까 언젠가는 아빠가 대형산탄으로 내 몸을 벌집으로 만들어 놓겠군요. 내가 앞뜰에 나타난 산다람쥐인 줄 알고요. 아아…."

노파는 나무를 향해 고개를 끄덕였다. "그렇겠구나."

"음." 소년은 천천히 마음을 먹었다. "오늘 밤만 투명으로 있을래요. 내일은 아줌마가 다시 원래 모습으로 되돌려주세요."

"아아, 그게 엉뚱한 것으로 변하면 안 될 텐데." 노파는 장작 위에 앉은 딱정벌레를 보고 말했다.

"그게 무슨 말이에요?" 찰리가 말했다.

"그게 말이다. 널 되돌리는 건 정말로 어려운 일이란다. 마법을 벗겨 내려면 시간이 조금 걸려. 페인트칠한 게 벗겨질 때처럼 말이야."

"아줌마가 이렇게 만들었잖아요! 그럼 아줌마가 다시 되돌려놔야죠! 날 다시 보이게 만들어요!"

"쉿." 노파가 말했다. "마법은 벗겨질 거다. 한 번에 손 하나씩, 발 하나씩 벗겨질 거야."

"손 하나만 보이는 채로 언덕을 돌아다니면 어떻게 보이겠어요?"

"날개가 다섯인 새가 바위와 들장미 덤불 위를 뛰어다니는 것처럼 보이겠지."

"발만 보이면요!"

"작은 분홍색 토끼가 숲을 뛰어다니는 것처럼 보이겠지."

"머리만 둥둥 떠다니면요!"

"카니발의 털 달린 풍선처럼 보이겠지."

"온몸이 다 보이려면 얼마나 걸려요?" 소년이 물었다.

노파는 곰곰이 생각해보는 척하더니 족히 1년은 걸릴 거라고 대답했다.

소년은 신음했다. 입술을 깨물며 흐느껴 울고 주먹을 불끈 쥐었다. "아줌마가 나한테 마법을 걸었어요. 아줌마가 나한테 이런 짓을 했어요. 나는 이제 집으로 뛰어갈 수도 없게 되었어요!"

노파는 한쪽 눈을 찡긋했다. "여기 있으면 되잖니. 여기서 나와 함께 정말로 편안하게 지낼 수 있어. 내가 너를 토실토실하고 쾌활한 아이로 만들어주마."

소년은 곧바로 따져 물었다. "일부러 그런 거죠? 이 사악한 늙은 마녀 같으니! 날 여기 붙잡아두려고 일부러 그랬어!"

소년은 곧장 덤불을 뚫고 달아났다.

"찰리, 돌아와!"

그러나 아무런 대꾸도 없이 소년의 발이 보드랍고 검은 풀밭을 토닥토닥 밟는 소리와 숨죽여 흐느끼는 소리만 재빨리 지나갔다.

노파는 불을 지피며 기다렸다. "돌아올 거야." 그녀는 속삭였다. 또 혼자 생각하며 말했다. "봄이 지나고 늦여름이 올 때까지 함께 지낼 수 있을 거야. 그러다 질리면 녀석을 집으로 보내버리고 나 혼자 조용히 지내야지."

첫 동이 틀 무렵 찰리는 소리도 없이 돌아와 노파가 하얗게 타버린 나무장작처럼 벌러덩 누워 있는 서리 덮인 풀밭으로 올라왔다. 그는 조약돌 위에 앉아 노파를 바라보았다.

노파는 소년도 소년 너머도 감히 볼 수가 없었다. 찰리는 소리를 전혀 내지 않았기 때문에 그가 와 있는 걸 아는 척할 수가 없었다. 노파는 찰리가 돌아온 걸 몰라야 했다.

소년은 뺨에 눈물 자국을 달고 거기 앉아 있었다.

노파는 막 잠에서 깨는 척하면서 신음하고 하품하며 자리에서 일어나 뱅그르르 몸을 돌려 동이 트는 것을 보았다. 그러나 사실 그녀는 밤새 한숨도 잘 수 없었다.

"찰리?"

그녀의 눈이 소나무에서 땅바닥으로, 다시 하늘에서 먼 언덕으로 움직였다. 찰리의 이름을 몇 번이나 반복해서 불렀다. 찰리를 똑바로 보고 싶었지만 알아서 시선을 멈추었다. "찰리? 오, 찰리!" 그녀는 소년의 이름을 외치고, 똑같은 소리가 되어 돌아오는 메아리를 들었다.

소년은 자신이 이렇게 가까이 있는데도 노파가 틀림없이 혼자라고 느낀다고 생각하고 씩 웃기 시작했다. 아마 비밀의 힘이 점점 커진다고 느끼고 그만큼 세상으로부터 안전하다고 느꼈을 것이다. 그는 자신이 확실하게 안 보인다는 사실이 흡족했다.

노파가 큰 소리로 말했다. "이 녀석이 어디로 간 거지? 무슨 소리라도 내면 어디 있는지 단박에 알 텐데. 그럼 녀석을 튀겨서 아침으로 먹어버릴 테다."

노파는 찰리가 아무 소리도 내지 않는다고 투덜거리며 아침 식사를 준비했다. 히코리 나뭇가지 위에 베이컨을 구웠다.

"베이컨 냄새가 나면 녀석이 냄새를 맡고 이리 오겠지." 노파가 중얼거렸다.

노파가 등을 돌린 사이 소년이 지글거리는 베이컨을 낚아채 맛나게 먹어치웠다.

노파는 다시 몸을 돌리고 외쳤다. "에구머니나!"

그녀는 의심의 눈초리로 풀밭을 살폈다. "찰리, 너니?"

찰리는 손목으로 입가를 말끔하게 닦아냈다.

노파는 풀밭 주위를 총총 걸어 찰리를 찾는 척했다. 마침내 안 보이는 척 연기하다가 꾀를 하나 떠올리고 앞으로 손을 내밀어 더듬으면서 찰리를 향해 곧장 걸어갔다. "찰리, 너 어디 있니?"

소년은 번개처럼 몸을 숙이고 까딱거리며 노파를 피했다.

소년의 뒤를 쫓아가지 않으려면 의지가 필요했다. 그러나 보이지도 않는 소년을 쫓아갈 수는 없었으므로 오만상을 찌푸리며 자리에 주저앉아 베이컨이나 더 굽기로 했다. 그런데 새로 베이컨을 자를 때마다 찰리가 불 위에서 지글지글 익어가는 베이컨을 훔쳐 달아났다. 마침내 얼굴이 벌겋게 달아오른 노파가 소리쳤다. "네 녀석이 어디 있는지 다 알아! 바로 여기 있지! 뛰는 소리 다 들려." 노파는 너무 정확하지는 않게 소년이 있는 쪽을 가리켰다. 소년은 다시 뛰었다. "이제 저쪽에 있군!" 그녀가 고함쳤다. "저기! 이제 저기!" 노파는 소년이 5분에 한 번씩 옮기는 장소를 일일이 가리켰다. "네 녀석이 풀 밟는 소리, 꽃을 꺾는 소리, 나뭇가지를 부러뜨리는 소리가 다

들려. 내 귀는 아주 예민하거든. 장미처럼 섬세하지. 내 귀는
별들이 움직이는 소리도 들을 수 있어!"

소년은 노파의 목소리를 등 뒤에 매달고 소나무 사이를 조
용히 내달렸다. "바위 위에 앉으면 소리가 나지 않을 거야. 방
금 바위에 앉았지롱."

소년은 온종일 맑은 바람을 맞으며 바위에 미동도 없이 앉
아 입맛만 다시고 있었다.

노파는 깊은 숲 속에서 나뭇가지를 줍다가 자신의 등 위를
미끄러지는 찰리의 시선을 느꼈다. 그녀는 속 시원하게 떠들
고 싶었다. "오, 이제 네가 보이는구나. 네가 보여! 괜히 투명
인간과 시간만 낭비했네! 네가 바로 여기 있는데!" 그러나 쓴
침을 삼키고 입을 꾹 다물었다.

다음 날 아침에도 찰리는 짓궂은 장난을 쳤다. 나무 뒤에서
불쑥 튀어나와 노파를 향해 두꺼비 얼굴, 개구리 얼굴, 거미
얼굴을 해 보였고, 손가락으로 입술을 꾹 쥐고 잡아당기거나
눈을 희번덕거리거나 눈동자를 안으로 모아 뜨고 머릿속이 들
여다보일 정도로 콧구멍을 크게 부풀렸다.

한 번은 노파도 깜짝 놀라 불쏘시개를 떨어뜨리고 말았다.
그녀는 얼른 큰어치새 때문에 놀란 척했다.

소년은 노파의 목을 조르는 시늉을 했다.

그녀는 조금 떨었다.

소년은 노파의 정강이를 때리고 그녀의 뺨에 침을 뱉는 시
늉을 했다.

그녀는 이런 장난을 눈 하나 깜박이지 않고 입도 씰룩이지 않고 참아냈다.

소년은 혀를 내밀어 이상하게 기분 나쁜 소리를 냈다. 양쪽 귀를 잡아당기며 흔들어댔다. 노파는 참다 참다 결국 웃어버렸는데, 재빨리 이렇게 말해 위기를 넘겼다. "아이고, 도롱뇽을 깔고 앉았어! 엉덩이가 따끔해서 혼났네!"

정오가 되자 소년의 장난이 끔찍한 지경으로 치달았다.

실오라기 하나 걸치지 않는 벌거숭이가 되어 골짜기를 내달린 것이다!

노파는 너무 놀라 그대로 기절할 뻔했다!

"찰리!" 그녀는 하마터면 소리를 지를 뻔했다.

찰리는 알몸으로 언덕에 올라갔다가 알몸으로 반대쪽으로 내려왔다. 낮에도 벌거숭이, 달밤에도 벌거숭이, 해가 뜰 때도 갓 태어난 병아리처럼 벌거숭이가 되어 낮게 나는 벌새처럼 발을 퍼덕거리며 뛰어다녔다.

노파는 입을 꾹 다물었다. 뭐라고 말해야 좋을까? 찰리, 어서 옷을 입어라? 부끄러운 줄 알아라? 당장 그만둬? 그렇게 말할 수 있을까? 오, 맙소사! 그녀가 지금 그런 말을 할 수 있을까? 정말로?

노파는 소년이 커다란 바위 위에 서서 갓 태어난 날처럼 벌거벗은 몸으로 맨발을 쿵쿵거리고, 손으로 무릎을 때리고, 하얀 배를 서커스 풍선처럼 부풀렸다 줄였다 내밀었다 당겼다 하며 위아래로 깡충깡충 춤추는 모습을 보았다.

노파는 두 눈을 질끈 감고 기도했다.

그렇게 3시간을 보내고 노파는 애원했다. "찰리, 찰리! 이리 오렴! 할 말이 있단다!"

다행히 소년은 다시 옷을 입고 낙엽처럼 돌아왔다.

"찰리." 노파는 소나무 사이를 보며 말했다. "네 오른발이 보이는구나. 거기 있네."

"그래요?" 그가 말했다.

"응." 노파가 몹시 슬픈 목소리로 말했다. "풀밭 위에 뿔 달린 두꺼비 같은 발이 있구나. 왼쪽 귀는 분홍색 나비처럼 공중에 떠 있고."

찰리는 춤을 추었다. "와, 다시 생겨나고 있어. 다시 생기고 있어."

노파는 고개를 끄덕였다. "그래, 네 발목이 생기고 있구나!"

"양쪽 발을 모두 줘요." 찰리가 말했다.

"둘 다 있단다."

"내 손은요?"

"길쭉한 아빠 다리처럼 네 무릎 위를 기어가네."

"다른 손은요?"

"그것도 기어가고 있어."

"몸은 생겼나요?"

"제대로 생기고 있단다."

"집에 가려면 머리가 있어야 해요, 아줌마."

집으로 간다고? 노파는 지쳐버렸다. "안 돼!" 그녀는 고집스럽게 화를 냈다. "머리는 없구나. 머리는 조금도 보이지 않아." 그녀는 머리만은 끝까지 남겨두었다. "머리는 없다. 머리는 없어." 그녀는 고집했다.

"머리가 없다고요?" 그가 울부짖었다.

"그래, 그래! 오, 맙소사. 빌어먹을 머리도 생겼다!" 그녀는 포기하고 딱 잘라 말했다. "이제 눈에 바늘을 찔러넣은 나의 박쥐를 돌려다오."

소년은 박쥐를 노파에게 집어 던졌다. "야호!" 소년의 외침이 골짜기 전체에 울렸다. 그가 집을 향해 달려가고 한참 후에 노파는 소년의 메아리를 들었다.

잠시 후 노파는 앙상하고 지친 몸으로 불쏘시개를 집어 들고 한숨을 쉬며 중얼거리며 오두막으로 돌아갔다. 이제 정말로 보이지 않게 된 찰리는 내내 노파를 따라다녔다. 노파는 소년의 모습을 볼 수가 없어서 소리만 들었다. 솔방울이 떨어지거나 깊은 지하수가 졸졸 흐르거나 다람쥐가 큰 나뭇가지를 기어오르는 소리 같은 것들을. 해질녘이면 이제 보이지 않는 찰리와 나란히 앉아서, 베이컨을 먹이면 먹지 않으려고 해서 결국 그녀 혼자 먹고, 마법을 써서 아이를 재웠다. 나뭇가지와 누더기 천과 조약돌로 만들었지만, 여전히 따뜻한 그녀의 아들 찰리는 흔들리는 엄마 품에서 고이 잠들었다. 그들은 새벽이 올 때까지 졸린 목소리로 황금빛을 띤 것들에 관해 이야기를 나누었고 모닥불은 서서히, 아주 서서히 사위어갔다.

나의 지하실로 오세요

Come into My Cellar

포트넘은 토요일 아침의 분주한 소리를 들으며 잠에서 깨어나, 눈을 감고 누워 한동안 그 소요를 음미했다.

아래층 부엌에서 베이컨이 익어갔다. 아내는 소리를 지르는 대신 멋진 요리로 그의 잠을 깨웠다.

복도 건너편에서 아들 톰이 정말로 샤워를 하고 있었다.

저 멀리 호박벌과 잠자리가 날아다니는 빛 아래서 이른 시간부터 날씨와 시간과 세월에 대해 욕을 퍼붓는 사람은 누구인가? 굿바디 부인인가? 그렇다.

신발을 벗고도 키가 180센티미터나 되는 저 거구의 기독교도 부인은 80대의 영양사이자 마을의 철학자로 정원을 가꾸는 솜씨가 남달랐다.

포트넘은 자리에서 일어나 창문 가리개 고리를 풀고 창밖으로 몸을 내밀어 부인이 외치는 소리를 들었다.

"네 이놈! 이거나 먹어라! 너 이 녀석 아주 혼날 줄 알아! 하하!"

"행복한 토요일입니다, 굿바디 부인!"

노부인은 살충제 분무기가 뿜은 거대한 구름 속에서 동작을 멈추었다.

"헛소리!" 부인이 외쳤다. "이 악마와 해충을 상대해야 하는데 행복하긴, 개뿔!"

"이번에는 또 뭡니까?" 포트넘이 물었다.

"어치들이 들을까 무섭지만 말이야…." 부인은 미심쩍은 듯 주위를 한 번 둘러보았다. "내가 비행접시 사단을 막는 1차 방어벽이라고 하면, 자넨 믿겠나?"

"오오, 그것참 멋지군요. 우주 로켓이 등장하는 건 시간문제니까요."

"아니! 벌써 등장했다니까!" 부인은 산울타리 아래로 살충제 분무기를 조준하며 펌프질을 했다. "네 이놈! 이거나 받아라!"

그는 상쾌한 바깥공기에서 뒤로 물러났다. 처음 눈을 떴을 때 느꼈던 것만큼 활기찬 날은 아니었다. 굿바디 부인, 저 가없은 양반. 언제나 합리적이고 칼 같았는데 어쩌다 저렇게 됐지? 늙어서 그런가?

현관 벨이 울렸다.

＊

포트넘은 가운을 손에 들고 계단을 반쯤 내려오다가 목소리를 들었다. "특송 우편입니다. 포트넘 씨 댁인가요?" 아내 신시아가 현관문에서 작은 소포를 받아들고 돌아서는 모습이 보였다.

그가 손을 내밀었지만, 아내는 고개를 저었다.

"당신 말고, 당신 아들 앞으로 온 특송 항공우편이야."

톰은 지네처럼 아래층으로 내려왔다.

"와! 베이유 습지 대온실에서 온 게 틀림없어요!"

"평소에 받는 우편물을 보고도 이렇게 흥분했으면 좋겠구나." 포트넘이 말했다.

"평소라고요?" 톰은 송장과 포장지를 거칠게 찢었다. "〈유명한 기계들〉 뒷부분 안 읽어보셨어요? 드디어 그게 왔어요!"

다들 열린 상자 속을 들여다보았다.

"여기 뭐가 있다는 거냐?" 포트넘이 물었다.

"점보 자이언트가 성장을 보증하는 '당신의 지하실에서 고수익 버섯을 기르세요' 세트잖아요!"

"아, 그래. 아빠는 바보같이 그것도 몰랐구나." 포트넘이 말했다.

신시아가 곁눈질로 상자 안을 보았다. "이렇게 조그만 것들이?"

"24시간만 지나도 어마어마하게 커진대요." 톰이 기억을 되살려가며 말했다. "지하실에 심어놓으면요…."

포트넘과 신시아는 서로 시선을 주고받았다.

"뭐, 개구리나 초록뱀보다는 낫네." 신시아는 결국 인정했다.

"당연하죠!" 톰이 지하실 쪽으로 달려갔다.

"톰." 포트넘이 불렀다.

톰은 지하실 문 앞에서 멈춰 섰다.

"톰. 다음에는 4등급 우편을 이용해도 괜찮을 거다."

"아, 그건 틀림없이 저쪽에서 실수한 거예요. 제가 부자인 줄 알았나 봐요. 특송 항공우편이라니, 그만한 돈을 선뜻 낼 수 있는 사람이 얼마나 되겠어요?"

지하실 문이 쾅하고 닫혔다.

＊

포트넘은 잠시 포장지를 살펴보다가 쓰레기통에 버렸다. 부엌으로 향하는 길에 지하실 문을 한 번 열어보았다.

톰은 벌써 지하실 뒤편 흙 위에 무릎을 꿇고 앉아 손 갈퀴로 땅을 파고 있었다.

어느새 아내가 다가와 부드럽게 숨을 내쉬며 차갑고 어둑한 지하실을 내려다보고 있었다.

"정말로 버섯이면 좋겠네. 설마 독버섯은 아니겠지?"

아내의 말에 포트넘은 웃음을 터뜨렸다. "풍년을 빈다, 농부!"

톰이 위를 올려다보고 손을 흔들었다.

포트넘은 지하실 문을 닫고 아내와 팔짱을 낀 채로 기분 좋게 부엌으로 걸어갔다.

＊

정오가 가까운 시간, 포트넘은 차를 몰고 가까운 시장으로 가다가 같은 로터리클럽 회원이자 시내 고등학교에서 생물을 가르치는 로저가 길 건너 보도에서 다급하게 손을 흔드는 것을 보았다.

포트넘은 차를 세우고 창문을 내렸다.

"어이, 로저! 태워줄까?"

로저는 지나칠 정도로 열렬하게 대답하더니 얼른 차에 올라타고 문을 쾅 닫았다.

"안 그래도 자넬 만나고 싶었네. 며칠 동안 전화를 할까 망설였어. 자네 혹시 딱 5분만 내 상담사 노릇 좀 해주겠나?"

포트넘은 잠시 친구의 안색을 살피며 조용히 운전했다.

"자네 부탁이라면 얼마든지 들어주지. 어서 말해보게."

로저는 뒤로 기대앉아 자기 손톱을 들여다보았다. "잠시 운전하면서 내 말을 들어주게. 그래, 그쪽으로. 좋아. 내가 하고 싶은 말은 말이야. 이 세상에 문제가 생겼어."

포트넘은 느긋하게 웃었다. "문제야 늘 있었던 거 아닌가?"

"아니, 아니야. 정말로 이상하고, 한 번도 본 적 없는 문제가 생겼어."

"굿바디 부인도 그러더니." 포트넘은 절반은 혼잣말을 하다가 멈추었다.

"굿바디 부인이?"

"오늘 아침에 말이야. 나한테 비행접시가 어쩌고 그러더라고."

"아니야." 로저는 신경질적으로 집게손가락 위 불룩 튀어나온 곳을 때렸다. "비행접시가 아니야. 적어도 나는 그렇게 생각하지 않아. 이봐, 직관이란 게 뭔가?"

"오랫동안 잠재의식 속에 존재해온 의식적인 인식을 말하지. 하지만 아마추어 심리학자의 말이니 어디 가서 인용하지는 말게!" 그는 다시 껄껄 웃었다.

"그래, 그래." 로저는 다소 환해진 얼굴을 돌리더니 자세를 고쳐 앉았다. "바로 그거야! 오랫동안 사건이 서서히 모였단 말이지? 그러다 갑자기 침이 고여 있는 줄도 몰랐는데 침을 뱉어야만 하는 상황이 온단 말이야. 손이 더러운데 어쩌다가 이렇게 더러워졌는지 모르는 것과도 같지. 매일 내 몸에 먼지가 쌓이는데 그걸 못 느껴. 그런데 먼지가 충분히 모이면 그걸 보고 때라고 부르지. 그게 바로 내가 생각하는 직관이야. 그런데 나한테 어떤 종류의 먼지가 쌓여 왔는지 아는가? 밤하늘의 별똥별? 동트기 직전의 묘한 날씨? 모르겠네. 왜 새벽 3시에 특별한 색깔과 냄새가 존재하고 우리 집은 특이하게 삐걱거리지? 내 팔뚝에 털은 왜 꼿꼿하게 서 있지? 내가 아는 거

라곤 어느새 먼지가 쌓였다는 거야. 어느 날 갑자기 그 사실
을 깨닫게 되지."

"그래?" 포트넘은 불안감을 느끼며 말했다. "그런데 자네
가 아는 게 뭐지?"

로저는 무릎 위에 얌전히 내려놓은 양손을 바라보았다.

"나는 두렵네. 아니, 두렵지 않아. 그러다가 갑자기 불쑥
두려워지지. 의사를 찾아가기도 했어. 나는 최고등급이네. 가
족 문제도 전혀 없어. 우리 조우는 착한 아들, 근사한 아이라
네. 아내 도로시? 대단한 여자지. 아내와 함께라면 두려움 없
이 늙어 죽을 수 있어."

"자네 행운아로군."

"그런데 내 행운도 이제 바닥이 났네. 나도 가족도 심지어
지금은 자네마저도 걱정돼 죽을 지경이야."

"나까지?" 포트넘이 말했다.

그는 시장 근처 공터 옆에 차를 세웠다. 갑자기 어마어마한
고요가 찾아왔다. 포트넘은 몸을 돌려 친구를 자세히 살폈다.
로저의 말을 듣고 있으니 어딘가 오싹해졌다.

"난 모든 사람이 걱정돼." 로저가 말했다. "자네 친구들도,
내 친구들도, 그들의 친구들도 눈앞에 보이지 않으면 걱정이
된다네. 정말 어이없지 않나?"

로저는 차 문을 열고 밖으로 나가더니 차 안의 포트넘을 들
여다보았다. 포트넘은 무슨 말이라도 해야 할 것 같았다.

"그래서 우린 이제 어떻게 하면 되는 건가?"

로저는 고개를 들어 광활한 하늘에서 맹렬하게 이글거리는 태양을 올려다보았다.

"조심하게." 로저가 천천히 말했다. "며칠 동안은 뭐든 조심해."

"뭐든?"

"우린 신이 준 것의 반도 쓰지 않는다네. 주어진 시간의 10퍼센트도 쓰지 않아. 우린 더 듣고 더 느끼고 더 냄새 맡고 더 맛봐야 하네. 어쩌면 저기 공터에서 자라는 잡초를 뒤흔드는 바람에도 뭔가 문제가 있을지도 몰라. 저 전선 너머로 보이는 태양도, 느릅나무 위에서 우는 매미떼도. 단 며칠 동안이라도 밤이나 낮이나 가던 길을 멈추고 살펴보고 귀를 기울이면 뭔가 달라진 점이 느껴질지도 모르네. 그렇게 해보고 나서 나한테 입을 다물라면 다물겠네."

"아니, 괜찮아." 포트넘은 실제 느낌보다 가볍게 여기는 척하며 말했다. "열심히 살펴보겠네. 그런데 내가 찾는 게 그것인지 어떻게 알 수 있지?"

로저는 진지한 얼굴로 포트넘을 들여다보았다. "알게 될 거야. 그냥 저절로 알게 돼. 아니면 우린 모두 끝장이라네." 그는 조용히 말했다.

포트넘은 문을 닫았지만 뭐라고 말해야 할지 알 수 없었다. 당혹감으로 얼굴이 벌겋게 달아오르는 게 느껴졌다. 로저도 포트넘의 마음을 감지한 것 같았다.

"자네 내가 미쳤다고 생각하나?"

"말도 안 되는 소리!" 포트넘은 너무 빨리 대답했다. "자넨 그저 조금 불안해할 뿐이야. 몇 주 휴가를 내는 게 어떻겠나?"

로저는 고개를 끄덕였다. "월요일 저녁에 보겠나?"

"언제든지. 우리 집에 들르게."

"그럴 수 있으면 좋겠네. 나도 정말 그럴 수 있으면 좋겠어."

그리고 로저는 가버렸다. 그는 마른 잡초가 무성하게 자란 공터를 가로질러 서둘러 시장 옆쪽 입구로 갔다.

로저의 뒷모습을 지켜보며 포트넘은 갑자기 꼼짝도 하고 싶지 않아졌다. 자기도 모르게 깊은숨을 들이마시며 차 안의 침묵을 더욱 무겁게 하고 있다는 사실을 서서히 깨달았다. 입술을 핥았더니 짠맛이 났다. 그는 차창 틀에 얹은 자신의 팔과 햇빛을 받아 빛나는 황금빛 털을 바라보았다. 공터에는 바람 혼자 움직이고 있었다. 그는 창밖으로 고개를 내밀고 태양을 쳐다보았다. 태양이 가공할 만한 힘으로 그를 마주 보았고 그는 얼른 다시 차 안으로 돌아갔다.

그는 숨을 뱉어냈다. 그리고 큰 소리로 웃음을 터뜨렸다. 그는 다시 차를 몰고 떠났다.

✳

차가운 레모네이드 잔이 먹음직스럽게 물방울을 매달고 있었다. 유리잔 안에서 얼음이 음악처럼 찰랑거렸고 혀끝에 닿은 레모네이드는 퍽 새콤하고 퍽 달콤했다. 그는 땅거미 지는 집 앞 포치에 나가 레모네이드를 홀짝이고 맛을 음미하며 고리버들 흔들의자에 깊숙이 몸을 묻었다. 잔디밭에서 귀뚜라미가 울었다. 맞은편에 앉아 뜨개질하던 신시아가 호기심 어린 눈으로 그를 보았다. 그는 아내가 골똘히 자신을 살피는 걸 알고 부담감을 느꼈다.

"무슨 일이야?" 마침내 아내가 물었다.

"신시아." 그가 말했다. "당신 직관은 제대로 굴러가고 있어? 혹시 지진이 일어날 날씨인가? 땅이 꺼지지는 않을까? 전쟁이 일어나면 어쩌지? 그런 거창한 게 아니라도, 우리 집 참제비고깔꽃은 결국 마름병에 걸려 죽고 말 것인가?"

"잠깐. 생각 좀 해볼게."

신시아는 무릎에 양손을 올려놓고 눈을 감고 조각상처럼 꼼짝도 하지 않고 앉아 있었다. 이윽고 그녀가 고개를 젓더니 빙그레 웃었다.

"아니. 전쟁은 일어나지 않아. 땅도 안 꺼져. 마름병도 없어. 그런데 왜 그런 생각을 한 거야?"

"오늘 종말에 대해 말하는 사람을 많이 만났거든. 아니, 사실은 두 명이야."

방충망 문이 벌컥 열렸다. 포트넘은 한 대 맞은 사람처럼 움찔했다. "뭐야?"

톰이 모종용 화분을 감싸 안고 포치로 나왔다.

"죄송해요. 그런데 왜 그러세요, 아빠?" 톰이 말했다.

"아무것도 아니다." 포트넘은 자리를 뜨게 되어 내심 기뻤다.

"그게 버섯이냐?"

톰은 열심히 앞으로 움직였다. "일부예요. 와, 정말 대단해요. 겨우 일곱 시간 동안 물만 줬는데 얼마나 커졌는지 몰라요!" 톰은 화분을 엄마 아빠 사이에 있는 탁자에 올려놓았다.

버섯은 정말로 풍성했다. 회색빛이 도는 수백 개의 갈색 버섯이 축축한 흙을 뚫고 자라고 있었다.

"아…." 포트넘은 깜짝 놀랐다.

신시아가 화분을 만져보려고 손을 뻗었다가 불안한지 다시 거두어갔다.

"흥을 깨고 싶지는 않지만 말이야, 이게 버섯 말고 다른 것일 가능성은 전혀 없는 거니?"

톰은 모욕을 당한 표정을 지었다. "내가 엄마한테 독버섯이라도 먹일까 봐 그래요?"

"그래." 신시아가 재빨리 대답했다. "둘을 어떻게 구별하니?"

"먹어보면 되죠." 톰이 말했다. "먹고 살아나면 버섯, 죽으면, 짜잔!"

포트넘은 큰 소리로 웃었다. 그러나 신시아는 흠칫 놀라는 기색이었다. 그녀는 의자에 몸을 기대앉았다. "난 싫어."

"쳇." 톰은 화가 나서 모종용 화분을 들었다. "언제 또 '남의 기분 망치기 대회'가 열리죠?"

톰은 언짢은 얼굴로 발을 질질 끌고 가버렸다.

"톰." 포트넘이 불렀다.

"신경 쓰지 마세요." 톰이 말했다. "어린 애가 뭘 한다고 하면 다들 망할 거라고 생각하죠. 제기랄!"

톰은 버섯을 들고 지하실 계단을 내려갔고 포트넘도 뒤따라 집 안으로 들어갔다. 톰은 지하실 문을 쾅 소리 나게 닫고 씩씩거리며 뒷문 밖으로 뛰어갔다.

포트넘이 흘낏 보니 아내는 충격을 받은 얼굴로 시선을 돌리고 있었다.

"미안해." 아내가 말했다. "왜인지는 몰라도 그냥 톰에게 꼭 말해줘야 할 것 같았어."

전화벨이 울렸다. 포트넘은 선이 긴 전화기를 집 바깥으로 끌고 나왔다.

"포트넘?" 로저의 아내 도로시였다. 그녀는 갑자기 몹시 늙고 많이 놀란 것 같았다. "포트넘, 혹시 로저 거기 없어요?"

"도로시? 로저는 여기 없어요."

"그가 없어졌어요!" 도로시가 말했다. "옷장의 옷도 전부 사라졌어요!" 그녀는 숨죽여 흐느끼기 시작했다.

"도로시, 잠깐 기다려요. 내가 곧 그리로 갈게요."

"도와줘요. 꼭이요. 로저에게 무슨 일이 생겼어요. 나는 알아요." 그녀는 울부짖었다. "당신이라도 뭔가 해주지 않으면 우린 다시는 로저가 살아 있는 모습을 볼 수 없을지도 몰라요."

포트넘은 아주 천천히 수화기를 내려놓았다. 수화기 너머에서 훌쩍이는 도로시의 소리가 들렸다. 갑자기 밤 귀뚜라미가 몹시 요란하게 울었다. 뒷목의 머리털이 하나씩 하나씩 곤두서는 게 느껴졌다.

털이 혼자 그럴 수는 없다고 그는 생각했다. 바보 같기는. 실제로 털이 그럴 수는 없어. 절대로 불가능해!

그러나 머리털이 천천히 하나씩 하나씩 곤두섰다.

＊

정말로 로저의 옷걸이는 전부 비어 있었다. 포트넘은 쨍강 소리를 내며 옷걸이들을 금속 봉 한쪽으로 전부 밀쳐버리고 옷장 밖에 있는 도로시와 그녀의 아들 조우를 보았다.

"지나가다 우연히 봤는데, 옷장이 텅 비어 있고 아빠 옷이 전부 사라져 있었어요!" 조우가 말했다.

"별일 없었어요. 우린 잘살고 있었다고요. 정말 이해할 수가 없어요. 도저히, 도저히 이해가 안 돼요!" 도로시는 다시 양손에 얼굴을 묻고 울기 시작했다.

포트넘은 옷장 밖으로 나왔다.

"로저가 집을 나서는 소리를 못 들었습니까?"

"아빠랑 앞뜰에서 술래잡기하고 있었어요. 그런데 아빠가 잠시 집에 들어가야 한다고 했어요. 저는 뒷문으로 돌아갔는데, 그때 아빠가 사라졌어요!"

"그사이 재빨리 짐을 싸서 어디론가 걸어간 게 틀림없어요. 그래서 집 앞에 택시 서는 소리가 안 들린 거예요."

그들은 현관을 지나 집 밖으로 나갔다.

"제가 기차역과 공항을 확인해보겠습니다." 포트넘은 잠시 머뭇거렸다. "도로시, 혹시 로저한테 무슨 사정이라도 생긴 건가요?"

"그는 미친 게 아니에요." 그녀는 잠시 망설였다. "아무래도 납치당한 것 같아요."

포트넘은 고개를 저었다. "제 손으로 짐을 싸고 제 발로 걸어나가 납치범들에게 갔다는 게, 앞뒤가 맞는 것 같지는 않군요."

도로시는 밤바람이 들어올 수 있도록 현관문을 열어놓고 집 안을 한차례 물끄러미 보았다. 그녀의 목소리가 불안하게 떨렸다.

"아뇨. 그들이 집에 들어온 거예요. 우리가 보는 데서 남편을 훔쳐간 거예요."

그리고 잠시 후.

"…뭔가 끔찍한 일이 벌어지고 있어요."

포트넘은 귀뚜라미와 나뭇잎만 바스락거리는 밤을 향해 돌아섰다. 종말을 말한 사람들은 자신의 종말을 말한 것이었나? 그는 생각했다. 굿바디 부인도. 로저도. 이제 로저의 아내까지. 뭔가 끔찍한 일이 벌어지고 있다. 그러나 그게 대체 무슨 일이란 말인가? 그리고 어떻게 벌어지고 있다는 말인가?

그는 도로시에게서 눈을 들어 젖은 눈을 깜박이는 조우를 한참 보았다. 이윽고 밖을 향해 복도를 지나가다 걸음을 멈추고 지하실 문 손잡이를 만지작거렸다.

순간 포트넘은 기억으로 남기고 싶은 어떤 것의 사진을 찍을 때처럼 눈꺼풀이 파르르 떨리고 홍채가 풀어지는 것을 느꼈다.

조우가 지하실 문을 활짝 열고 아래로 내려가 시야에서 사라졌다. 문이 소리를 내며 닫혔다.

포트넘이 뭔가 말하려고 했지만 도로시가 손을 뻗어 그를 붙잡는 바람에 그쪽으로 시선을 돌려야 했다.

"제발 그 사람을 꼭 찾아줘요."

그는 그녀의 뺨에 입을 맞추었다. "인간이 할 수 있는 일이라면요."

인간이 할 수 있는 일이라면. 오, 맙소사. 그는 어쩌자고 그런 말을 골랐을까?

그는 여름밤 속으로 걸어나갔다.

✳

숨을 한껏 참았다가 내쉬고, 또 숨을 참았다가 내쉬는, 천식 환자가 흡입기를 쓸 때 터질 법한 재채기 소리가 들렸다. 누군가 어둠 속에서 죽어가고 있나? 아니었다.

울타리 건너편에 있어서 잘 보이지는 않았지만, 굿바디 부인이 뼈만 앙상하게 남은 팔꿈치를 흔들며 살충제 분무기를 쏘아대며 밤늦도록 일하고 있었다. 집을 향해 가는 포트넘 주위로 속이 울렁거리는 살충제의 달콤한 냄새가 무겁게 감싸왔다.

"굿바디 부인? 아직도 거기 계세요?"

검정 울타리 너머로 그녀의 목소리가 튀어 올랐다.

"당연하지! 진딧물에 물방개에 나무좀에, 이제 하다 하다 선녀낙엽버섯까지! 어찌나 빨리 자라는지, 원!"

"뭐라고요?"

"선녀낙엽버섯! 내 꼭 이기고 말겠어. 요놈! 요놈! 요놈!"

그는 울타리와 쌔근거리는 분무기 소리와 씩씩거리는 노부인의 목소리를 뒤로하고 아내가 기다리는 포치를 향해 돌아섰다. 아내는 불과 몇 분 전 도로시가 자기 집 앞에서 포트넘을 배웅하던 자리를 고스란히 이어받은 사람처럼 보였다.

포트넘이 무슨 말인가를 하려는데 집 안에서 그림자가 어른거렸다. 삐걱하는 소리도 들렸다. 문 손잡이가 덜컹거렸다.

톰의 모습이 지하실로 사라졌다.

포트넘은 누가 얼굴에 폭발물이라도 설치한 것 같은 느낌이 들었다. 어지러웠다. 어떤 일은 실제로 벌어지기도 전에 멍한 상태의 백일몽으로 모든 움직임이 익숙하게 떠오르기도 한다. 마치 입 밖에 내기 전에 어떤 대화가 오갈지 다 알아버리는 것처럼.

그는 자기도 모르게 닫혀버린 지하실 문을 물끄러미 보고 있었다. 신시아가 어느새 기분이 좋아져서 그를 집 안으로 이끌었다.

"왜 그래? 톰 때문에? 나, 녀석을 봐주기로 했어. 빌어먹을 버섯이 녀석에겐 아주 중요한 거였나 봐. 게다가 지하실에 뿌려놓기만 했는데 아주 얌전히 잘 자라고 있더라고."

"그랬어?" 포트넘은 자신의 목소리가 낯설게 들렸다.

신시아가 남편의 팔을 붙잡았다. "로저는 어떻게 됐어?"

"사라졌어."

"이런, 남자들이란!"

"아니야. 당신 생각처럼 그런 게 아니야. 난 지난 10년 동안 로저를 매일 봤어. 그 정도로 사람을 잘 알면 그 집안이 어떻게 돌아가는지도 알 수 있어. 오븐에 뭐가 있는지 믹서기에 뭐가 있는지 알 정도라고. 아직 그는 죽음 직전까지 가지는 않았어. 남의 과수원에서 복숭아 따면서 불멸의 청춘을 쫓아 방랑하는 것도 아니야. 절대 아니야. 아니라는 데 내 전 재산을 걸 수도 있어. 로저는 말이야…."

등 뒤에서 현관벨이 울렸다. 배달부 소년이 조용히 포치 위로 올라와 손에 전보를 들고 서 있었다.

"포트넘 씨 댁인가요?"

신시아가 현관 전등을 켜자 포트넘은 봉투를 찢어 열고 전보를 꺼내 읽기 시작했다.

뉴올리언스 여행 중. 이 전보를 누가 볼 수도 있음. 모든 특송 우편물은 반드시 거절할 것. 계속 거절할 것. 로저.

신시아가 종이에서 눈을 들었다.

"이해가 안 되네. 대체 무슨 소리지?"

그러나 포트넘은 벌써 전화기를 붙잡고 서둘러 다이얼을

돌리고 있었다. "교환? 경찰서요! 빨리!"

*

그날 밤 10시 15분, 저녁 내내 여섯 번째로 전화기가 울렸다. 포트넘은 전화를 받고 즉시 놀란 숨을 들이켰다. "로저! 자네 어디 있나?"

"여기가 어디냐고?" 로저는 장난기 가득한 목소리로 가볍게 말했다. "여기가 어딘지는 자네가 잘 알잖아. 자네도 책임이 있어. 화는 내가 내야 한다고!"

포트넘이 고갯짓하자 신시아는 얼른 부엌으로 달려가 또다른 수화기를 들었다. 부드럽게 딸각하는 소리가 들리자 포트넘은 계속 말했다.

"로저, 나는 자네가 어디 있는지 정말 몰라. 그 전보는 자네가 보냈잖아."

"전보? 무슨 전보?" 로저가 쾌활한 목소리로 말했다. "난 전보를 보낸 적이 없는걸? 남행 열차를 타고 가고 있는데 갑자기 경찰이 우르르 들이닥치더니 날 끌고 어느 작은 마을에 내리더군. 제발 내 목 좀 놔달라고 자네한테 전화를 건 거야. 포트넘, 이게 전부 농담이라면…."

"하지만, 로저! 자네가 먼저 사라졌잖아!"

"출장 중이었어. 그걸 사라졌다고 표현한다면야 할 말이 없네만. 도로시한테도 조우한테도 말하고 왔어."

"어떻게 된 일인지 도통 모르겠군. 그런데 로저, 자네 정말 위험한 건 아닌가? 누가 협박하는 건 아니야? 누가 강요해서 이렇게 말하는 건 아니고?"

"난 괜찮네. 건강하고 자유롭고 두렵지도 않아."

"하지만, 자네가 말한 그 불길한 예감은…."

"헛소리! 보게, 난 아주 잘하고 있지 않나?"

"그래, 로저."

"그럼 내가 착한 아버지 역할을 수행하고 돌아갈 수 있게 해주게. 도로시에게 연락해서 내가 5일 후에 돌아갈 거라고 전해줘. 아니, 도로시는 어떻게 그걸 잊어버릴 수가 있지?"

"알았네. 그럼 우리 5일 후에 보는 건가?"

"그럼. 5일 후야."

로저의 목소리는 의기양양하면서도 따뜻한 게 예전과 다르지 않았다. 포트넘은 전보다 더 당혹스러워 고개를 절레절레 흔들었다.

"로저." 그가 말했다. "오늘 하루는 정말 이상한 날이었어. 자네, 도로시한테서 달아난 건 아니지? 맙소사, 나한테는 솔직히 말할 수 있잖나."

"이봐, 난 아내를 진심으로 사랑하네. 아, 여기 리지타운 경찰국의 파커 서장님이 납셨군. 그럼, 잘 있게, 포트넘."

"그래, 잘…."

그러나 경찰서장이 전화기를 뺏어 들었는지 곧바로 화가 잔뜩 난 목소리가 쏟아졌다. 포트넘은 왜 경찰에 이런 수고를 안겨주었는가? 대체 어떻게 된 일인가? 어쩌자고 이런 일을 벌였는가? 소위 이 친구라는 작자를 붙잡아두길 바라는가, 풀어주기를 바라는가?

"풀어주십시오." 포트넘은 겨우 말하고 전화를 끊었다. 수화기 너머로 열차가 출발하니 모두 탑승하라고 외치는 소리와 점점 깊어가는 이 밤에 30킬로미터 떨어진 남쪽을 향해 역을 출발하는 기차의 거대한 천둥소리를 들은 것도 같았다.

신시아가 아주 천천히 거실로 들어왔다.

"나 바보가 된 것 같아." 그녀가 말했다.

"그러는 내 기분은 어떨 것 같아?"

"그 전보는 누가 보낸 거지? 왜 보낸 걸까?"

그는 스카치위스키를 조금 따라 들고 방 한가운데 서 있었다.

"그래도 로저가 무사하다니 다행이야." 마침내 아내가 말했다.

"그는 무사하지 않아." 포트넘이 말했다.

"하지만, 당신도 방금 그렇게 말했잖아."

"나는 아무 말도 하지 않았어. 로저가 자신은 계속 무사하다고 주장하니 우리가 그를 기차에서 끌어내려 포박한 다음 집으로 돌려 보내달라고 할 수는 없잖아? 아니야. 그 전보는 그가 보낸 거야. 보낸 다음 마음이 바뀐 거지. 대체 왜 그랬을까? 도대체, 왜? 왜?" 포트넘은 술을 홀짝이며 방 안을 오락가락했다. "왜 특송 우편물을 조심하라고 경고했을까? 우리가 올해 받은 소포 중에서 특송이라면 오늘 아침 톰이 받은 것 하나뿐인데…." 그의 말끝이 흐려졌다.

그가 움직이기도 전에 신시아가 종이 쓰레기를 모아놓은 바구니로 가서 특송 도장이 찍힌 구겨진 포장지를 꺼냈다.

우편번호가 이렇게 찍혀 있었다. 뉴올리언스, LA.

신시아가 고개를 들었다. "뉴올리언스라면 지금 로저가 향하는 곳 아니야?"

포트넘의 마음속에서 문 손잡이가 딸각거리고 문이 열렸다 닫혔다. 또 다른 문 손잡이가 딸각거리고 또 다른 문이 벌컥 열렸다 닫혔다. 축축한 흙냄새가 훅 끼쳤다.

그는 어느새 전화 다이얼을 돌리고 있었다. 한참 후 도로시가 전화를 받았다. 그녀 혼자 집 안의 모든 전등을 환하게 밝혀놓고 우두커니 앉아 있는 모습이 그려졌다. 그는 조용히 도로시와 인사를 나누고 목청을 가다듬고 말했다. "도로시, 있잖아요. 멍청한 소리로 들릴 거 알아요. 혹시 지난 며칠 사이에 집에 특송 항공우편물이 온 적이 있나요?"

그녀의 목소리는 희미했다. "아니요." 그러다 잠시 후. "아니, 잠깐만요. 사흘 전이요. 당신도 알지 않아요? 이 동네 모든 소년이 거기 푹 빠져 있잖아요."

포트넘은 조심스럽게 말을 골랐다.

"무엇에 푹 빠져 있다고요?"

"그런데 그건 왜 물어요?" 도로시가 물었다. "버섯을 키우는 게 무슨 문제라도 되나요?"

포트넘은 두 눈을 질끈 감았다.

"포트넘? 여보세요?" 도로시가 말했다. "방금 버섯 키우기가 뭐가 문제냐고 물었어요."

"버섯 키우기라고요?" 마침내 포트넘이 말했다. "아니요. 아무 문제 없죠. 아무 문제 없어요."

그리고 그는 천천히 수화기를 내려놓았다.

달빛으로 만든 베일처럼 바람에 커튼이 천천히 부풀었다. 시계가 째깍거렸다. 자정을 넘긴 세계가 밀려 들어와 침실을 가득 채웠다. 아침 공기 속에서 굿바디 부인의 쨍한 목소리를 들었던 게 백만 년 전 일로 느껴졌다. 정오에는 로저를 만나 울적한 이야기를 들었다. 저녁에는 경찰이 먼 남쪽에서 전화를 걸어 그에게 욕을 퍼부었다. 그리고 로저의 목소리를 또 들었지. 기차가 천둥 같은 기적을 울리며 그를 태우고 멀리멀리 떠나버리는 소리도. 그리고 마지막으로 울타리 뒤에서 들려왔던 굿바디 부인의 목소리가 떠올랐다.

"어찌나 빨리 자라는지, 원!"

"뭐가요?"

"선녀낙엽버섯!"

그는 눈을 번쩍 떴다. 벌떡 일어나 앉았다.

잠시 후 그는 아래층으로 내려가 백과사전을 마구 넘겼다. 다음 구절을 집게손가락으로 더듬어가며 읽었다.

"선녀낙엽버섯: 여름철과 초가을 잔디밭에서 흔히 볼 수 있는 버섯."

그는 툭 소리 나게 책을 덮었다.

＊

깊어진 여름밤, 그는 바깥에 나가 담뱃불을 붙이고 조용히 담배를 피웠다.

별똥별 하나가 밤하늘을 가로지르며 떨어졌다가 순식간에 불타버렸다. 나뭇잎이 부드럽게 바스락거렸다.

현관문이 탁 소리를 내며 닫혔다.

신시아가 가운 차림으로 다가왔다.

"잠이 안 와?"

"너무 더워서."

"더운 날씨는 아닌데?"

"아니지." 그는 팔을 쓸어보았다. "사실은 추워." 그는 담배를 두 번 빨고 아내 쪽을 보지도 않고 말했다. "신시아… 만약에 말이야…." 그는 코웃음을 치며 말을 멈추었다. "오늘 낮에 로저가 한 말이 사실이면 어쩌지? 굿바디 부인의 말이 사실이라면? 뭔가 끔찍한 일이 정말로 벌어지고 있다면 말이야. 일테면…." 그는 고갯짓으로 하늘에 떠 있는 수많은 별을 가리켰다. "다른 세계에서 온 것들이 지구를 침공해 왔다면 말이야."

"여보!"

"아니, 생각나는 대로 말하게 해줘."

"침공을 당했다면 벌써 알아챘겠지."

"절반만 알아챘다면 어떨까? 막연히 불안감만 느끼면서 말이야. 뭘까? 우린 어떻게 침공을 당하게 될까? 어떤 생명체가 어떤 수단으로 쳐들어올까?"

신시아가 하늘을 바라보며 뭐라고 말하려고 하는데 그가 끼어들었다.

"아니, 별똥별이나 비행접시 같은 게 아니야. 우리 눈에 보이는 게 아니야. 박테리아라면 어떨까? 바깥 우주에서 온 박테리아라면?"

"책에서 읽은 적 있어."

"포자며 씨앗이며 꽃가루, 바이러스가 1초에 수십억 개씩 지구 대기에 폭격처럼 떨어지고 있대. 자그마치 수백만 년 동안이나. 우린 지금도 보이지 않는 비를 맞고 있는 셈이야. 이 비는 온 나라, 온 도시, 온 마을에 지금도 내리고 있어. 지금 우리 집 잔디밭에도."

"우리 집 잔디밭에도?"

"굿바디 부인 집에도. 그러나 부인 같은 사람은 늘 잡초를 뽑고 살충제를 뿌리고 독버섯을 뽑아내잖아. 어떤 낯선 생명체도 도시에서 생존하기는 어려울 거야. 날씨 문제도 있고. 가장 적합한 기후는 남쪽이겠지. 앨라배마, 조지아, 루이지애나 같은 곳. 축축한 습지대로 가야 적절한 크기로 자랄 수 있어."

그러나 신시아는 웃기 시작했다.

"아, 당신 설마 톰에게 소포를 보낸 습지대 대온실 어쩌고가 외계 행성에서 온 180센티미터 버섯들이 소유하고 운영하는 곳이라고 믿는 건 아니지?"

"그런 식으로 말하면 우습게 들릴 수도 있을 거야." 그도 인정했다.

"우습다고? 배꼽 빠지겠어!" 그녀는 유쾌하게 고개를 뒤로 젖히며 웃어댔다.

"제기랄!" 그는 갑자기 울화를 느끼며 소리쳤다. "정말로 무슨 일이 벌어지고 있다고! 굿바디 부인은 선녀낙엽버섯을 뽑아 죽이고 있어. 선녀낙엽버섯이 뭐지? 버섯의 한 종류야. 당신은 우연이라고 하겠지만, 같은 날 특송 우편으로 우리 집에 뭐가 도착했지? 톰에게 버섯이 왔어! 또 무슨 일이 생겼지? 로저는 곧 종말이 올 거라며 두려워했어! 몇 시간 후 그는 사라졌고 우리에게 전보를 보내 뭘 받지 말라고 경고했지? 톰이 받은 특송 버섯이었잖아! 로저의 아들도 며칠 전에 비슷한 소포를 받았대! 그 소포가 어디서 왔지? 뉴올리언스야! 신시아, 알겠어? 이 개별적인 일들이 하나로 엮이지 않는다면 나도 이렇게 동요하지 않아. 로저, 톰, 조우, 버섯, 굿바디 부인, 소포, 종착지, 모든 게 하나로 연결되어 있잖아!"

신시아는 이제 조용히 그의 얼굴을 바라보았지만, 여전히 이 상황을 즐거워했다. "화내지 마."

"화가 난 게 아니야!" 포트넘은 하마터면 소리를 지를 뻔했다. 잠시 후 그는 입을 다물었다. 자기도 모르게 신경질적인 웃음을 터뜨리며 비명을 지르게 될까 봐 두려웠다. 그러고 싶지는 않았다. 그는 같은 단지의 집들을 둘러보며 어두운 지하실과 〈유명한 기계들〉을 읽고 몰래 버섯을 기르려고 돈을 보냈을 이웃의 소년들을 생각했다. 그도 어렸을 때 화학물질이며 씨앗, 거북이, 수없이 다양한 연고와 역겨운 고약 따위를 배송받으려고 돈을 부친 적이 있었다. 오늘 밤 얼마나 많은 미국인 가정에서 순수한 아이들의 조력을 받으며 수십억 개의 버섯이 무럭무럭 자라고 있을까?

"포트넘?" 아내가 그의 팔을 건드렸다. "버섯은 아무리 크게 자라도 생각이라는 걸 할 수 없어. 버섯은 움직일 수도 없잖아. 팔다리가 없는걸. 그런데 어떻게 우편주문 서비스를 운영하고 세계를 '지배'할 수 있겠어? 자, 우리 당신이 생각하는 끔찍한 악마와 괴물들을 보러 가자!"

그녀는 그를 문 쪽으로 이끌었다. 집 안에 들어가 신시아는 지하실 쪽으로 내려갔지만, 그는 고개를 저으며 멈춰 섰다. 그의 입가에 바보 같은 미소가 떠올랐다. "싫어, 싫어. 뭐가 있을지 안 봐도 알아. 당신이 이겼어. 내가 어리석었어. 로저는 다음 주면 돌아올 거고 우리는 함께 진탕 마시고 취하겠지. 이제 침실로 돌아가자고. 나는 1분, 아니 2분 후에 갈게."

"그러자!" 그녀는 그의 양쪽 뺨에 입을 맞추고 한번 꼭 안아 준 다음 위층으로 올라갔다.

그는 부엌에 가 유리잔을 하나 꺼내고 냉장고 문을 열어 우유를 따르다가 문득 멈추었다.

냉장고 맨 위쪽 선반에 작고 노란 접시가 있었다. 그러나 그의 눈길을 끈 것은 접시가 아니었다. 접시에 담긴 것이었다.

갓 자른 버섯들이었다.

＊

한 30분 정도 그 자리에 서 있었던 모양이다. 그의 숨결이
냉장고의 냉기를 만나 하얗게 얼어붙고 있었다. 그는 손을 뻗
어 접시를 집어 들고 코로 냄새를 맡아보고 만져보기도 하다
가 결국 접시를 들고 현관으로 나갔다. 그는 계단을 올려다보
며 위층 침실에서 신시아가 이리저리 움직이는 기척을 느끼
며 이렇게 외치려고 했다. "신시아, 이 버섯 당신이 냉장고에
넣어두었어?"

그러나 그는 입을 다물었다. 어떤 대답이 올지 알았다. 신
시아가 한 일이 아니었다.

그는 계단 맨 아래쪽 난간에 버섯 접시를 올려놓았다. 그
는 혼자 상상했다. 이따가 침대에 누워 벽과 열린 창을 보면
서, 천장에 그려진 달빛의 무늬가 서서히 바뀌는 것을 보면서
그는 생각할 것이다. 그러다 자기도 모르게 신시아? 하고 부
를 것이다. 신시아는 응? 하고 대답하겠지. 그러면 그는 말할
것이다. 버섯한테도 팔다리가 자랄 방법이 있기는 있어. 그게
뭔데? 아내는 이렇게 물을 것이다. 이 바보 같은 남자야, 그게
뭐냐고? 그러면 그는 아내의 유쾌한 반응을 향해 용기를 그러
모아 겨우 말할 것이다. 만약에 말이야, 사람이 습지대를 돌
아다니다가 그 버섯을 따서 먹는다면 어떨까?

신시아는 아무 대답도 하지 않을 것이다.

일단 사람 몸에 들어간 버섯은 혈관을 타고 퍼져 모든 세포를 장악하고 그 사람을 다른 사람으로 바꿔버리는 게 아닐까? 그러니까, 말하자면, 화성인으로? 이 가설대로라면 버섯에게 굳이 팔다리가 있을 필요가 있겠어? 아니지. 사람 몸을 빌려서 그 안에 살면서 그 사람 자체가 될 수 있는데 굳이 팔다리가 왜 필요해. 로저는 아들이 준 버섯을 먹었어. 로저는 '다른 사람'이 된 거야. 그는 스스로를 납치했어. 그리고 마지막으로 정신이 들었을 때, 그러니까 최후로 '자신'이었던 순간에 우리에게 전보를 보내 특송 버섯을 받지 말라고 경고했던 거야. 나중에 전화한 '로저'는 진짜 로저가 아니야. 그가 먹었던 버섯의 포로지! 이해가 되지 않아, 신시아? 그렇지 않아? 응?

아니. 상상 속의 신시아가 말했다. 아니, 전혀 이해가 되지 않아. 전혀. 하나도. 조금도.

지하실에서 희미하게 속삭이는 소리, 버석거리는 소리, 움직이는 소리가 들려왔다. 포트넘은 버섯 접시에서 눈을 들어 지하실 문까지 걸어갔다. 그는 문에 귀를 대고 엿들었다.

"톰?"

대답이 없었다.

"톰, 너 거기 있니?"

대답이 없었다.

"톰?"

한참 만에 아래에서 톰의 목소리가 올라왔다.

"예, 아빠?"

"자정이 넘었구나." 포트넘이 말했다. 그는 높아지려는 목소리를 겨우 억눌렀다. "거기서 뭐 하니?"

대답이 없었다.

"아빠가 물었잖니."

"농사를 지어요." 마침내 아들이 차갑고 희미한 목소리로 말했다.

"그만 거기서 나와라! 내 말 들리니?"

침묵.

"톰? 아빠 말 들어봐! 네가 오늘 저녁 냉장고에 버섯을 넣어두었니? 왜 그랬니?"

10초 정도가 지나고 아들의 대답이 들려왔다. "물론 엄마랑 아빠랑 드시라고 그랬죠."

포트넘은 심장이 빠르게 뛰는 소리를 들었다. 심호흡을 세 번 한 다음에야 다시 말할 수 있었다.

"톰? 너 설마… 그러니까, 너… 버섯을 먹지는 않았지?"

"왜 그런 걸 물어보세요? 웃기게." 톰이 말했다. "당연히 먹었죠. 오늘 저녁에요. 샌드위치에 넣어 먹었어요. 그런데 왜요?"

＊

포트넘은 문 손잡이를 잡았다. 이번에는 그가 대답하지 않왔다. 무릎이 풀리는 기분이었다. 그는 이 어리석고 무감각한 바보 같은 짓과 싸웠다. 무슨 말인가를 하려고 했지만 어쩐 일인지 입술이 움직이지 않았다.

"아빠?" 톰이 지하실에서 다정하게 불렀다. "아래로 내려오세요." 잠시 침묵. "아빠한테 수확물을 보여 드리고 싶어요."

땀에 젖은 손 안에서 손잡이가 자꾸 미끄러졌다. 문 손잡이가 딸각 소리를 냈다. 그는 숨을 참았다.

"아빠?" 톰이 다정하게 불렀다.

포트넘은 문을 열었다.

지하실은 칠흑처럼 어두웠다.

그는 전등 스위치를 향해 손을 뻗었다. 이 침입을 감지한 듯 어디선가 톰이 말했다.

"켜지 마세요. 빛은 버섯에 안 좋아요."

포트넘은 스위치에서 손을 뗐다.

그는 마른침을 꿀꺽 삼켰다. 그는 아내를 향해 가는 오르막 계단을 돌아보았다. 신시아에게 작별인사를 해야 할 것 같았다. 그런데 왜 이런 생각을 하는 거지? 어쩌자고 이런 생각을 하는 거야? 아무 이유도 없이?

없다.

"톰?" 그는 짐짓 쾌활하게 말했다. "꼭꼭 숨어라, 머리카락 보일라."

그는 어둠을 향해 내려가며 문을 닫았다.

백만 년 동안의 소풍

The Million-Year Picnic

웬일로 온 가족이 낚시 여행을 가자는 말이 엄마 입에서 나왔다. 그러나 티모시는 엄마 생각이 아니라는 것을 알았다. 아빠 생각을 엄마가 대신 말했을 뿐이었다.

아빠는 어지럽게 흩어져 있는 화성의 조약돌들을 발로 밀치며 그러자고 했다. 곧바로 떠들썩한 함성이 이어졌고 다들 부리나케 야영 도구를 캡슐과 용기에 집어넣었다. 엄마는 여행용 점퍼와 블라우스로 갈아입었고 아빠는 떨리는 손으로 파이프에 담배를 가득 채우며 계속 화성의 하늘을 살펴보았고 세 아들은 소리를 지르며 모터보트에 올라탔다. 티모시 말고 다른 두 아들은 엄마와 아빠를 눈여겨보지 않았다.

아빠가 버튼을 누르자 부릉부릉 모터보트 시동 걸리는 소리가 하늘 높이 솟구쳤다. 물이 뒤쪽으로 출렁거리더니 보트가 앞으로 쑥 나갔다. 가족은 일제히 소리를 질렀다. "야호!"

티모시는 보트 뒤쪽에 아빠랑 나란히 앉아 조그만 손을 아빠의 털북숭이 손에 올린 채 구불구불 펼쳐진 운하를 바라보았다. 보트는 가족이 지구에서 가족용 소형로켓을 타고 날아와 정착했던 마을을 떠났다. 지금 그 마을은 산산이 부서져 버렸다. 티모시는 지구를 떠나기 전날 밤을 떠올렸다. 정신없이 서둘러 짐을 꾸렸던 일, 어디서 어떻게 구했는지 알 수 없는 로켓을 아빠가 가지고 왔던 일, 그리고 화성으로 휴가를 떠나자고 했던 이야기까지. 화성이라니, 휴가를 떠나기엔 꽤 먼 길이었지만 티모시는 동생들을 생각해 아무 말도 하지 않았다. 어쨌든 가족은 화성에 도착했고 이제야 처음 말했던 대로 낚시 여행을 떠나고 있었다.

보트가 운하를 거슬러 올라가는 동안 아빠의 눈가엔 어쩐지 기묘한 표정이 서려 있었다. 티모시로선 어떤 뜻인지 이해할 수 없는 표정이었다. 눈빛은 강렬하게 빛났고 안도감 같은 게 비쳤다. 깊게 팬 주름살도 걱정할 때나 울 때가 아니라 웃을 때의 표정으로 보였다.

그렇게 굽이를 돌아가자 열을 식히고 있던 로켓이 시야에서 벗어났다.

"얼마나 멀리 가야 해요?" 로버트가 한 손으로 물을 튀기며 물었다. 그 모습이 보랏빛 물 속에서 작은 게 한 마리가 팔딱거리는 것처럼 보였다.

아빠는 한숨을 내뱉으며 대답했다. "백만 년은 가야지."

"와아." 로버트가 말했다.

"얘들아, 저길 좀 봐." 엄마가 부드럽고 길쭉한 팔을 뻗어 어딘가를 가리켰다. "죽은 도시가 있구나."

아이들은 열띤 기대감을 품고 엄마가 가리킨 곳을 보았다. 화성의 날씨 전문가가 만들어 놓은 여름의 뜨거운 적막 속에 누워 죽은 도시가 꾸벅꾸벅 졸고 있었다.

아빠는 도시가 죽은 것이 흡족하다는 듯한 표정을 짓고 있었다.

도시는 모래 언덕 위에 분홍색 바위들이 아무렇게나 흩어진 채 쌔근쌔근 자는 것처럼 보였다. 무너진 기둥 몇 개와 쓸쓸하게 홀로 서 있는 신전 하나, 그리고 다시 모래가 펼쳐져 있었다. 몇 킬로미터를 더 가도 모래 외엔 아무것도 보이지 않았다. 운하 주변에는 하얀 사막이, 운하 너머에는 푸른 사막이 펼쳐졌다.

그때 새 한 마리가 푸드덕 날아올랐다. 마치 푸른 연못에 내던져져 수면을 때리고 가라앉아 물속 깊이 사라져버리는 돌멩이 같았다.

아빠는 새를 보고 화들짝 놀란 표정을 지었다. "로켓인 줄 알았잖아."

티모시는 깊은 바닷속 같은 하늘을 올려다보며 지구와 전쟁과 폐허가 되어버린 도시와 자신이 태어난 이후로 늘 서로를 죽여온 인간들을 찾아보았다. 그러나 아무것도 보이지 않았다. 전쟁은 아득하게 높고 고요한 대성당의 아치형 천장에서 죽을 때까지 싸우는 두 마리 파리처럼 멀게만 느껴졌다. 그리고 그만큼이나 무의미해 보였다.

윌리엄 토머스는 이마의 땀을 훔쳤다. 자신의 팔에 올라와 있는 아들의 손이 마치 어린 독거미가 기어가는 것처럼 아슬아슬한 긴장감을 주었다. 그는 아들을 향해 활짝 웃었다. "기분이 어때, 티모시?"

"좋아요, 아빠."

티모시는 옆에 앉은 커다란 어른의 마음속에 어떤 것들이 흘러가고 있는지 헤아릴 수조차 없었다. 햇볕에 그을려 살갗이 벗겨진 큼직한 매부리코, 지구에 살 때 여름철 학교가 파한 후 갖고 놀던 마노 공깃돌처럼 뜨겁고 파란 눈, 헐렁한 승마바지 밖으로 뻗어 나온 길고 굵직한 기둥 같은 다리를 가진 이 남자를.

"뭘 그렇게 열심히 보고 있어요, 아빠?"

"지구의 논리와 상식, 훌륭한 정부, 평화, 책임감을 찾고 있지."

"지구에는 그런 것들이 다 있었어요?"

"아니. 지구에서는 못 찾았단다. 이제 지구에는 그런 것들이 아예 없고 앞으로도 영원히 나타나지 않을 거다. 어쩌면 예전에 있었다는 것도 그저 우리가 속아서 그렇게 믿었던 걸지도 모르지."

"정말요?"

"저기 물고기를 보렴!" 아빠가 손짓하며 말했다.

세 아이는 소프라노처럼 높은 소리를 지르며 물고기를 보겠다고 출렁이는 보트 밖으로 가느다란 목을 쑥 내밀었다. 아이들은 와아, 우우, 함성을 질렀다. 고리 모양을 한 은빛 물고기가 물결을 일으키며 보트 옆을 지나가다가 음식물 부스러기를 보고 바싹 다가와 쑥 집어삼켰다.

아빠는 물고기를 바라보다가 깊고 나직한 목소리로 말했다.

"꼭 전쟁 같구나. 전쟁도 헤엄을 치며 지나가다 먹이를 보면 몸을 바싹 웅크리지. 그리고 순식간에 지구를 집어삼키고 가버린단다."

"윌리엄." 엄마가 아빠를 불렀다.

"미안해."

그들은 조용히 앉아 운하의 물이 차가운 유리처럼 빠르게 흘러가는 모양을 바라보았다. 들리는 소리라고는 웅웅대는 모터 소리와 보트가 물 위를 미끄러지는 소리, 그리고 태양이 공기를 부풀리는 소리뿐이었다.

"화성인은 언제 만나요?" 마이클이 물었다.

"곧 만날 수 있을 거야. 어쩌면 오늘 밤에 만날지도 모르지." 아빠가 말했다.

"하지만, 화성인은 멸종했잖아." 엄마가 말했다.

"아니, 그렇지 않아. 내가 화성인을 보여줄게, 꼭." 아빠가 곧바로 대꾸했다.

티모시는 아빠의 말을 듣고 얼굴을 찌푸렸지만 아무 말도 하지 않았다. 지금 생각해보니 모든 게 이상했다. 휴가며 낚시며 아빠 엄마가 주고받는 표정이며 전부.

동생들은 벌써 손으로 차양을 만들어 이마에 대고 화성인을 찾는답시고 2미터가 넘게 쌓아 올린 운하의 돌둑 방향을 골똘히 바라보고 있었다.

"화성인은 어떻게 생겼어요?" 마이클이 물었다.

"보면 알 거야." 아빠가 웃으며 말했다. 아빠의 뺨에서 맥박이 뛰는 모습이 티모시의 눈에 들어왔다.

엄마는 날씬하고 상냥한 사람으로 황금 실타래 같은 머리를 땋아 왕관처럼 머리 위로 감아올렸고 눈동자는 그늘진 곳을 흘러가는 깊고 차가운 운하처럼 보랏빛에 가까웠으며 그 안에 호박빛 점이 흩뿌려진 듯 박혀 있었다. 엄마의 눈을 들여다보면 어떤 생각들이 오가는지 헤엄치는 물고기처럼 훤히 보였다. 밝은 생각도 어두운 생각도 있었고 빠르고 급한 생각도 느리고 느긋한 생각도 보였으며 가끔 지구 쪽을 올려다볼 때처럼 보랏빛 말고는 아무것도 보이지 않을 때도 있었다. 엄마는 보트 앞쪽에 앉아 한 손을 입가에 대고 다른 한 손은 짙푸른 색 승마바지의 무릎에 올려놓고 있었다. 하얀 꽃처럼 벌어진 블라우스 사이로 햇볕에 그을린 부드러운 목선이 드러났다.

엄마는 뭐가 있나 계속해서 앞을 살피고 있었지만 뚜렷하게 보이는 게 없자 뒤로 돌아 남편을 보았다. 그리고 남편의 눈에 비친 것들을 통해 앞에 무엇이 있는지를 알아챘다. 더욱이 남편의 눈에는 어떤 굳은 결심 같은 것이 서려 있어서 그녀는 마음을 놓고 다시 앞쪽으로 고개를 돌렸다. 이제 무엇을 찾아야 할지 확실히 깨달았다.

티모시도 열심히 앞을 보았다. 그러나 티모시의 눈에 들어온 것이라곤 낮게 침식된 언덕들로 둘러싸인 넓고 얕은 계곡을 통과해 흐르는, 연필로 그린 선처럼 곧게 흐르는 보랏빛 운하뿐이었다. 그 선은 저 멀리 하늘 끝까지 뻗어 있었다. 운하는 손으로 잡고 흔들면 마른 해골 속에 든 딱정벌레처럼 딸깍딸깍 소리를 낼 것 같은 도시들을 지나 끝없이 흘러갔다. 백개 혹은 이백 개쯤 되는 도시들이 뜨거운 여름 낮의 꿈과 서늘한 여름밤의 꿈을 꾸고 있었다.

티모시 가족은 이번 여행을 위해, 그러니까 낚시를 하려고 수백만 킬로미터를 날아왔다. 그러나 로켓에는 대포가 실려 있었다. 분명히 휴가를 간다고 하고 떠나온 길이었다. 그런데 왜 로켓 근처에 몇 년은 거뜬히 먹을 수 있는 엄청난 양의 식량을 숨겨두고 왔을까? 휴가인데 말이다. 휴가라는 말의 장막 뒤에는 부드럽게 미소 짓는 얼굴이 아니라 뼈가 툭 불거지고 무시무시한 얼굴이 숨어 있을 것만 같았다. 그러나 티모시는 그 장막을 들춰볼 수가 없었고 각각 열 살과 여덟 살인 동생들은 나이에 맞게 노느라 바빴다.

"아무리 찾아도 화성인이 안 보여. 시시해." 로버트는 뾰족한 턱에 양손을 괴고 운하를 노려보았다.

아빠는 손목에 차는 원자라디오를 가져왔다. 이 라디오는 예전 방식으로 작동하는 것으로 귀 옆 뼈에 대고 누르면 진동하면서 노래와 말이 흘러나왔다. 아빠는 지금 라디오를 듣고 있었다. 아빠의 얼굴은 무너진 화성의 도시처럼 푹 꺼지고 까칠하게 마른 게 꼭 죽어가는 사람 같았다.

잠시 후 아빠가 엄마에게 한 번 들어보라며 라디오를 건넸다. 엄마가 깜짝 놀라 입을 쩍 벌렸다.

"무슨 일이…?" 그러나 티모시는 하려던 말을 다 마치지 못했다.

그 순간 뱃속까지 흔드는 거대한 폭발이 두 번 일어났고 대여섯 차례의 소규모 진동이 잇따랐다.

아빠는 고개를 휙 쳐들고 곧바로 보트의 속도를 높였다. 보트는 뛰어오를 듯 덜컹거리며 앞으로 내달렸다. 보트의 진동 때문에 움츠려 있던 로버트가 화들짝 깨어났고 마이클은 엄마 다리를 꼭 붙들고 겁을 조금 먹기는 했지만, 여전히 신나는 함성을 질러대며 눈앞으로 쏟아지는 물보라를 지켜보았다.

아빠는 보트의 방향을 바꾸고 속도를 늦추더니 운하의 작은 지류로 들어서 게살 냄새를 풍기고 돌들이 허물어져 가는 먼 옛날의 부둣가로 갔다. 보트가 선창에 격하게 부딪히는 바람에 모두 앞쪽으로 몸이 쏠렸지만, 다행히 다친 사람은 없었다. 아빠는 벌써 몸을 돌려 혹시 운하에 물결이 이는 바람에 가족의 은신 경로가 들키지는 않을지 살펴보았다. 잔물결이 돌들을 감싸고 퍼져 나갔다가 이내 뒤로 물러나며 다시 하나로 합쳐지고 햇빛 아래 얼룩을 그리다가 점차 잠잠해졌다. 곧 물결이 모두 사라졌다.

아빠는 귀를 기울였다. 다른 가족도 귀를 쫑긋 세웠다.

214

아빠의 숨소리가 차갑게 젖은 부둣가의 돌들을 주먹으로 두드리는 것처럼 메아리쳤다. 그늘 속에서 엄마가 고양이 같은 눈으로 아빠를 쳐다보며 앞으로 어떤 일이 벌어질지 실마리를 찾았다.

잠시 후 아빠는 긴장을 풀고 길게 숨을 내쉬더니 혼자 웃음을 터뜨렸다.

"당연히 로켓이지. 아무래도 내가 지나치게 예민하게 굴었나 봐. 로켓이었는데."

"무슨 일이에요, 아빠? 무슨 일이에요?" 마이클이 물었다.

"아, 방금 우리가 타고 온 로켓을 우리가 폭파한 거야. 별일 아니야." 티모시는 정말로 별일 아니라는 듯이 말했다. "나 전에도 로켓이 폭발하는 소리를 들어본 적이 있어. 우리 로켓도 그냥 터진 거야."

"왜 우리 손으로 우리 로켓을 폭파해요? 네, 아빠?" 마이클이 또 물었다.

"그냥 게임이야, 바보야!" 티모시가 말했다.

"게임이라고?" 마이클과 로버트는 게임이라는 말에 신이 났다.

"아빠가 로켓에 폭파장치를 해놓았어. 그래야 우리가 어디에 착륙했고 어디로 갔는지 아무도 모를 것 아니야! 누가 우릴 찾으러 오면 안 되니까. 알았어?"

"아아, 그러니까 비밀이구나?"

"내 로켓 소리에 내가 겁을 먹다니." 아빠가 엄마에게 말했다. "내가 정말 과민해진 모양이야. 여기 우리 로켓 말고 다른 로켓이 또 있을 거라고 생각하다니, 정말 바보 같지? 아, 한 대는 있을 수도 있겠다. 에드워즈 부부가 자기네 로켓을 타고 여기 무사히 도착했다면 말이야."

아빠는 다시 작은 라디오를 귀에 갖다 댔다. 약 2분 후 그는 누더기 천이라도 떨어뜨리듯 손을 내렸다.

"결국 끝나버렸군." 아빠가 엄마에게 말했다. "라디오가 원자 광선을 수신하지 못하네. 다른 곳의 기지국들도 전부 사라졌어. 몇 년 사이 두 개로 줄어들었는데, 이제 아예 전파가 잡히질 않아. 아무래도 당분간은 아무 소리도 안 들릴 것 같아."

"얼마나 오래요?" 로버트가 물었다.

"글쎄다. 네 증손자 때나 되면 다시 들을 수 있으려나?" 아빠가 말했다. 아빠는 그 자리에 그대로 앉아 있었고 세 아이는 아빠가 자아내는 두려움과 절망과 체념과 포기의 분위기 한가운데에 빠져 있었다.

마침내 아빠는 보트를 다시 운하로 끌고 갔고 가족은 처음 출발할 때 계획했던 방향으로 계속 보트를 몰고 갔다.

시간이 많이 흘렀다. 벌써 해가 넘어가고 있었고 죽은 도시들이 잇따라 눈앞에 나타났다.

아빠는 아주 나직하고 다정한 말투로 아들들에게 말했다. 예전에는 무뚝뚝하고 어렵고 멀게만 느껴졌던 아빠가 지금은 아이들 머리를 쓰다듬으며 대화를 나누었다.

"마이클, 도시를 하나 골라 보렴."

"예?"

"도시 하나를 골라봐. 우리가 지나가는 도시 중에서 아무데나."

"좋아요." 마이클이 말했다. "그런데 어떻게 골라요?"

"가장 마음에 드는 곳으로 고르면 되지. 로버트하고 티모시 너희도 가장 마음에 드는 도시를 하나씩 골라 보렴."

"저는 화성인이 사는 도시가 좋아요." 마이클이 말했다.

"그럼 너는 그런 도시로 가게 될 거야. 아빠가 약속할게." 아빠의 입은 아이들을 향하고 있었지만, 눈은 엄마를 보고 있었다.

20분 동안 가족은 여섯 개의 도시를 지나갔다. 아빠는 로켓 폭발에 대해서는 아무 말도 하지 않았다. 아들들과 재미있게 놀고 아이들을 행복하게 해주는 게 그 어떤 일보다 더 중요해 보였다.

마이클은 처음 지나쳤던 도시가 마음에 들었지만 다들 너무 성급하게 정하면 좋지 않다고 해서 마음을 접었다. 두 번째 도시는 다들 마음에 들어 하지 않았다. 나무로 지은 지구인의 정착지였는데 목재가 썩어 톱밥처럼 무너지고 있었다. 티모시는 세 번째 도시가 커서 마음에 들었다. 네 번째와 다섯 번째 도시는 너무 작았고 여섯 번째 도시는 모두의 환호를 자아냈다. 엄마도 어머나, 세상에, 저길 봐, 등등 감탄사를 보탰다.

그 도시에는 50~60개의 거대한 건축물이 여전히 서 있었고 거리는 먼지가 잔뜩 쌓여 있었지만 포장이 잘 되어 있었고 광장에는 아직도 간간이 물을 뿜어내는 오래된 분수가 있었다. 분수에 담긴 물이 저녁 햇살을 받아 출렁이고 있었는데, 그 물이 도시의 유일한 생명체였다.

"바로 여기예요!" 다들 한목소리로 말했다.

아빠는 보트를 부두에 대고 훌쩍 뛰어내렸다.

"다 왔다. 이제 여기가 우리의 도시다. 오늘부터 우리가 살 곳이야!"

"오늘부터 쭉 살아요?" 마이클은 어리둥절했다. 그는 일어서서 주위를 둘러보고 다시 로켓이 있던 방향으로 돌아서서 눈을 깜빡였다. "우리 로켓은 어쩌고요? 미네소타 집은 어쩌고요?"

"자." 아빠가 말했다.

아빠는 마이클의 금발머리에 작은 라디오를 대주었다. "들어보렴."

마이클은 귀를 기울였다.

"아무 소리도 안 들려요."

"그래. 아무 소리도 안 들리지. 이제 더 이상 아무 소리도 들리지 않을 거다. 이젠 미니애폴리스도 없고 로켓도 없고 지구도 없단다."

마이클은 아빠의 엄청난 말들을 잠시 생각해보더니 훌쩍훌쩍 울기 시작했다.

"잠깐만. 대신 아빠가 훨씬 더 많은 걸 줄게, 마이클."

"그게 뭔데요?" 마이클은 호기심에 울음을 그쳤지만, 아빠가 또 아까처럼 당혹스러운 말을 한다면 당장에라도 울음을 터뜨릴 작정이었다.

"이 도시를 너에게 줄게, 마이클. 이제부터 이 도시는 네 거야."

"제 거라고요?"

"너랑 로버트랑 티모시 거야. 너희 셋이서 이 도시를 가지렴."

티모시는 보트에서 풀쩍 뛰어내렸다. "얘들아, 이제 여긴 우리 모두의 도시야! 여기 전부가 우리 거야!" 티모시는 지금 아빠와 함께 게임을 하고 있었다. 적극적이고도 능수능란하게 아빠를 거들고 있었다. 나중에 이 상황이 모두 끝나고 안정이 되면 그는 혼자서 잠깐 어디론가 사라져 10분쯤 울다 올지도 모른다. 그러나 지금 당장은 게임을 계속해야 했다. 여전히 가족 소풍을 즐겨야 했다. 동생들이 계속 놀 수 있게 해주어야 했다.

마이클은 로버트와 함께 보트에서 뛰어내렸고 이어서 엄마를 도와주었다.

"여동생을 조심해라." 아빠가 말했지만, 그때는 아무도 아빠 말이 무슨 뜻인지 이해하지 못했다.

가족은 서로 속삭이며 분홍빛 돌로 지은 거대한 도시로 서둘러 들어갔다. 죽은 도시에는 이상한 분위기가 깃들어 있어서 자꾸 서로 목소리를 낮추어 속삭이고 지는 해를 바라보고 싶어졌다.

"한 닷새쯤 지나면 말이다. 아빠가 우리 로켓이 있던 자리로 가서 로켓 잔해 속에 숨겨둔 식량을 가지고 올 거야. 또 에드워즈 부부와 딸들도 찾아볼게."

"딸들이라고요? 몇 명인데요?" 티모시가 물었다.

"네 명."

"나중에 문제가 생길 수도 있겠네." 엄마가 천천히 고개를 끄덕이며 말했다.

"으악, 여자애들이라니." 마이클이 고대 화성인의 석상 같은 얼굴을 하고 말했다. "여자애들이래."

"그들도 로켓을 타고 오나요?"

"그래. 성공한다면 그렇겠지. 하지만 가족용 로켓은 화성이 아니라 달 여행용으로 만든 거란다. 우리가 여기까지 온 것도 굉장한 행운이었지."

"아빠는 로켓을 어디서 구했어요?" 동생들이 앞서 달려가는 것을 보고 티모시가 나직이 속삭였다.

"20년 전에 미리 마련해두었단다. 로켓을 쓸 필요가 전혀 없기를 바라면서도 숨겨두었어. 전쟁 때 정부에게 줘야 하나 싶었지만, 아빠는 늘 화성을 생각해왔거든."

"그리고 소풍도요!"

"그래. 이건 너랑 나만 아는 비밀이야. 아빠는 지난달 지구에서 모든 것이 끝장나는 것을 보고 결국 짐을 쌌단다. 에드워즈도 숨겨둔 우주선이 있었지만 우린 따로 출발하는 편이 더 안전할 거라고 판단했어. 혹시 누구라도 우리를 격추하려고 할지도 모르니까."

"그런데 우리 로켓은 왜 폭발시켰어요, 아빠?"

"그래야 지구로 영원히 돌아갈 수 없잖니. 또 그래야 나쁜 사람들이 화성에 오더라도 우리가 여기 있다는 사실을 모를 테니까."

"그래서 계속 하늘을 올려다본 거예요?"

"그래. 바보 같지? 사실 그들은 영원히 우리를 쫓아올 수 없는데 말이다. 우릴 쫓아올 로켓도 남아 있지 않으니까. 아빠가 너무 지나치게 조심한 거야."

마이클이 뒤돌아 이쪽으로 다시 뛰어왔다. "정말 여기가 우리 도시예요, 아빠?"

"이 행성 전체가 우리 거란다, 얘들아. 이 행성 전체가."

가족은 그 자리에 서서 '언덕의 왕'이나 '둔덕 꼭대기', '탐사한 모든 곳의 지배자', '침범할 수 없는 군주와 대통령' 같은 지명이 붙은 곳을 바라보며 이 세상을 소유하는 게 어떤 뜻인지, 이 세상은 실제로 얼마나 큰지 헤아려보았다.

희박한 대기에 밤이 일찍 찾아왔다. 아빠는 물이 뿜어져 나오는 분수 옆 광장에 가족을 남겨두고 보트로 돌아가 큼직한 두 손 가득 서류 더미를 들고 돌아왔다.

그는 오래된 안뜰의 폐허 위에 종이 더미를 놓고 불을 붙였다. 가족은 불꽃 둘레에 모여 앉아 따뜻한 온기를 쬐었다. 티모시는 불길이 종이를 집어삼킬 때 작은 글자들이 겁먹은 짐승처럼 튀어 오르는 모양을 바라보았다. 종잇장은 늙은이의 피부처럼 쪼그라들었고 불길은 이내 무수히 많은 단어를 에워쌌다.

"정부 채권, 1999년 사업 도표, 종교적 편견에 관한 에세이, 병참학, 범아메리카연합의 문제점, 1998년 7월 3일 주식 시황, 전쟁편람…."

아빠가 처음부터 서류 더미를 가져오자고 고집했던 것도 이렇게 불쏘시개로 쓰려고 했던 것이었다. 그는 자리에 앉아 불길에 종이를 한 장 한 장 흡족하게 집어넣으며 아이들에게 서류의 의미를 설명해주었다.

"이제 너희에게 몇 가지 이야기를 들려줄 때가 온 것 같구나. 지금껏 이렇게 많은 일을 비밀로 해서 정말 미안하게 생각해. 너희가 이해할지 모르겠지만, 아주 일부분만 알아듣는다고 해도 이제는 너희에게 말해야겠어."

그는 불 속에 종이 한 장을 집어 던졌다.

"아빠는 지금 하나의 생활방식을 태우고 있단다. 지금 지구에서 불타 사라지려는 생활방식 말이야. 아빠 말이 정치인처럼 들리더라도 이해해다오. 사실 아빠는 한때 주지사였으니까. 아빠는 정직했고 그 정직함 때문에 사람들의 미움을 샀단다. 지구에서의 삶은 어떤 일을 잘할 수 있게 안정되지 않았어. 과학은 너무 빨리 우리를 앞질러 가버렸지. 사람들은 기계의 황무지에서 길을 잃고 말았다. 마치 예쁘고 신기한 장난감, 헬리콥터, 로켓 같은 것에 폭 빠져버린 어린애들 같았어. 기계를 어떻게 운영할지는 관심도 없고 오직 기계 자체를 중시했단다. 엉뚱한 것에 잘못 집중한 셈이지. 전쟁은 점점 번져서 마침내 지구를 죽이기에 이르렀단다. 그래서 라디오에서 아무 소리도 들리지 않게 된 거야. 우리도 전쟁을 피해 여기로 도망쳐 온 거고.

우린 운이 좋았단다. 이제 로켓은 더 이상 남아 있지 않았거든. 우리가 한가롭게 낚시나 하려고 여기까지 온 게 아니라는 건 이제 너희도 눈치챘을 거야. 아빠는 너희에게 사실대로 말할 때를 계속해서 미뤄왔어. 이제 지구는 없어졌다. 수백 년 동안은 행성 간 여행이 없을 거야. 어쩌면 영영 없을 수도 있고. 그 생활방식은 스스로 틀렸음을 입증했고 제 손으로 자기 목을 졸라버렸다. 너희는 아직 어려. 너희가 완전히 이해할 수 있을 때까지 아빠가 앞으로 매일 이 이야기를 되풀이해줄 거야."

아빠는 잠시 말을 멈추고, 불 속에 종이를 몇 장 더 집어넣었다.

"이제 우리뿐이야. 우리하고 며칠 후 도착할 사람들 몇 명이 전부야. 그 정도면 새로 시작할 수 있단다. 지구에 있던 모든 것에서 등을 돌리고 새로 선을 긋기에 충분할 거야."

아빠의 말이 옳다는 듯 불길이 갑자기 솟구쳤다. 이제 단 한 장만 남기고 종이는 모두 타버렸다. 지구의 모든 법과 신념이 불타 한 줌의 뜨거운 재로 변했고 그나마도 곧바로 바람에 실려 어디론가 날아가 버렸다.

티모시는 아빠가 불 속에 던져넣은 마지막 종잇장을 보았다. 세계지도였다. 지도는 불길에 닿자마자 쪼그라들고 구부러지더니 화르르 타올라 따뜻한 검은 나비처럼 휙 날아가 버렸다. 티모시는 고개를 돌렸다.

"자, 이제 아빠가 화성인을 보여줄게. 다들 가보자. 앨리스, 당신도 어서." 아빠는 엄마의 손을 잡았다.

마이클이 큰 소리로 울음을 터뜨리자 아빠가 마이클을 안아 올렸다. 가족은 폐허를 지나 운하 쪽으로 걸어갔다.

운하. 내일이나 모레면 장차 아이들의 신부가 될 아이들이 보트를 타고 올 것이다. 제 엄마 아빠와 함께 깔깔거리며 올 것이다.

가족 주위로 밤이 내려앉았다. 어느새 별이 떴다. 그러나 티모시는 지구를 찾을 수 없었다. 벌써 진 걸까? 생각해볼 일이었다.

가족이 걷는 동안 폐허 사이에서 밤새 한 마리가 울었다. 아빠가 말했다. "엄마랑 아빠는 너희를 가르쳐줄 거야. 어쩌면 실패할지도 모르지만 그러지 않으려고 노력할게. 우린 너희에게 보여주고 가르쳐줄 게 아주 많단다. 우린 오래전부터 이 여행을 준비해왔어. 너희가 태어나기도 전에 말이야. 전쟁이 일어나지 않았더라도 아마 우리는 화성에 왔을 거다. 여기서 우리만의 방식으로 살아갔을 거야. 화성이 지구 문명에 오염되려면 최소한 백 년은 더 있어야 할 거야. 지금은 당연히…."

가족은 운하에 도착했다. 길고 곧게 뻗은 운하가 차갑고 촉촉한 모습으로 밤빛을 반사하고 있었다.

"나는 늘 화성인이 보고 싶었어요. 화성인은 어디 있어요, 아빠? 보여준다고 약속했잖아요." 마이클이 말했다.

"저기 있네." 아빠는 마이클을 목말을 태우고 곧바로 아래쪽을 가리켰다.

거기 화성인들이 있었다. 티모시는 부르르 몸을 떨었다.

거기 운하의 물에 화성인들이 비쳤다. 티모시와 마이클과 로버트와 엄마와 아빠가.

화성인들이 가족을 빤히 올려다보았다. 출렁이는 물결 속에서 아주 오랫동안 고요하게….

비명 지르는 여자

The Screaming Woman

내 이름은 마거릿 리어리, 나이는 열한 살, 센트럴학교 5학년이다. 나는 외동이고 나에게 별 관심이 없는 걸 빼면 나름대로 괜찮은 엄마 아빠와 함께 산다. 뭐, 어쨌든 우리는 살해당한 여자와는 아무 상관 없이 산다고 생각했었다. 혹은 거의 상관이 없다고.

우리 동네와 비슷한 곳에 사는 사람이라면 총기 사고나 흉기 사용, 암매장, 조금 더 구체적으로 말하면 자기 집 뒷마당에 사람을 묻는 일 같은 끔찍한 사건이 벌어질 수 있다는 생각은 거의 하지 않을 것이다. 아마 그런 일이 실제로 벌어진다 해도 믿지 못할 것이다. 그저 계속해서 토스트에 버터를 바르거나 케이크를 굽겠지.

지금부터 내가 겪은 일을 들려주겠다. 7월 중순의 한낮이었다. 날씨가 더워서 엄마가 심부름을 시켰다. "마거릿, 가게에 가서 아이스크림을 사 오렴. 토요일이라 아빠가 집에 와서 점심을 먹을 거야. 우리 특별히 맛있는 걸 먹자."

나는 집 뒤 공터를 가로질러 달렸다. 깨진 유리병 따위가 나뒹구는 널찍한 공터는 동네 아이들이 야구를 하는 곳이기도 했다. 아이스크림을 사 가지고 돌아가는 길에 아무 생각 없이 걷고 있는데, 갑자기 그 일이 벌어졌다.

웬 여자의 비명이 들려왔다.

나는 걸음을 멈추고 귀를 기울였다.

비명은 땅속에서 들려왔다.

돌멩이와 흙, 유리 조각 아래 한 여자가 묻혀서 누가 와서 자기를 좀 꺼내달라고 끔찍한 비명을 지르고 있었다.

나는 잔뜩 겁을 먹고 그 자리에 그대로 서 있었다. 여자는 목이 졸린 듯한 소리로 계속 비명을 질러댔다.

나는 달리기 시작했다. 넘어졌다가 다시 일어나 또 달렸다. 우리 집 방충망 문으로 들어섰는데, 엄마는 기분 좋게 차분한 모습을 하고 있었다. 우리 집 뒷마당에서 백 미터밖에 떨어지지 않은 곳에서 살아 있는 여자가 땅에 묻혀 죽어가고 있다는 사실을 전혀 모르는 상태였다.

"엄마."

"아이스크림을 들고 서 있으면 어떡하니." 엄마가 말했다.

"하지만, 엄마."

"아이스박스에 넣으렴."

"있잖아요, 엄마. 공터에 비명을 지르는 여자가 있어요."

"손도 씻으렴."

"여자가 계속해서 비명을 지르고 있어요."

"어디 보자, 소금하고 후추가 있어야겠군." 엄마는 가버렸다.

"제 말 좀 들어보세요." 나는 큰 소리로 말했다. "우리가 여자를 파내야 해요. 여자는 어마어마한 흙더미 아래에 묻혀 있어요. 우리가 파내주지 않으면 여자는 숨이 막혀 죽을 거예요."

"그 여자도 점심 식사가 끝날 때까지는 기다려줄 수 있을 거야." 엄마가 말했다.

"엄마, 내 말 못 믿어요?"

"물론 믿지. 이제 가서 손을 씻고 이 고기 접시를 아빠에게 가져다주렴."

"여자가 누구인지 어쩌다 거기 들어가게 됐는지는 몰라요." 내가 말했다. "하지만 너무 늦기 전에 우리가 여자를 도와주어야 해요."

"얘가 왜 이래?" 엄마가 말했다. "아이스크림을 좀 봐. 햇볕 아래 가만히 서서 뭐하는 거야? 일부러 녹으라고 그러는 거니?"

"하지만 공터에…."

"어서 가. 빨리 뛰어."

나는 식당으로 들어갔다.

"아빠, 안녕하세요. 공터에 비명을 지르는 여자가 있어요."

"비명 안 지르는 여자를 본 적이 없다." 아빠가 말했다.

"농담 아니에요."

"알아, 너 되게 진지해 보여."

"빨리 삽이랑 곡괭이를 가지고 가서 파내야 해요. 이집트 미라를 발굴할 때처럼요."

"고고학자 놀이는 하고 싶지 않다, 마거릿." 아빠가 말했다. "그런 건 선선한 10월에 하자꾸나. 그때는 아빠가 같이 가줄게."

"그때까지 기다릴 수는 없어요." 하마터면 버럭 소리를 지를 뻔했다. 심장이 터질 것만 같았다. 나는 흥분했고 두려웠고 겁이 났는데, 아빠는 접시의 고기를 자르고 입에 넣고 씹으며 내 말에는 조금도 관심을 두지 않았다.

"아빠?"

"응?" 아빠가 고기를 씹으며 대꾸했다.

"점심 다 드시면 밖에 나가서 저를 도와주세요." 내가 말했다. "제 돼지저금통에 있는 돈 다 드릴게요!"

"흐음." 아빠가 말했다. "그러니까 일종의 사업제안인 거야? 전 재산을 주겠다고 하는 걸 보면 꽤 중요한 일인 모양이구나. 시간당 얼마를 줄래?"

"1년 동안 5달러를 모았어요. 그거 다 줄게요."

아빠가 내 팔을 쓰다듬었다. "아빠, 감동했어. 정말 감동했어. 아빠랑 놀고 싶어서 네 전 재산을 주고 아빠의 시간을 사겠다는 말이잖아. 솔직히 아빠가 그동안 쩨쩨하게 굴었나 싶은데? 하긴 충분히 놀아주지 못한 건 사실이지. 그래, 점심 다 먹으면 밖에 나가서 비명 지르는 여자가 있는지 없는지 들어보자꾸나. 완전 공짜로 해줄게."

"정말요? 정말이죠?"

"그럼, 진짜고말고." 아빠가 말했다. "대신 한 가지만 약속해주겠니?"

"뭔데요?"

"밖에 나가기 전에 접시를 깨끗이 비우기로 하자."

"약속해요."

"좋아."

엄마가 들어와 자리에 앉았고 우리는 식사를 시작했다.

"그렇게 허겁지겁 먹으면 어떡하니." 엄마가 말했다.

나는 먹는 속도를 늦췄다. 그러다가 다시 빨리 먹기 시작했다.

"엄마 말 들었지?" 아빠가 말했다.

"비명 지르는 여자가 있어요. 서둘러야 한다고요." 내가 말했다.

"아빠는 여기 조용히 앉아서 맑은 정신으로 가장 먼저 스테이크에 다음은 감자에, 그리고 당연히 샐러드에, 그리고 나서 아이스크림에 집중하고 싶구나. 그리고 나면 오래오래 아이스커피를 마실 거야. 물론 네가 괜찮다면. 나는 족히 한 시간은 점심에 쏟고 싶어. 아, 또 한 가지. 식사 도중에 한 번만 더 그 여자, 그러니까 '비명 지르는 여자 씨'를 입에 올리면 아빠는 그녀의 공연을 들으려고 너랑 같이 밖에 나가지 않을 거야."

"알았어요."

"이해됐니?"

"예."

점심은 백만 년 정도 걸렸다. 모두 영화 속 느린 동작처럼 움직였다. 엄마는 천천히 일어났다가 천천히 앉았고 포크와 나이프, 숟가락도 천천히 움직였다. 심지어 방 안의 파리들도 천천히 날았다. 아빠의 볼 근육도 천천히 움직였다. 너무 느렸다. 나는 소리를 지르고 싶었다. "서둘러요! 제발! 빨리! 얼른 일어나 밖으로 나가자고요. 달려요, 달려!"

하지만 그럴 수가 없어서 자리를 지키고 앉아 천천히, 아주 천천히 점심을 먹었다. 아무것도 없는 공터에 비명 지르는 여자만 놔두고 온 세상이 점심을 먹고 있었다. 머릿속에 여자의 비명이 들리는 것만 같았다. 으아아아악! 태양은 뜨거웠고 공터는 하늘처럼 텅 비어 있었다.

"자, 다 먹었다." 마침내 아빠가 말했다.

"이제 나가서 비명 지르는 여자를 볼 거죠?" 내가 말했다.

"우선 아이스커피를 마시고." 아빠가 말했다.

"아, 비명 지르는 여자 이야기가 나와서 말인데." 엄마가 불쑥 말했다. "찰리하고 헬렌 부부가 어젯밤 또 싸웠대."

"새로울 게 없는 소식인데?" 아빠가 말했다. "그 사람들 맨날 싸우잖아."

"찰리 그 사람 정말 형편없는 것 같아." 엄마가 말했다. "뭐, 여자도 마찬가지지만."

"아, 나는 여자는 꽤 괜찮아 보이던데?" 아빠가 말했다.

"그거야 당신 편견이지. 당신이랑 그 여자랑 결혼할 뻔했으니까."

"그 이야기가 왜 또 나와? 그 여자랑 딱 6주 약혼했었어."

"그 여자랑 헤어진 걸 보면 당신도 분별력이란 게 있었던 모양이야."

"오, 당신도 헬렌을 좀 아는군. 그녀는 늘 배우가 되고 싶어 안달이었지. 트렁크에 갇혀 여행하는 꿈을 꾸지 않나. 난 그 꼴을 봐줄 수가 없었어. 그래서 헤어졌지. 하지만 다정한 사람이었어. 다정하고 친절했지."

"어쩌자고 찰리 같은 끔찍한 짐승하고 결혼했을까?"

"아빠." 내가 말했다.

"찰리는 욱하는 성질이 있어. 헬렌이 우리 고등학교 졸업 연극에서 주인공을 맡았던 거 생각나? 정말 영화배우처럼 예뻤는데. 그녀는 연극에 쓸 노래도 직접 만들었어. 아, 그 여름 나를 위해서도 노래를 만들었지."

"얼씨구!" 엄마가 말했다.

"비웃지 마. 좋은 노래였으니까."

"노래 이야기는 한 번도 하지 않았어."

"헬렌과 나만 아는 노래야. 아, 어떻게 부르는 거였더라?"

"아빠." 내가 말했다.

"당신 딸이나 데리고 공터에나 가보시지." 엄마가 말했다. "저러다가 당신 딸 뒤로 넘어가겠어. 그 환상적인 노래는 나중에 들려주고 말이야."

"그래, 가자." 아빠의 말이 떨어지기 무섭게 나는 집 밖으로 달려나갔다.

공터는 여전히 비어 있었고, 뜨거웠고, 깨진 초록색, 갈색, 흰색 유리 조각만 여기저기 흩어져 있었다.

"자, 비명 지르는 여자는 어디 있지?" 아빠가 웃으며 말했다.

"깜박 잊고 삽을 놓고 왔어요!" 내가 외쳤다.

"삽은 나중에 가져오면 되지. 일단 솔로 가수의 노래부터 들어보자."

나는 아빠를 현장으로 데려갔다. "들어보세요." 내가 말했다. 우리는 귀를 기울였다.

"아무 소리도 안 들리는데." 마침내 아빠가 말했다.

"쉿." 내가 말했다. "기다려봐요."

우리는 귀를 기울이며 조금 더 기다렸다. "이봐요! 비명 지르는 여자분!"

하늘에 뜬 태양의 소리도 들을 수 있을 것 같았다. 너무나 고요해 나무를 건드리고 지나가는 바람 소리가 들릴 정도였다. 멀리서 버스가 달리는 소리가 들려왔다. 자동차 소리도 들렸다.

그게 전부였다.

"마거릿." 아빠가 말했다. "너 이마에 젖은 수건 좀 얹고 침대에 누워 있어야겠다."

"아깐 분명히 들렸어요!" 내가 외쳤다. "여자가 비명을 지르고, 지르고, 또 지르는 걸 들었어요. 저기 땅을 파낸 흔적도 있잖아요!" 나는 발작하듯 땅바닥을 가리켰다. "저기 아래를 보세요!"

"마거릿. 저긴 어제 켈리 씨가 파낸 자리야. 쓰레기랑 잡동사니를 묻으려고 커다란 구덩이를 팠단다."

"하지만 한밤중에 누군가 켈리 씨의 구덩이를 이용해 여자를 묻었어요. 그리고 다시 그 위를 흙으로 덮었고요."

"흐음. 우리 그만 집에 가서 시원한 물로 샤워나 하자꾸나."

"땅 파는 거 안 도와주실 거예요?"

"여긴 너무 더워서 오래 서 있는 게 안 좋아."

아빠는 집 쪽으로 걸어갔다. 잠시 후 뒷문이 쾅하고 닫히는 소리가 들렸다.

나는 발로 땅을 굴렀다. "제길."

다시 비명이 시작되었다.

여자는 비명을 지르고 또 질렀다. 어쩌면 여자는 피곤해서 좀 쉬다가 이제야 비명을 지르기 시작했을지도 모른다.

나는 뜨거운 햇살이 내리쬐는 공터에 서서 울고 싶어졌다. 나는 다시 집으로 뛰어가 문을 세게 두드렸다.

"아빠, 다시 여자가 비명을 지르고 있어요!"

"알았다, 알았어." 아빠가 말했다. "제발." 아빠는 나를 위층의 내 방으로 데려갔다. "자." 아빠는 나를 눕게 하고 머리에 차가운 수건을 올렸다. "좀 쉬어라."

나는 울기 시작했다. "아빠, 이러다 여자가 죽으면 어떡해요? 여자는 에드거 앨런 포의 이야기 속 인물처럼 묻혀 있어요. 비명을 계속 지르는데 아무도 들어주지 않는다면 얼마나 무섭겠어요."

"집 밖으로 나가지 마라." 아빠가 걱정스러운 얼굴로 말했다. "오후 내내 여기 누워 있어." 아빠는 나가서 문을 잠가버렸다. 옆방에서 엄마와 아빠가 이야기를 나누는 소리가 들렸다. 잠시 후 나는 울음을 그쳤다. 침대에서 일어나 발끝으로 창가까지 걸어갔다. 내 방은 2층에 있었다. 아래를 보니 까마득히 높아 보였다.

나는 시트를 벗겨 내 침대 기둥에 묶고 창밖으로 늘어뜨렸다. 그리고 발이 땅에 닿을 때까지 창밖으로 기어 내려갔다. 그리고 조용히 차고로 가 삽 두 개를 들고 공터까지 달려갔다. 그 어느 때보다 날이 뜨거웠다. 나는 땅을 파기 시작했다. 그동안에도 여자는 계속 비명을 질렀다.

고된 일이었다. 삽으로 흙을 퍼내고 돌멩이와 유리 조각을 주웠다. 오후 내내 땅을 파도 제시간에 일을 마치지 못할 것 같았다. 어떻게 하지? 달려가서 다른 사람들한테 도와달라고 해야 하나? 하지만 그들도 엄마 아빠처럼 관심을 보이지 않을 것이다. 나는 그냥 혼자서 계속 땅을 팠다.

약 10분 후에 디피가 공터 앞을 지나갔다. 같은 학교에 다니는 내 또래 아이였다.

"안녕, 마거릿."

"안녕, 디피." 나는 숨을 헐떡이며 인사했다.

"뭐해?"

"땅 파."

"왜?"

"땅속에서 비명 지르는 여자 소리가 들려서 여자를 구하려고."

"내 귀에는 비명이 안 들려." 디피가 말했다.

"앉아서 기다려보면 들릴 거야. 아니면 그냥 나를 도와서 땅을 파든지."

"비명이 안 들리면 땅도 파지 않을 거야."

우리는 기다렸다.

"들어봐!" 내가 외쳤다. "방금 들었어?"

"우와." 디피가 천천히 이해가 된 듯 눈을 빛냈다. "잘한다. 다시 해봐."

"다시 뭘 하라고?"

"비명."

"기다렸다가 같이 들었잖아." 나는 어리둥절해서 말했다.

"다시 해봐." 그는 내 팔을 붙잡고 흔들면서 고집했다. "얼른." 그는 주머니를 뒤져 갈색 유리 구슬을 하나 꺼냈다. "다시 하면 이 구슬을 줄게."

이때 땅에서 비명이 흘러나왔다.

"와, 묘기다!" 디피가 말했다. "어떻게 하는지 가르쳐줘."

그는 내가 기적이라도 보여줬다는 듯이 마구 춤을 추었다.

"내가 한 게 아니야." 나는 말했다.

"너 댈러스 마술상점에서 '복화술' 책을 산 거야? 복화술사들이 입속에 넣는다는 주석으로 만든 기구를 단 거야?"

"으… 응." 나는 디피의 도움을 받고 싶어서 거짓말을 했다. "네가 땅 파는 걸 도와주면 나중에 알려줄게."

"와, 대단하다!" 디피가 말했다. "삽 줘."

우리는 함께 땅을 팠다. 간간이 여자가 비명을 질렀다.

"와." 디피가 말했다. "너 발아래에 여자가 정말로 있다고 생각하는 거야? 대단하다, 마거릿." 그리고 말했다. "여자 이름이 뭐야?"

"누구?"

"비명 지르는 여자. 그 여자도 이름이 있을 거 아냐."

"아, 그렇지." 나는 잠깐 생각했다. "이름은 윌마 슈바이거고 아주 부자 할머니야. 아흔여섯 살. 10달러 위조지폐를 만든 스파이크라는 남자가 땅에 묻었어."

"아, 그렇구나!" 디피가 말했다.

"그리고 노파 옆에는 보물도 숨겨져 있어. 나는 무덤도굴꾼이니까 노파를 파내고 보물을 차지할 거야." 나는 땅을 파느라 숨을 헐떡이며 말했다.

디피는 눈을 가름하게 뜨고 야릇한 눈빛을 보냈다. "나도 무덤도굴꾼 하면 안 될까?" 그리고 더 좋은 생각을 떠올렸다. "비명 지르는 여자가 다이아몬드로 덮인 이집트의 옴마나트라 여왕이라고 하자!"

우리는 계속 땅을 파 내려갔다. 나는 반드시 여자를 구출해 낼 거라고 생각했다. 계속 파 내려갈 수만 있다면!

"야, 나 좋은 생각이 떠올랐어." 디피가 달려가더니 어디 선가 판지 조각 하나를 가져왔다. 그리고 크레용으로 그 위에 뭐라고 썼다.

"계속 파! 여기서 멈추면 안 돼!"

"나 표지판 만들잖아. 보여? 잠의 나라 묘지! 여기에 성냥 갑에 넣은 새랑 딱정벌레를 묻을 수 있어. 나는 나비를 찾으러 가야겠다."

"안 돼, 디피!"

"그래야 더 재미있지. 죽은 고양이도 구할 수 있을지 몰라."

"디피, 얼른 삽을 들어! 제발!"

"윽." 디피가 말했다. "나 지쳤어. 집에 가서 낮잠을 좀 자야겠어."

"그러면 안 돼."

"누가 그래?"

"디피, 할 말이 있어."

"뭔데?"

그는 발로 삽을 툭툭 찼다.

나는 그의 귀에 대고 속삭였다. "여기 정말로 여자가 묻혀 있어."

"그야 그렇지." 그가 말했다. "네가 말했잖아, 마거릿."

"넌 내 말을 진짜로 믿지 않잖아."

"어떻게 복화술을 하면서 동시에 땅을 팔 수 있는지 알려 줘."

"알려줄 수 없어. 내가 그런 게 아니니까." 내가 말했다. "디피, 봐. 나는 그냥 여기 서 있는데, 네가 듣는 비명은 저기서 나잖아."

비명 지르는 여자가 다시 비명을 질렀다.

"야!" 디피가 말했다. "여기 정말로 여자가 있어!"

"그게 바로 내가 하려던 말이야."

"얼른 땅을 파자." 디피가 말했다.

우리는 20분 동안 땅을 팠다.

"여자는 누구일까?"

"모르겠어."

"넬슨 부인 아니면 터너 부인 아니면 브래들리 부인 같아. 예쁠 것 같아. 머리카락은 무슨 색일까? 서른 살일까, 아흔 살 일까, 예순 살일까?"

"땅이나 파!" 내가 말했다.

흙더미가 점점 높아졌다.

"우리가 구해주면 보답을 할까?"

"물론이지."

"1쿼터 정도는 줄까?"

"그보다 더 줄 거야. 1달러는 줄 거다."

디피는 땅을 파면서 말했다. "어떤 마법 책에서 본 적이 있

242

어. 한 인도 사람이 옷도 입지 않고 무덤 속으로 기어들어갔대. 아무것도 먹지 않고 술도 없고 껌도 사탕도 없고 공기도 없는 데서 자그마치 60일 동안이나 잠을 잤대." 디피가 고개를 숙였다. "야, 여기 혹시 라디오가 묻혀 있어서 계속 우릴 땀 빼게 하는 거라면 오싹하지 않아?"

"라디오면 좋지. 우리 것이 될 테니까."

그때 우리 위로 그림자 하나가 덮쳐 왔다.

"이 녀석들! 여기서 뭘 하는 거냐?"

돌아서 보니 공터의 주인 켈리 씨가 서 있었다. "아, 안녕하세요, 켈리 씨."

"이제 너희가 뭘 해야 하는지 알려주마. 당장 저 삽들을 들고 너희가 파낸 흙더미를 다시 구덩이에 되돌려놓아라. 그게 바로 너희가 할 일이다." 켈리 씨가 말했다.

심장이 빠르게 뛰기 시작했다. 나도 비명을 지르고 싶었다.

"하지만, 켈리 씨. 여기 비명 지르는 여자가…."

"관심 없다. 내 귀엔 아무 소리도 안 들린다."

"들어보세요!" 나는 외쳤다.

비명이 들렸다.

켈리 씨는 귀를 기울여보더니 고개를 흔들었다. "아무 소리도 들리지 않아. 얼른 구덩이를 다시 메우고 집으로 돌아가! 발로 차버리기 전에!"

우리는 다시 구덩이를 메웠다. 그동안 켈리 씨는 팔짱을 끼고 서서 우리를 지켜보았다. 여자가 계속 비명을 질렀지만,

켈리 씨는 못 들은 척했다.

일을 다 끝내자 켈리 씨가 발을 쿵 구르며 말했다. "얼른 집으로 돌아가. 여기서 또 내 눈에 띄었다간 혼꾸멍이 날 줄 알아라."

나는 디피에게 돌아섰다. "저 사람이야." 나는 속삭였다.

"뭐가?" 디피가 물었다.

"저 사람이 켈리 부인을 죽였다고. 부인 목을 조른 다음 상자에 넣어서 여기 묻었어. 그런데 부인이 살아난 거야. 그러니까 비명이 들리는데도 그 자리에 서서 못 들은 척하지."

"야, 정말 그러네. 바로 그 자리에 서서 감쪽같이 거짓말을 하고 있어."

"남은 일은 단 하나야." 내가 말했다. "경찰에 연락해서 켈리 씨를 체포하게 하자."

우리는 모퉁이에 있는 가게 전화기로 달려갔다.

5분 후 경찰이 켈리 씨의 집 문을 두드렸다. 디피와 나는 수풀에 숨어 귀를 쫑긋 세웠다.

"켈리 씨?" 경찰관이 말했다.

"예, 무슨 일이시죠?"

"켈리 부인이 집에 있습니까?"

"물론이죠."

"부인을 좀 볼 수 있을까요?"

"물론이죠. 이봐, 애나!"

켈리 부인이 문밖으로 얼굴을 내밀었다. "무슨 일이죠?"

"죄송합니다." 경찰관이 사과했다. "공터에 부인이 묻혀 있다는 신고가 들어왔습니다. 아이가 전화한 거 같았는데, 저희로선 확인을 해봐야 하니까요. 성가시게 해 드려서 죄송합니다."

"이런 못된 놈들." 켈리 씨가 화를 냈다. "녀석들을 잡으면 팔다리를 갈기갈기 찢어놓겠어!"

"으악." 디피가 말했다. 우리는 얼른 달아났다.

"이제 어떡하지?" 내가 말했다.

"나, 집에 갈래." 디피가 말했다. "이제 큰일 났어. 이번 일로 호되게 혼날 거야."

"비명 지르는 여자는 어쩌고?"

"제기랄." 디피가 말했다. "다시는 공터 가까이 가서는 안 돼. 켈리 아저씨가 면도날 가는 가죽끈을 들고 기다리고 있다가 우리를 후려칠 거야. 아, 방금 기억났어, 마거릿. 켈리 아저씨는 귀가 아주 어둡지 않아?"

"오, 맙소사." 내가 말했다. "그러니 당연히 비명이 들리지 않았던 거야."

"나는 간다." 디피가 말했다. "너의 빌어먹을 복화술 때문에 우린 곤란한 지경에 빠지고 말았어. 나중에 보자."

나는 세상에 홀로 남았다. 아무도 나를 도와주지 않았고 내 말을 믿어주지도 않았다. 비명 지르는 여자와 함께 상자 속으로 기어들어가 죽고 싶은 심정이었다. 이제 거짓말을 했다고 경찰까지 나를 쫓고 있었다. 거짓말이라곤 생각지도 않았는

데, 아마 아빠도 나를 찾고 있을 것이다. 지금쯤은 내 침대가
비어 있는 걸 발견했을 테니. 이제 내가 할 수 있는 일은 하나
뿐이었고 나는 그것을 했다.

나는 공터 근처 집들을 전부 찾아다녔다. 집집마다 벨을 누
르고 문이 열리면 말했다. "실례합니다. 그리스월드 부인, 혹
시 집에 사라진 사람이 있나요?" 혹은 "안녕하세요, 파이크스
부인. 오늘 근사해 보이시네요. 아주머니가 집에 있는 걸 보
니 기뻐요." 일단 그 집의 부인이 있는 걸 보면 예의 바르게 잠
시 대화를 나누고 다음 집으로 건너갔다.

착착 진행되었다. 시간이 점점 늦어졌다. 나는 계속 생각했
다. 제발 저 땅속 상자에 공기가 충분하기를! 서두르지 않으
면 여자는 질식할 것이다! 그래서 벨을 누르고 문을 두드리느
라 시간은 더 늦어졌다. 그냥 포기하고 집에 가려다가 마지막
으로 우리 집 바로 옆에 있는 찰리 네스빗 씨가 사는 집 문을
두드렸다. 나는 계속 두드리고 또 두드렸다.

아빠가 말했던 헬렌 네스빗 부인 대신 문을 열어준 사람은
찰리 네스빗이었다.

"오. 마거릿이구나." 그가 말했다.

"예, 안녕하세요."

"그래, 무슨 일이니, 꼬마야?"

"저, 네스빗 부인을 좀 만나보고 싶어서요."

"이런."

"부인을 볼 수 있을까요?"

246

"아, 가게에 갔단다."

"기다릴게요." 나는 말하고 그를 지나쳐 집 안으로 들어갔다.

"애야."

나는 의자에 앉았다. "오, 정말 더운 날이에요." 나는 공터 아래 상자 속에서 점점 빠져나갈 공기와 점점 약해질 비명을 생각하며 침착하려고 노력했다.

"애야, 내 말을 좀 들어봐." 찰리가 내 쪽으로 다가오며 말했다. "기다리지 않는 게 좋을 것 같구나."

"왜요?"

"아내는 돌아오지 않을 거야."

"그래요?"

"오늘은 돌아오지 않는다는 말이지. 내가 말한 대로 가게에 가기는 했지만, 가게에서 곧바로 어머니 집에 가기로 했거든. 슈넥터디에 있는 어머니 집에 갔다가 이틀이나 사흘 뒤에야 돌아올 거다. 일주일 후에 올 수도 있고."

"아, 유감이네요."

"왜?"

"제가 아주머니한테 꼭 하고 싶은 말이 있었거든요. 저기 공터에 어떤 여자가 어마어마한 흙더미 밑에 깔려서 계속 비명을 지르고 있다고요."

찰리는 피우던 담배를 떨어뜨렸다.

"담배를 떨어뜨리셨네요, 아저씨?" 나는 구두 끝으로 담배를 가리켰다.

"아, 그랬니? 아, 그랬구나." 그는 중얼거렸다. "헬렌이 집에 오면 네 이야기를 전해주마. 아마 좋아할 거다."

"고맙습니다. 근데 진짜 여자예요."

"그걸 어떻게 아니?"

"제가 비명을 들었거든요."

"내 말은 거기 묻힌 게 맨드레이크 뿌리가 아닌 줄 어떻게 아느냔 말이야."

"그게 뭔데요?"

"아, 맨드레이크는 식물인데, 비명을 지른단다. 아저씨도 언젠가 책에서 읽었어. 그런데 너는 그게 맨드레이크 뿌리가 아닌 줄 어떻게 알지?"

"그 생각은 한 번도 못 해봤는걸요."

"그럼 한 번 생각해보는 게 좋겠다." 그는 아무렇지 않은 척 보이려고 애쓰며 또 다른 담배에 불을 붙였다. "꼬마야. 혹시 이 이야기를 누구한테라도 했니?"

"그럼요. 많은 사람한테 했죠."

찰리는 성냥불에 손가락을 데었다.

"그래서 누가 나서기라도 했니?" 찰리가 물었다.

"아니요. 아무도 제 말을 믿지 않아요."

그가 웃었다. "당연하지. 물론 그럴 거야. 누가 한낱 꼬마의 말에 귀를 기울이겠니?"

"저는 이제 그만 공터에 가서 삽으로 여자를 파내야겠어요."

"잠깐 기다려라."

"그만 가야겠어요."

"조금만 더 있다가 가렴."

"고맙지만, 가야겠어요." 나는 미친 듯이 말했다.

그는 내 팔을 붙잡았다. "카드놀이 할 줄 아니, 꼬마야? 블랙잭 말이야."

"예."

그는 책상에서 카드 다발을 꺼냈다. "우리 게임 하자."

"저 가서 땅 파야 해요."

"시간은 많단다." 그는 조용히 말했다. "어쨌든 내 아내는 집에 돌아올 거야. 확실해. 그러니 너도 아내를 기다리렴. 잠깐만 기다리면 된다."

"부인이 돌아올 거라고요?"

"물론이지. 그런데 그 비명 말이다, 그렇게 컸니?"

"점점 작아지고 있어요."

찰리는 한숨을 내쉬고 빙그레 웃었다. "우리 게임을 하자. 블랙잭 게임을 하자. 비명 지르는 여자보다 훨씬 재밌을 거다."

"그만 갈래요. 늦었어요."

"여기 있으렴. 할 일도 없잖니."

나는 그가 무슨 수작을 벌이려는지 알 수 있었다. 비명 지르는 여자가 죽을 때까지 나를 자기 집에 붙잡아두려는 생각이었다. 내가 여자를 돕지 못하게 막을 심산이었다. "10분 후면 아내가 돌아올 거야." 그가 말했다. "틀림없어. 10분이면 된다. 여기 가만히 앉아서 기다리렴."

우리는 카드놀이를 했다. 시계가 째깍째깍 소리를 내며 돌아갔다. 하늘 너머로 해가 졌다. 시간이 늦어지고 있었다. 마음속에서 비명이 점점 작아졌다. "저 갈래요." 내가 말했다.

"한 판만 더 하자." 찰리가 말했다. "한 시간만 더 기다리렴, 꼬마야. 아내가 올 거야. 기다려."

한 시간이 지나자 그는 손목시계를 들여다보았다. "자, 이제 집에 가도 될 것 같다, 꼬마야." 그래서 나는 그의 계획이 뭔지 알았다. 한밤중에 몰래 집 밖으로 나가 아직 살아 있을지도 모르는 아내를 파내서 다른 곳에 옮겨 묻으려는 수작이었다. "잘 가라, 꼬마야. 잘 가." 그는 나를 놓아주었다. 아마 지금쯤은 상자 안에서 공기도 다 빠져나갔을 거라고 생각했을 것이다.

얼굴 바로 앞에서 문이 닫혔다.

나는 공터 근처로 돌아가 수풀에 숨었다. 이제 어떡하지? 가족에게 말할까? 하지만 엄마 아빠는 내 말을 믿어주지 않았다. 경찰에 전화해서 찰리 네스빗 씨를 신고할까? 그는 아내가 다른 곳에 갔다고 말할 테고, 아무도 내 말을 믿어주지 않을 것이다!

켈리 씨 집을 보았다. 그는 보이지 않았다. 나는 비명 지르는 여자가 있던 자리로 달려가 그 위에 섰다.

비명은 멈춰 있었다. 너무 조용해 다시는 비명이 들리지 않을 것 같았다. 모든 게 끝났다. 너무 늦어버렸다.

나는 허리를 숙이고 땅에 귀를 갖다 댔다.

그리고 들었다. 저 멀리 깊은 곳에서, 너무나 희미해 거의 들리지 않는 것 같은 가느다란 소리를.

"어여쁜 당신을 사랑했네, 살가운 당신을 사랑했어." 이런 노래였다.

구슬픈 노래였다. 노래는 아주 희미하게 이어지다 곧 끊겼다. 땅속 상자 안에서 몇 시간을 보내고 나서 여자는 미쳐버린 게 틀림없었다. 여자에겐 공기와 음식이 필요했다. 그런데도 더는 비명을 지르지도 않고, 신경 쓰지도 않고, 계속 노래를 할 뿐이었다.

나는 노래에 귀를 기울였다.

그리고 몸을 돌려 곧바로 공터를 가로질러 우리 집으로 갔다.

"아빠." 내가 말했다.

"너 왔구나!" 아빠가 외쳤다.

"아빠."

"너 이 녀석 혼날 줄 알아."

"여자가 더 이상 비명을 지르지 않아요."

"아직도 그 이야기냐?"

"이제 노래를 부르고 있어요." 내가 외쳤다.

"거짓말 그만해!"

"아빠." 내가 말했다. "여자는 거기 있어요. 아빠가 내 말을 들어주지 않으면 여자는 곧 죽을 거예요. 여자는 거기서 노래를 부르고 있어요. 이런 노래를요." 나는 곡조를 흥얼거렸다. 가사도 몇 줄 불렀다. "어여쁜 당신을 사랑했네, 살가운 당신을 사랑했어."

아빠의 얼굴이 하얗게 질려갔다. 아빠가 다가와 내 팔을 붙잡았다.

"너 방금 뭐라고 했냐?"

나는 다시 그 노래를 불렀다. "어여쁜 당신을 사랑했네, 살가운 당신을 사랑했어."

"그 노래 어디서 들었어?" 아빠가 고함쳤다.

"방금 공터에서요."

"그건 헬렌 노래야. 오래전 나를 위해 직접 만든 노래라고!" 아빠가 외쳤다. "네가 그 노래를 알 리가 없어! 헬렌하고 나 말고는 아무도 몰라. 지금껏 아무한테도 그 노래를 들려준 적이 없다."

"물론이죠."

"맙소사!" 아빠가 집 밖으로 달려나가 삽을 챙겨 들었다. 내가 목격한 마지막 모습은 아빠가 다른 사람들과 함께 공터에 가 열심히 땅을 파는 모습이었다.

나는 너무 행복해 울고 싶어졌다.

디피에게 전화를 걸었다. "디피, 안녕. 다 잘됐어. 모든 일이 잘 해결됐어. 비명 지르는 여자는 더는 비명을 지르지 않아."

"잘됐다." 디피가 말했다.

"2분 후에 삽을 들고 공터에서 만나자." 내가 말했다.

"좋아. 늦게 온 사람 원숭이! 이따 봐." 디피가 외쳤다.

"이따 봐, 디피!" 나는 말하고 달려나갔다.

미소

The Smile

서리 내린 시골 마을, 멀리서 수탉이 울고 있지만 아직 아궁이에 불기는 없는 이른 새벽 5시에 마을 광장에는 일찍부터 사람들이 모여 줄을 서고 있었다. 주변의 황폐한 건물 사이로 안개가 자욱했지만, 아침 7시 새로 해가 돋아나면서 안개가 걷히기 시작했다. 길을 따라 사람들이 둘씩 셋씩 짝을 지어 점점 더 많이 모여들고 있었다. 오늘은 장이 서는 날, 축제의 날이었다.

맑은 아침 공기 속에서 큰 소리로 대화를 나누는 두 사내 뒤쪽으로 작은 소년이 하나 서 있었다. 추위 때문인지 사내들의 목소리는 곱절은 더 크게 들리는 것 같았다. 작은 소년은 발을 구르고 발갛게 터진 두 손에 입김을 불어 넣으며 더러운 마대자루로 만든 옷을 입은 사내들을 올려다보았다가 앞쪽에

긴 줄을 서 있는 남자들과 여자들을 바라보았다.

"이봐, 꼬마야. 이렇게 이른 시간에 뭐 하는 거냐?" 소년 뒤에 서 있던 남자가 물었다.

"자리를 맡아 놓으려고요. 제 자리요." 소년이 말했다.

"그냥 좀 빠져서 다른 사람에게 자리를 양보하면 좀 좋으냐?"

"내버려 둬." 앞에 서 있던 사내가 불쑥 뒤돌아보며 말했다.

"농담이야." 뒤쪽의 남자가 소년의 머리에 손을 얹었다. 소년은 차갑게 그 손을 뿌리쳤다. "어린애가 이렇게 일찍부터 밖에 나와 있는 게 이상해서 그랬어."

"이 아이는 예술품의 진가를 아는 게지. 어디 한번 보라고." 소년을 지켜주었던 사내가 말했다. 그의 이름은 그릭스비였다. "이름이 뭐냐, 꼬마야?"

"톰이요."

"톰, 이렇게 일찍부터 나와 줄을 서 있는 건 아주 정확하고 깔끔하게 침을 뱉기 위해서가 아니냐?"

"물론이죠!"

웃음이 줄을 타고 멀리 퍼졌다.

앞쪽에는 이가 빠진 컵에 뜨거운 커피를 담아 파는 남자가 있었다. 톰은 녹슨 냄비 속에서 부글부글 끓는 커피와 작고 뜨거운 불꽃을 보았다. 그것은 진짜 커피가 아니었다. 마을을 지나면 나오는 목초지에서 자라는 나무 열매로 만든 것이었다. 배 속이나 따뜻하게 하라고 한 잔에 1페니씩 받고 팔았지만 사 마시는 사람이 많지 않았다. 돈 있는 사람이 별로 없었기 때문이다.

톰은 고개를 쭉 빼고 줄 앞쪽을 바라보았다. 줄은 폭격으로 무너진 돌담 너머까지 이어져 있었다.

"여자가 웃고 있다면서요?" 소년이 물었다.

"그럼, 웃고 있지." 그릭스비가 말했다.

"캔버스에 유화로 그려졌다면서요?"

"그래. 하지만, 그래서 진품이 아니라는 생각도 든단다. 진품은 아주 오래전 나무 위에 그렸다고 들었거든."

"4백 년이나 되었다면서요?"

"아마 더 됐을 거야. 사실 올해가 몇 년인지 정확히 아는 사람도 없단다."

"2061년이에요!"

"흔히들 그렇게 말하지. 다 거짓말이야. 내가 알기론 3000년일 수도 있고 5000년일 수도 있어. 이곳은 한동안 끔찍할 정도로 엉망이었거든. 지금 남은 거라곤 부스러기 조각들뿐이야."

사람들은 거리의 차가운 돌무더기를 따라 발을 질질 끌며 갔다.

"여자를 보려면 얼마나 더 기다려야 해요?" 톰이 불안한 기색으로 물었다.

"금방이면 돼. 사람들이 네 개의 놋쇠 기둥과 벨벳 끈으로 옛날 사람들이 하듯이 깔끔하게 세워놓았다는구나. 아, 돌멩이는 안 된다, 톰. 여자에게 돌멩이를 던지면 안 돼."

"예."

해가 하늘 높이 떠올라 열기를 뿌려대자 남자들은 더러운 외투며 기름때 묻은 모자를 벗었다.

"그런데 왜 다들 줄을 서 있는 거죠? 왜 침을 뱉으려고 온 거예요?" 마침내 톰이 물었다.

그릭스비는 소년을 내려다보지도 않고 태양을 가늠해보았다. "그야 여러 가지 이유가 있겠지." 그는 자기도 모르게 오래전에 떨어져 버린 주머니를 뒤지며 있지도 않은 담배를 찾았다. 톰은 벌써 여러 차례 그릭스비의 그런 몸짓을 보았다. "톰, 그건 미움과 관계가 있단다. 과거의 모든 것을 향한 미움이지. 어쩌다가 우리가 이 꼴이 되어버렸는지, 왜 도시는 쓰레기 더미가 되었고 도로는 폭격을 맞아 울퉁불퉁해졌는지, 왜 옥수수밭은 밤마다 방사능으로 번들거리는지. 모든 게 엉망진창 쓰레기더미가 되어버리지 않았니?"

"그래요."

"그래서 여기 모였단다. 우리를 무너뜨리고 망쳐버린 모든 것을 미워하려고. 그게 사람의 본성이야. 별로 깊이는 없지만 그게 인간의 본성인 게지."

"우리가 미워하지 않는 것은 거의 없어요." 톰이 말했다.

"맞아! 이 세상을 움직이며 과거에 번창하던 모든 이들을 미워하지. 우리는 뱃가죽이 등에 들러붙을 정도로 굶주린 채 동굴 속에서 추위에 떨며 담배도 못 피우고 술도 못 마시고 살다가 목요일 아침에야 여기 모였잖니. 바로 우리의 축제,

우리들의 축제를 위해서 말이다, 톰."

톰은 지난 몇 년간의 축제를 생각했다. 광장에 모여 모든 책을 찢어발기고 불에 태우고 다들 웃고 떠들며 술을 마셨던 해를. 한 달 전 과학 축제 때는 마지막으로 남은 자동차를 끌고 와서 제비뽑기로 당첨된 행운의 사나이가 대형쇠망치로 자동차를 실컷 때려 부수었다.

"그때 일을 기억하니? 기억해? 나는 자동차 앞유리를 때려 부쉈단다. 오오, 정말 멋졌어! 와장창 소리가 났거든!"

톰은 반짝이는 유리 파편이 수북하게 떨어지는 소리를 들었었다.

"빌 헨더슨은 엔진을 부쉈단다. 오, 그는 정말 그 일을 말끔하게 해치웠지. 대단히 효율적으로 말이야. 와장창! 하지만 뭣보다 최고는 말이다…." 그릭스비는 그때를 회상하며 말했다. "비행기를 만들고 있던 공장을 부숴버렸을 때야. 오오, 공장을 깨끗이 날려버렸을 때의 그 기분이라니! 그리고 신문사와 탄약고를 찾아내 함께 폭파해버렸단다. 이해가 되니, 톰?"

톰은 어리둥절했다. "그런 것 같아요."

정오가 되었다. 뜨거운 열기 속에서 황폐한 도시의 악취가 코를 찔렀고 무너진 건물 사이로 온갖 잡동사니가 널려 있었다.

"과거로 되돌아갈 수는 없을까요?"

"뭐가? 문명 말이냐? 그건 아무도 원하지 않아. 나도 원하지 않고!"

"나는 조금은 참을 수 있을 것 같아." 뒤쪽에 서 있던 또 다른 남자가 말했다. "문명에도 아름다운 면이 조금은 있었다고."

"바보 같은 소리 집어치워." 그릭스비가 소리쳤다. "그럴 여유가 어딨어."

"아아." 그 남자 뒤의 또 다른 남자가 말했다. "언젠가는 상상력이 풍부한 사람이 나타나 다시 문명을 완성할 거야. 틀림없어. 따뜻한 마음을 가진 어떤 사람이 나타날 거라고."

"아니야." 그릭스비가 말했다.

"맞아. 예쁜 것들을 볼 수 있는 영혼을 가진 자가 나타날 거야. 어느 정도는 우리에게 되돌려줄 거야. 평화롭게 살 수 있는 그런 문명 말이지."

"무엇보다 문명에는 전쟁이 있다는 걸 알아둬!"

"하지만 다음 문명은 다를지도 몰라."

＊

마침내 그들은 광장 가운데에 섰다. 말을 탄 남자가 저 멀리서 마을로 들어서고 있었다. 그는 손에 종이 한 장을 쥐고 있었다. 광장 한가운데에 밧줄로 막아놓은 구역이 있었다. 톰과 그릭스비를 비롯한 사람들은 입속에 침을 모으며 앞으로 나갔다. 마음의 준비를 하고 눈을 부릅뜨고 앞으로 움직였다. 톰은 심장이 갑자기 세게 뛰는 것을 느꼈다. 맨발에 땅의 열기가 느껴졌다.

"자, 톰, 뱉자꾸나!"

밧줄로 쳐놓은 네 귀퉁이마다 경찰관이 한 명씩 서 있었다. 군중에게 위엄을 보이려는 듯 손목에 노란색 매듭 장식이 달렸다. 경찰은 돌멩이를 던지지 못하게 하려고 서 있었다.

"자, 이렇게 하는 거야." 마지막 순간에 그릭스비가 말했다. "누구나 기회가 있는 법이다. 자, 톰, 지금이야!"

톰은 그림 앞에 서서 한동안 그것을 바라보았다.

"톰, 침을 뱉어!"

소년의 입은 바짝 말라 있었다.

"자아, 톰, 어서!"

"하지만." 톰이 천천히 말했다. "저 여자는 아름다워요!"

"그럼, 내가 대신 뱉어주마." 그릭스비가 침을 뱉자 침이 미사일처럼 햇빛 속을 날아갔다. 초상화 속의 여자는 고요하게, 은밀하게, 톰을 향해 미소를 짓고 있었다. 여자를 바라보는 소년의 심장이 뛰었고 귓가에는 음악이 들려오는 것만 같았다.

"저 여자는 정말 아름다워요." 소년이 말했다.

"자, 경찰이 오기 전에 어서…."

"주목!"

줄 선 사람들이 조용해졌다. 얼른 앞으로 움직이지 않는다고 톰을 꾸짖던 사람들도 모두 말 탄 남자를 돌아보았다.

"저걸 뭐라고 부르나요, 아저씨?" 톰이 조용히 물었다.

"저 그림 말이냐? 아마 〈모나리자〉일 거다. 그래, 〈모나리자〉야."

"여러분!" 말 탄 남자가 말했다. "당국은 오늘 정오를 기해 이 광장에 있는 그림을 시민 여러분 손에 넘기기로 했소. 따라서 여러분은 이 그림을 파괴하는데 나서…"

톰이 소리를 지를 틈도 없이 군중이 그를 밀치고 마구 소리를 지르고 주먹을 휘두르며 그림 쪽으로 우르르 몰려갔다. 날카롭게 찢어지는 소리가 들렸다. 경찰은 달아나버렸다. 군중은 마구 고함을 지르면서 굶주린 새떼처럼 손으로 그림을 쪼아댔다. 톰은 자기도 모르게 부서진 그림을 향해 손을 뻗었다. 아무 생각 없이 다른 사람들처럼 손을 뻗었다가 기름이 묻은 캔버스 조각을 확 낚아채고 캔버스의 질감을 느끼자마자 바닥에 쓰러졌다. 성난 군중은 소년을 걷어차고 무리 바깥으로 몰아냈다. 옷이 찢어지고 피투성이가 된 소년은 나이 든 여인들이 캔버스 조각을 이로 물어뜯고 사내들이 액자를 부수고 누더기가 된 천 조각을 발로 차며 색종이 조각처럼 잘게 찢는 것을 보았다.

오직 톰만이 들썩이는 광장에 조용히 떨어져 서 있었다. 그는 제 손을 내려다보았다. 손은 캔버스 조각을 꼭 움켜쥐고 가슴에 대고 있었다.

"톰, 여기 있었구나!" 그릭스비가 외쳤다.

톰은 아무 말도 하지 않고 흐느껴 울며 달려갔다. 광장 밖으로 달려나가 폭탄으로 구덩이가 파인 도로를 달려 들판으로 갔다. 얕은 개울을 건너 뒤 한 번 돌아보지 않고 주먹 쥔 손을 외투 아래에 숨기고 달렸다.

해 질 무렵 소년은 작은 마을에 도착했는데, 그 마을도 그 대로 지나쳤다. 9시에 그는 황폐한 농가로 들어섰다. 집 뒤쪽 의 절반은 사료 창고였고 그곳엔 아직도 사료가 남아 쌓여 있 었다. 소년은 아버지, 어머니, 형제들이 자는 소리를 들었다. 소년은 재빨리 작은 문을 열고 조용히 안으로 들어가 숨을 헐 떡이며 자리에 누웠다.

"톰이냐?" 어둠 속에서 어머니의 목소리가 들렸다.

"네."

"어딜 다녀온 거냐?" 아버지가 잘라 말했다. "아침에 일어 나면 맞을 줄 알아라."

누군가 소년을 발로 찼다. 잠자리가 좁아 구석으로 몰린 동 생이었다.

"자라." 어머니가 희미한 목소리로 말했다.

또 누군가 소년을 걸어찼다.

톰은 숨을 고르며 누워 있었다. 사위가 고요했다. 그는 주 먹을 가슴에 굳게 가져다 댔다. 이렇게 반 시간쯤 눈을 감고 누워 있었다.

이윽고 뭔가가 느껴졌다. 차갑고 희끄무레한 빛이었다. 달 이 아주 높이 떠올라 사료 창고를 지나 네모난 빛 조각을 톰의 몸에 천천히 부려놓았다. 옆에서 자는 사람들의 숨소리에 귀 를 기울이며 소년은 아주 천천히 조심스럽게 손을 앞으로 내밀었다. 그는 머뭇거리며 숨을 한 번 들이마시고 잠시 기다렸다가 주먹 쥔 손을 펴서 조그만 캔버스 그림 조각을 펼쳤다.

달빛 아래 온 세상이 잠들어 있었다.

소년의 손에는 '미소'가 있었다.

그는 한밤중 하늘에서 내려온 하얀 빛 속에서 그것을 보았다. 그리고 여러 차례 조용히 속으로 말했다. 미소야, 사랑스러운 미소.

한 시간 후 그림 조각을 조심스럽게 접어 숨긴 후에도 그는 여전히 그것을 볼 수 있었다. 눈을 감아도 어둠 속에 미소가 그대로 떠올랐다. 소년이 잠들어 세상이 고요하게 가라앉고 달이 아침을 향해 차가운 하늘을 천천히 가로지르는 동안에도 그것은 여전히 거기 머물렀다. 따뜻하고 다정하게.

검은 얼굴, 금빛 눈동자

Dark They Were, and Golden-Eyed

로켓의 쇳덩이가 초원의 바람을 맞아 차갑게 식었다. 뚜껑이 펑 소리를 내며 불쑥 열렸다. 시계처럼 생긴 곳에서 남자 한 사람과 여자 한 사람, 아이들 셋이 걸어 나왔다. 다른 승객들은 남자와 가족을 거기 남겨두고 화성의 풀밭 위를 사각사각 걸어 사라졌다.

남자는 머리카락이 펄럭이고 신체 조직이 진공 속에 서 있을 때처럼 바짝 긴장하는 게 느껴졌다. 앞에 선 아내는 거의 연기처럼 하늘로 피어올라 사라질 것만 같았다. 작은 씨앗 같은 아이들은 언제라도 화성의 풍토에 뿌려질 수 있을 것 같았다.

아이들은 마치 지금이 몇 시쯤인가 하고 태양을 올려다볼 때처럼 남자를 올려다보았다. 남자의 얼굴은 냉랭했다.

"왜 그래?" 아내가 물었다.

"로켓을 타고 돌아가자."

"지구로 돌아가잔 말이야?"

"그래! 저 소리를 들어봐!"

바람이 그들을 가루로 만들어버릴 기세로 불고 있었다. 화성의 공기는 언제라도 그의 영혼을 앗아갈 수 있었다. 마치 하얀 뼈에서 골수를 뽑아가듯이. 그는 지성을 녹이고 과거를 태워버릴 수 있는 화학약품 속에 푹 잠겨 있는 기분이었다.

그들은 세월의 압력에 짓눌리고 시간에 닳고 닳은 화성의 언덕을 둘러보았다. 초원에 사라져버린 옛 도시들을 보았다. 폐허는 어린아이의 가냘픈 뼈처럼 바람 부는 풀밭 사이에 누워 있었다.

"가슴을 펴, 해리." 아내가 말했다. "너무 늦었잖아. 우린 이미 9천6백만 킬로미터를 날아왔어."

노랑머리 아이들은 깊은 돔 같은 화성의 하늘을 향해 소리를 질렀다. 그러나 돌아오는 대답은 없고 뻣뻣한 풀을 헤치고 지나가는 새된 바람 소리만 들렸다.

그는 차가워진 손으로 짐을 들어 올렸다. "가자." 그는 마치 물에 뛰어들어 죽을 작정으로 바닷가에 서 있는 사람 같았다.

그들은 마을을 향해 걸었다.

✱

　가족의 성은 비터링이었다. 해리 비터링과 아내 코라 비터링, 아이들은 댄과 로라, 데이비드였다. 그들은 작고 하얀 오두막을 짓고 거기서 아침을 먹었지만, 불안은 조금도 가시지 않았다. 불안은 늘 비터링 부부 곁에 머물렀고, 한밤중 대화를 나눌 때나 매일 새벽 잠에서 깨어날 때 불청객처럼 불쑥 찾아왔다.

　"산속에 있다가 바다까지 씻겨 내려온 소금 결정이 된 기분이야. 우린 여기 사람이 아니야. 우리는 지구인이고 여긴 화성이야. 여긴 화성인이나 살기 좋은 곳이지. 제발, 코라, 우리 집으로 돌아갈 표를 사자!"

　그러나 코라는 고개만 저을 뿐이었다. "언젠가 지구에는 원자폭탄이 떨어질 거야. 그러면 여기가 더 안전해."

　"안전하게 있다가 미쳐버리겠지!"

　시계가 노래했다. '째깍째깍 일곱 시예요, 일어날 시간이에요.' 가족은 일어났다.

　무엇 때문인지 그는 매일 아침 따뜻한 난로며 화분에 심어놓은 핏빛 제라늄 따위를 마치 뭔가 잘못되길 기대하는 듯 꼼꼼하게 살폈다. 오전 6시, 지구 로켓이 가져다주는 아침신문은 갓 구운 토스트처럼 따뜻했다. 그는 신문 포장을 뜯고 아침 식탁에 비스듬하게 세워놓았다. 그는 억지로 쾌활한 척했다.

　"여기저기서 식민지 시대가 다시 시작되고 있어." 그는 말했다. "10년만 지나면 화성에 사는 지구인도 백만 명은 되겠군. 대도시가 생겨나고 온갖 것들이 생길 거야! 사람들은 우리 보고 실패할 거라고 했지. 우리가 침공하면 화성인이 분개할 거라고. 하지만 화성인을 한 명이라도 본 적 있어? 한 명도 없었지! 텅 빈 도시는 발견했지만, 거긴 아무도 없었어. 그렇지?"

바람이 강물처럼 집을 집어삼켰다. 창문 덜컹거리는 소리가 멈추자 해리는 음식을 삼키고 아이들을 바라보았다.

"난 모르겠어요." 아들 데이비드가 말했다. "어쩌면 우리가 보지 못하는 곳 어딘가에 화성인들이 있을지도 모르죠. 가끔 밤이면 발소리가 들리는 것만 같거든요. 바람 소리가 들리고 모래가 내 방 창을 두드리면 오싹 겁이 나요. 오래전 화성인들이 살았던 산속 마을들을 보면 거기 뭔가 움직이는 것만 같아요, 아빠. 화성인들은 우리가 여기 사는 걸 싫어할지도 몰라요. 우리가 여기 왔다고 우릴 향해 무슨 짓을 하려 들지도 모르죠."

"말도 안 되는 소리!" 해리는 창밖을 내다보았다. "우린 깨끗하고 점잖은 사람들이야." 그는 아이들을 보았다. "죽은 도시에는 유령 같은 게 있단다. 다시 말해 기억이지." 그는 물끄러미 언덕 쪽을 보았다. "계단이 보이면 화성인들은 어떻게 저 계단을 올랐을까 생각하게 되지. 화성인의 그림을 보면 화가는 어떤 모습을 하고 있었을까 떠올리게 되고. 그렇게 우리 마음에 작은 유령을 만든단다. 기억 말이지. 그건 꽤 자연스러운 일이야. 그게 바로 상상력이란다." 그는 잠시 말을 멈추었다.

"너흰 아직 저 폐허를 돌아 다녀본 적이 없지?"

"없어요. 아빠." 데이비드가 제 구두를 내려다보며 말했다.

"거긴 절대로 가서는 안 된다. 잼 좀 주겠니?"

"하지만." 어린 데이비드가 말했다. "전 무슨 일이 생길 것 같은 기분이 들어요."

＊

바로 그날 오후 무슨 일이 생겼다.

로라가 울부짖으며 정착지로 달려왔다. 아이는 앞도 보지 않고 포치로 뛰어올랐다.

"엄마! 아빠! 전쟁이 났대요! 지구에요!" 로라는 흐느껴 울었다. "방금 라디오 속보를 들었어요. 뉴욕에 원자폭탄이 떨어졌대요! 우주 로켓이 전부 폭파되었대요. 이제 화성으로 올 수 있는 로켓이 없대요!"

"오, 해리!" 코라는 남편과 딸을 붙잡았다.

"정말이니, 로라?" 해리가 조용히 물었다.

로라는 흐느껴 울었다. "우린 영영 화성에 갇혀버렸어요, 영원히!"

한동안 늦은 오후의 바람 소리만 들려왔다.

외톨이가 됐군. 해리는 생각했다. 여기엔 지구인이 딱 천 명뿐이었다. 이제 돌아갈 길이 없다. 전혀 없다. 전혀 없어. 얼굴과 손과 몸에서 땀이 비 오듯 쏟아졌다. 그는 두려움의 열기에 흠뻑 빠졌다. 그는 로라를 때리며 외치고 싶었다. "거짓말하지 마! 로켓은 돌아올 거야!" 그러나 대신 로라의 머리를 끌어안고 쓰다듬으며 말했다. "언젠가는 로켓이 돌아올 거다."

"아빠, 이제 우린 어떡해요?"

"물론 하던 일을 계속해야지. 농사를 짓고 아이들을 길러야지. 기다려야지. 전쟁이 끝나고 로켓이 돌아올 때까지 하던 일을 계속해야지."

두 아들이 포치로 뛰어나왔다.

"얘들아." 그는 포치에 앉아 아이들 어깨너머 어딘가를 보며 말했다. "너희에게 할 말이 있다."

"알아요." 아이들이 말했다.

＊

이후 며칠간 해리는 가끔 뜰을 거닐며 혼자서 두려움을 삭였다. 로켓이 우주 전체에 은빛 거미줄을 자아놓았기 때문에 그 역시 화성에 오기로 마음을 먹을 수 있었다. 그는 늘 자신에게 말했었다. 원한다면 내일이라도 당장 표를 사서 지구로 돌아갈 수 있다고.

하지만 지금 그 거미줄은 사라졌고 로켓은 녹아버린 대들보며 풀린 철사 더미가 되어 쌓여 있었다. 지구인들은 화성의 계피색 흙과 포도주빛 공기 속에 남아 여름이면 생강빵처럼 바싹 구워지고 겨울이면 수확되어 창고에 저장될 것이다. 그

272

에게, 또 다른 사람들에게 어떤 일이 벌어질까? 이야말로 화성이 기다리고 기다리던 순간일 것이다. 화성은 그들을 덥석 먹어치울 것이다.

그는 억센 손에 삽을 쥔 채로 꽃밭에 무릎을 꿇었다. 일을 하자고 그는 생각했다. 일을 하면서 잊어버리자.

그는 뜰에서 눈을 들어 화성의 산들을 쳐다보았다. 한때 산봉우리마다 자랑스럽게 붙여졌던 옛날 화성의 이름들을 생각했다. 지구인들은 하늘에서 내려오면서 언덕과 강과 바다를 바라보았다. 한때는 이름이 있었지만 지금은 사라진 곳들이었다. 옛날 화성인들은 도시를 건설하고 도시에 이름을 붙였다. 산에 올라 이름을 붙였다. 바다를 건너며 이름을 붙였다. 그러나 산은 녹아내렸고 바다는 말라붙었고 도시는 무너졌다. 그럼에도 지구인들은 이 고대의 언덕과 계곡에 새로운 이름을 붙이는 것을 남몰래 죄스러워했다.

그러나 인간은 원래 상징과 꼬리표에 의지해 살아가는 존재. 이름은 붙여지고 만다.

해리는 화성의 태양 아래 있는 자기 집 정원에서 허리를 숙이고 뭔가 시대착오적으로 화성의 거친 토양에 지구의 꽃을 심으며 몹시 외로움을 느꼈다.

생각하자. 계속 생각하자. 온갖 것들을 생각하자. 지구며 핵전쟁이며 잃어버린 로켓 생각은 미뤄두자.

그는 땀을 흘렸다. 주위를 흘낏 보았다. 아무도 보고 있지 않았다. 그는 넥타이를 풀었다. 꽤 대담하군. 그는 생각했다.

처음에는 외투를 벗었고 이어 넥타이를 풀었다. 그리고 매사추세츠에서 묘목을 가져다가 심은 복숭아나무에 넥타이를 가지런히 걸어놓았다.

그는 이름과 산에 대한 생각으로 돌아갔다. 지구인들은 이름을 바꾸었다. 이제 화성에는 호멜계곡이 있고 루스벨트바다, 포드언덕, 밴더빌트고원, 록펠러강이 있다. 이건 옳지 않았다. 미국의 이민자들은 옛 인디언 대초원의 이름을 써서 지혜를 보여주었더랬다. 위스콘신이며 미네소타, 아이다호, 오하이오, 유타, 밀워키, 워키건, 오세오. 옛 이름과 옛 의미들.

그는 산들을 노려보며 생각했다. 당신들 거기 있어? 다 죽어버린 화성인들? 우린 여기 있어. 완전히 고립된 채로! 자, 어서 내려와 우리를 데려가 줘. 우린 뭘 어떡하면 좋을지 모르겠어!

바람이 불어와 복숭아 꽃잎을 비처럼 뿌렸다.

그는 햇볕에 그을린 손을 내밀며 작게 비명을 질렀다. 그는 꽃잎을 만져보다 주워들었다. 뒤집어도 보고 계속해서 만져보았다. 그리고 큰 소리로 아내를 불렀다.

"코라!"

아내가 창가에 나타났다. 그는 아내에게 달려갔다.

"코라, 이 꽃을 좀 봐!"

그녀는 꽃을 만져보았다.

"보여? 꽃이 달라졌어. 변했다고! 이것들은 더는 복숭아꽃이 아니야!"

"내 눈에는 괜찮아 보이는데." 그녀가 말했다.

"그렇지 않아. 달라졌어! 어떻게 된 일인지는 모르겠어. 꽃 잎이 한 장 더 있는 것도 있고 잎이 그런 것도 있고, 또, 색깔도, 냄새도 달라!"

아이들이 곧바로 뛰어나와 아빠가 다급히 뜰을 돌아다니며 무와 양파와 당근을 뽑는 것을 보았다.

"코라, 이리 와 봐!"

그들은 양파며 무며 당근을 만져보았다.

"이게 당근으로 보여?"

"응… 아니." 그녀는 망설였다. "잘 모르겠어."

"달라졌어."

"어쩜 그럴 수도 있겠지."

"당신도 알잖아! 양파인데 양파가 아니야, 당근인데 당근이 아니고. 맛을 봐. 같지만 다르지. 냄새를 맡아보라고. 예전과는 다르잖아." 그는 심장이 마구 뛰는 것을 느끼고 두려워졌다. 그는 흙 속에 손가락을 찔러보았다. "코라, 이게 어떻게 된 일이지? 도대체 뭐지? 여기서 도망쳐야겠어." 그는 뜰 안을 이리저리 뛰어다니며 모든 나무를 하나씩 만져보았다. "세상에 장미가, 장미가 초록색으로 변하고 있어!"

그들은 서서 초록색 장미를 바라보았다.

이틀 뒤 아들 댄이 집 안으로 뛰어들어왔다. "와서 암소를 좀 보세요. 젖을 짜다 발견했어요. 얼른요!"

그들은 외양간으로 가서 한 마리뿐인 암소를 바라보았다.

세 번째 뿔이 돋아나고 있었다.

그리고 집 앞 잔디밭이 아주 서서히, 조용히, 봄날 제비꽃 색깔로 변하고 있었다. 분명히 지구에서 가져온 씨앗을 뿌렸는데 연한 보랏빛으로 변하고 있었다.

"도망쳐야 해." 해리가 말했다. "이것들을 먹으면 우리도 변할 거야. 무엇으로 변할지 어떻게 알아? 가만히 앉아서 당할 수는 없어. 방법은 하나뿐이야. 이 음식들을 다 태워버리자!"

"독이 들어 있는 건 아니잖아."

"아니, 들어 있어. 아주 조금, 아주 미량으로 들어 있지만 그래도 손을 대서는 안 돼." 그는 당혹스러운 얼굴로 집을 보았다. "집도 마찬가지야. 바람 때문에 어긋났어. 공기 때문이기도 하고. 밤에는 안개 때문이고. 판자가 죄다 틀어져 버렸어. 더 이상 지구인이 살 만한 집이 아니야."

"당신 상상일 뿐이야!"

그는 외투를 입고 넥타이를 맸다. "마을에 좀 가봐야겠어. 무슨 수를 쓰든지 해야지. 다녀올게."

"해리, 잠깐만!" 아내가 외쳤다.

그러나 그는 가버렸다.

＊

식료품 가게의 그늘진 계단에 남자들이 무릎에 손을 올려놓고 앉아서 퍽 한가롭고 느긋하게 대화를 나누고 있었다.

해리는 공중에 대고 권총이라도 한 발 쏘고 싶은 심정이었다.

지금 뭘 하는 거야, 이 바보들아! 그는 생각했다. 거기 앉아서 뭘 하는 거냐고! 너희도 소식을 들었을 거 아냐. 우린 이 행성에 갇혀버렸다고. 어서 움직여! 무섭지도 않아? 겁나지 않아? 이제 어떻게 할 거야?

"안녕, 해리." 다들 말했다.

"이봐." 그는 모두에게 말했다. "다들 소식 들었지? 그저께 말이야."

그들은 고개를 끄덕이며 웃었다. "그럼, 그럼, 해리, 들었지."

"이제 어떻게 할 참이야?"

"어떻게 하다니, 해리? 우리가 뭘 할 수 있겠어?"

"로켓을 만들어야지! 그게 할 일이라고!"

"로켓을 만든다고, 해리? 그 지옥으로 돌아가려고? 오, 맙소사."

"자네들도 돌아가고 싶지? 복숭아꽃이며 양파며 잔디밭이 어떻게 변했는지 자네들도 봤지?"

"그럼 봤지, 해리. 우리도 봤어." 그중 한 사람이 말했다.

"그런데도 겁이 안 난단 말이야?"

"생각해보니 별로 겁이 나지는 않았어, 해리."

"이 멍청이들."

"이런, 해리."

해리는 고함을 지르고 싶었다. "자네들도 나를 좀 도와줘야겠어. 여기 계속 있다간 우리까지 변해버릴 거야. 공기를 좀

봐. 무슨 냄새 안 나? 공중에 뭔가 떠다니고 있어. 어쩌면 화성
바이러스일지도 모르지. 씨앗이나 꽃가루일 수도 있고. 내 말
을 좀 들어봐!"

그들은 해리를 물끄러미 쳐다보았다.

"샘." 해리가 그중 한 명에게 말했다.

"왜 그래, 해리?"

"로켓 만드는 일 좀 도와줄 수 있어?"

"해리, 나한테는 금속 부품도 전부 있고 설계도도 있어. 우
리 공장에서 로켓을 만들고 싶다면 나야 대환영이야. 전부
5백 달러에 넘길게. 자네 혼자서 만든다면 꽤 어엿한 로켓을
만들 수 있을 거야. 한 30년 후에 말이지."

다들 웃음을 터뜨렸다.

"웃지 마."

샘은 소리 없이 빙글빙글 웃으며 해리를 보았다.

"샘." 해리가 말했다. "자네 눈이⋯."

"내 눈이 왜, 해리?"

"원래 회색 아니었어?"

"음, 기억이 안 나는데."

"회색이었지?"

"왜 그러는데?"

"지금 자네 눈이 노란색이라서."

"그래?" 샘은 아무렇지 않게 말했다.

"키도 더 커졌고 몸은 더 말랐어."

"자네 말이 맞을지도 몰라, 해리."

"샘, 노란색 눈이 있으면 안 되잖아."

"해리, 그러는 자네 눈은 무슨 색이야?" 샘이 물었다.

"내 눈? 그야 파란색이지."

"여기 이걸 좀 봐, 해리." 샘이 작은 거울을 건넸다. "자네 얼굴을 좀 보라고."

해리는 머뭇거리다 거울을 받아들고 얼굴을 보았다. 파란 색 눈동자에 아주 희미하게 금빛 반점이 보였다.

"아니, 이게 무슨 짓이야." 잠시 후 샘이 말했다. "내 거울 을 깨뜨렸잖아."

해리는 공장으로 들어가 로켓을 만들기 시작했다. 열린 문 앞에 남자들이 서서 목소리를 높이지 않고 대화를 나누고 농 담을 주고받았다. 가끔은 무거운 것을 들어 올릴 때 해리를 도 와주기는 했지만, 대부분은 그저 빈둥거리며 노랗게 변해가는 눈으로 그를 지켜보기만 했다.

"저녁 먹을 시간이야, 해리." 남자들이 말했다.

그의 아내가 버드나무 바구니에 저녁을 담아 가지고 왔다.

"그런 건 손도 대지 않을 거야." 그는 말했다. "냉동기에 있 는 음식만 먹을 거야. 지구에서 가져온 음식만 먹겠단 말이지. 우리 집 뜰에서 난 건 안 먹어."

아내가 서서 그를 바라보았다. "당신이 무슨 수로 로켓을 만들어?"

"예전에 공장에서 일한 적이 있어. 스무 살 때. 금속은 잘 알아. 일단 시작하면 다른 사람들이 도와줄 거야." 그는 아내 쪽은 보지도 않고 설계도를 펼치며 말했다.

"해리, 제발 해리." 아내는 무기력하게 말했다.

"우린 여길 빠져나가야 해, 코라. 반드시!"

✳

밤이면 달빛이 가득 고이는 빈 바다의 초원에 바람이 불어와 1만2천 년 동안 얕은 바닥에 누워 있는 조그만 흰색 체스판 같은 도시를 휩쓸고 지나갔다. 지구인 정착지의 해리의 집은 뭔가 달라지고 있다는 느낌으로 흔들리고 있었다.

침대에 누운 해리는 자신의 뼈마디가 금처럼 녹아 다른 모양이 되어간다고 느꼈다. 옆에 누운 아내는 오후의 태양을 수없이 만나더니 검게 그을려 있었다. 아내의 얼굴은 거무스름했고 눈은 금빛으로 변했으며 태양 빛에 그을려 거의 까맣게 타버린 피부를 하고 자고 있었다. 침대에 누운 아이들은 금속처럼 반짝거렸다. 바람이 쓸쓸하게 울부짖으며 오래된 복숭아나무와 제비꽃 색깔로 변해버린 풀밭을 헤치고 지나가더니 초록빛으로 변한 장미꽃잎을 흔들었다.

두려움을 떨칠 수가 없었다. 두려움이 그의 목을 조르고 심장을 쥐어짰다. 두려움은 팔과 관자놀이와 덜덜 떨리는 손바닥을 땀으로 적셨다.

동쪽 하늘에 초록빛 별 하나가 떠올렸다.

해리의 입에서 이상한 말이 흘러나왔다.

"이오르트. 이오르트." 그는 그 말을 되풀이했다.

그것은 화성의 말이었다. 그는 원래 화성어를 전혀 알지 못했다.

한밤중에 일어나 고고학자 심슨에게 전화를 걸었다.

"심슨, 이오르트가 무슨 뜻이지?"

"옛날 화성인들이 우리 지구를 부르던 말이네. 왜 그러나?"

"아니, 그냥."

그의 손에서 수화기가 떨어졌다.

"여보세요. 여보세요. 여보세요!" 그가 멍하니 앉아 초록별을 뚫어지게 쳐다보는 동안에도 수화기에서 계속 심슨의 말이 들렸다. "해리? 해리, 거기 있나?"

낮에는 금속 두드리는 소리로 가득 찼다. 그는 별로 내켜 하지 않는 무심한 세 남자의 도움을 받아가며 로켓의 뼈대를 세웠다. 그러나 한 시간만 지나도 몹시 지쳐 앉아서 쉬어야 했다.

"고도가 문제야." 한 남자가 웃었다.

"밥은 먹고 다니나, 해리?" 다른 남자가 물었다.

"먹어." 그는 화를 내며 말했다.

"냉동기에서 나온 것만?"

"그래!"

"자네 자꾸 여위어 가, 해리."

"그럴 리가 없어!"

"게다가 키도 더 커지고."

"거짓말하지 마!"

✳

며칠 뒤 아내가 그를 한쪽 구석으로 끌고 갔다. "해리, 냉동기 속 음식도 바닥이 났어. 남은 게 하나도 없어. 이제 화성에서 키운 음식으로 샌드위치를 만들어야 해."

그는 바닥에 털썩 주저앉았다.

"그래도 당신 먹어야지. 몸이 쇠약해졌어." 아내가 말했다.

"그래." 해리가 말했다.

그는 샌드위치를 집어 들고 펼쳐서 들여다보더니 조금씩 뜯어 먹기 시작했다.

"오늘은 그만 쉬어." 아내가 말했다. "날씨도 덥고 애들도 강에 나가 헤엄도 치고 등산도 가고 싶대. 당신도 같이 가줘."

"시간을 낭비할 수 없어. 지금은 위기 상황이야!"

"한 시간만 다녀오자." 아내가 재촉했다. "헤엄을 치고 나오면 당신 기분도 한결 나아질 거야."

그는 땀을 흘리며 일어났다. "알았어, 알았다고. 날 좀 내버려 둬. 이따가 갈게."

"고마워, 해리."

햇볕이 뜨겁고 날은 조용했다. 태양이 맹렬하게 땅을 노려보고 있었다. 가족은 운하를 따라 걸었다. 아빠와 엄마와 수

영복을 입은 아이들이 달려갔다. 가족은 잠시 걸음을 멈추고 고기 샌드위치를 먹었다. 해리는 식구들의 피부가 갈색으로 그을린 것을 보았다. 아내와 아이들의 눈동자가 노란색으로 변한 것도 보았다. 아이들의 눈은 전에는 노랗지 않았다. 몸이 조금 떨렸지만, 햇볕 아래 잠깐 누워 있었더니 떨림도 기분 좋은 열기에 씻겨 내려갔다. 그는 두려움을 느끼기에도 너무 지쳐 있었다.

"코라, 당신 눈이 언제부터 노래졌어?"

그녀는 당황했다. "원래 그랬겠지."

"지난 석 달 동안 갈색에서 노란색으로 변한 게 아니고?"

그녀는 입술을 깨물었다. "아니야. 왜 그런 걸 물어봐?"

"아무것도 아니야."

가족은 그 자리에 그대로 앉아 있었다.

"애들 눈도 역시 노란색이야." 그가 말했다.

"애들 눈은 크면서 색이 변하기도 해."

"그럼 우리도 어린애들인가 봐. 적어도 화성에서는 말이야. 아마 그럴 거야." 그는 웃음을 터뜨렸다. "헤엄이나 쳐야겠어."

가족은 운하의 물속에 뛰어들었다. 해리는 몸이 황금 조각상처럼 점점 아래로 가라앉게 내버려두었다가 강바닥의 초록색 침묵 속에 가만히 누웠다. 물속은 고요하고 깊었다. 평화롭기 그지없었다. 부드럽고 느릿한 물의 흐름 덕분에 그의 몸은 쉽게 떠올랐다.

이대로 오래오래 누워 있으면 물의 작용으로 내 살은 사라지고 산호처럼 뼈만 남겠지. 그는 생각했다. 해골만 남을 거야. 그러면 물은 그 해골 위에 초록빛을, 깊은 물 속의 검은빛을, 빨간빛을 노란빛을 쌓아 올리겠지. 바뀌어라. 바뀌어. 천천히, 깊게, 조용히 바뀌어라. 그것이야말로 저 위에 있는 그것이 아니겠어?

그는 머리 위로 내려앉은 하늘을 보았다. 대기와 시간과 공간에 의해 화성의 것이 되어버린 태양을 보았다.

저 위는 커다란 강이다. 그는 생각했다. 화성의 강이지. 우리 모두 그 안의 깊숙한 곳에 누워 있다. 조약돌로 지은 집에 가재처럼 숨어 있으면 물이 우리 몸을 씻어내리고 언젠가는 뼈만 남기겠지.

그는 부드러운 빛 속을 가만히 떠다녔다.

운하 가장자리에 앉아 있던 아들 댄이 해리를 진지하게 바라보았다.

"유타." 댄이 말했다.

"뭐라고?" 해리가 물었다.

아이는 빙그레 웃었다. "알잖아요. 유타는 화성어로 '아버지'라는 뜻이에요."

"어디서 배웠니?"

"몰라요. 그냥 배웠어요. 유타!"

"왜 그러니?"

소년은 머뭇거렸다. "저, 이름을 바꾸고 싶어요."

284

"이름을 바꿔?"

"예."

아내가 헤엄쳐왔다. "댄이라는 이름이 어때서 그래?"

댄은 불안하게 몸을 뒤척였다. "얼마 전 엄마가 댄, 댄, 댄, 이렇게 불렀잖아요. 그런데 제 귀에 들리지 않았어요. 그래서 생각했죠. 저건 내 이름이 아니다. 쓰고 싶은 새 이름이 생겼어요."

해리는 운하 가장자리로 올라갔다. 몸은 차가웠고 심장은 느리게 뛰었다. "그 새 이름이 뭐냐?"

"린늘이요. 좋은 이름이죠? 그 이름을 써도 돼요? 쓰게 해주세요."

해리는 이마에 손을 얹었다. 그리고 혼자서 만드는 바보 같은 로켓을 떠올렸다. 가족 사이에 있는데도 외로웠다. 너무 외로웠다.

아내가 말하는 게 들렸다. "쓰렴."

"야호!" 소년은 소리를 질렀다. "나는 린늘이야, 린늘!"

아이는 초원을 내달리며 춤을 추고 소리를 질렀다.

해리는 아내를 보며 말했다. "우리가 왜 그랬을까?"

"모르겠어." 아내가 말했다. "그냥 좋은 생각 같았어."

그들은 언덕으로 걸어 올라갔다. 지금도 물이 솟아오르는 샘물 옆으로 뻗은 오래된 모자이크 모양 오솔길로 접어들었다. 오솔길은 여름 내내 찬물이 얕게 고여 있어서 마치 개울을 건널 때처럼 찰박찰박 물을 튀기며 맨발을 시원하게 식힐 수 있었다.

그들은 계곡이 한눈에 내려다보이는, 지금은 버려진 화성인의 조그만 별장에 다다랐다. 별장은 언덕 꼭대기에 있었다. 홀에는 푸른 대리석이 깔렸고 커다란 벽화가 그려져 있었으며 수영장도 딸렸다. 이곳은 무더운 한여름에도 선선했다. 화성인들은 아마도 대도시를 별로 좋아하지 않았던 모양이다.

"정말 멋지다." 아내가 말했다. "여름철에는 이 별장에 들어와 살면 좋겠어."

"그만 가자." 해리가 말했다. "얼른 마을로 돌아가 로켓을 만들어야 해."

그러나 그날 밤, 일하면서도 해리는 자꾸만 푸른 대리석을 깔아놓은 서늘한 그 별장을 떠올렸다. 시간이 지날수록 로켓은 별로 대수롭지 않게 느껴졌다.

날이 가고 달이 가는 동안 로켓 생각은 점점 뒤로 물러나 사라졌다. 오래전의 열정은 간 곳 없이 사라져버렸다. 로켓 생각이 깨끗이 빠져나간 걸 깨닫고 해리는 깜짝 놀랐다. 하지만 이 더위며 공기며 노동 조건을 어찌한단 말인가.

그는 남자들이 공장 앞 포치에서 중얼거리는 소리를 들었다.

"다들 떠나고 있어. 저 소리 들리지?"

"정말 모두 떠나고 있군."

해리가 밖으로 나왔다. "어디로 떠난다는 말이지?" 그는 아이들과 가구를 실은 트럭 두 대가 먼지를 일으키며 달려가는 것을 보았다.

286

"별장으로 떠난다네." 남자가 말했다.

"그래 해리. 나도 갈 거야. 샘도 가고. 그렇지, 샘?"

"그럼. 해리, 자네는 어떡할 셈이야?"

"난 여기서 할 일이 있어."

"일이라고? 로켓은 가을에 날씨가 선선해지면 마무리해도 되잖아."

그는 숨을 들이마셨다. "뼈대를 모두 완성했어."

"가을에 하는 편이 더 좋을 거야." 열기에 남자들의 목소리가 축축 늘어졌다.

"난 일하러 가야겠어." 해리가 말했다.

"가을에 해." 남자들은 해리를 설득했다. 그들의 말은 몹시 타당하고 올바르게 들렸다.

"그래, 가을이 가장 적기일지도 몰라." 해리는 생각했다. "그때라면 시간도 충분할 테고."

안 돼! 마음속에서 어떤 목소리가 외쳤다. 마음 깊숙한 곳에 웅크린 채 단단히 자물쇠를 채워놓은 목소리가 숨이 막힌다는 듯이 외쳤다. 안 돼! 안 된다고!

"가을이 오면 해야겠어." 해리가 말했다.

"그래, 어서 가자고, 해리." 남자들이 모두 말했다.

"그래." 무더운 공기 속에서 자신의 살이 녹아내리는 게 느껴졌다. "그래, 가을이 오면. 그때 다시 일을 시작하면 되겠지."

"나는 티라강 근처에 별장을 구했어." 누군가 말했다.

"루스벨트강을 말하는 거야?"

"티라강. 옛날 화성인들이 부른 이름이야."

"하지만 지도를 보면….”

"지도 따위 잊어버려. 지금은 티라강이야. 필란산맥에서 좋은 자리를 발견했어."

"록펠러산맥을 말하는 거지?" 해리가 말했다.

"필란산맥이라니까.” 샘이 말했다.

"그래." 해리가 뜨겁고 답답한 공기에 몸을 묻으며 말했다. "필란산맥이라고 하지."

다음 날, 바람 한 점 불지 않는 무더운 오후에 가족 모두가 트럭에 짐을 실었다.

로라, 댄, 데이비드도 짐을 날랐다. 그들이 불리기를 바라는 이름으로 하면 트틸, 린늘, 웨르였다.

가구는 작은 하얀 오두막에 버리고 갔다.

"보스턴 집에 살 때는 저 가구들도 괜찮아 보였는데." 코라가 말했다. "이 오두막에서도 괜찮았어. 하지만 저 별장에 가져갈 수는 없지. 가을에 여기로 돌아오면 그때 다시 써야겠어."

해리는 아무 말도 하지 않았다.

"별장에서 쓸 가구는 내가 생각해둔 게 있어." 잠시 후 해리가 말했다. "크고 굼뜬 가구 말이야."

"당신 백과사전은 어떻게 할 거야? 가져갈 거지?"

해리는 시선을 돌렸다. "다음 주에 다시 와서 가져갈 거야."

부부는 딸에게 향했다. "뉴욕에서 산 드레스는 어떻게 할 거니?"

당황한 소녀는 부모를 멀뚱멀뚱 쳐다보았다. "아아, 드레스는 이제 필요 없어요."

그들은 가스와 수도를 잠그고 문을 잠그고 나섰다. 해리는 트럭 안을 들여다보았다.

"이런, 짐이 별로 없군." 그가 말했다. "지구에서 화성으로 가져온 것들과 비교하면 지금 짐은 한 줌도 되지 않아."

해리는 트럭에 시동을 걸었다.

잠시 작고 하얀 오두막을 바라보고 있으려니 다시 집으로 달려가 이곳저곳 어루만지며 작별인사라도 나누고 싶은 충동이 일었다. 다시는 돌아올 수 없고 이해할 수도 없는 어떤 것을 남기고 기나긴 여행을 떠나는 기분이었다.

그때 샘의 가족이 트럭을 타고 지나갔다.

"어이, 해리! 우리도 가네!"

트럭은 오래된 고속도로를 타고 마을을 빠져나갔다. 같은 방향으로 달리는 트럭이 60대나 되었다. 기나긴 트럭 행렬이 일으키는 묵직하고도 고요한 먼지가 마을에 자욱하게 깔렸다. 햇빛을 받은 강물이 퍼렇게 빛났고 부드러운 바람이 낯설게 변한 나무 사이를 지나갔다.

"잘 있어라, 마을아." 해리가 말했다.

"안녕, 안녕." 가족도 손을 흔들며 말했다.

그들은 두 번 다시 뒤를 돌아보지 않았다.

✳

여름 열기에 강물이 말라붙었다. 여름은 불꽃처럼 목초지를 태우고 지나갔다. 텅 빈 지구인 정착지는 집집마다 페인트칠이 갈라지고 벗겨졌다. 뒤뜰에서 아이들이 타고 놀던 고무 타이어 그네는 타는 듯한 공기 속에서 멈춰버린 시계추처럼 축 늘어져 있었다.

공장에 세워둔 로켓의 뼈대가 녹슬기 시작했다.

고요한 가을이 찾아오자 해리는 까맣게 그은 피부에 진한 황금빛 눈을 하고 별장 위 비탈에 서서 계곡을 내려다보고 있었다.

"이제 돌아갈 시간이네." 코라가 말했다.

"응. 하지만 우린 돌아가지 않을 거야." 해리가 나직이 말했다. "가봐야 남아 있는 것도 없을걸."

"당신 책을 두고 왔잖아. 좋은 옷도 있고." 아내가 말했다.

"당신 일레스와 좋은 이오르 우엘레 르에가 있어." 아내가 다시 말했다.

"마을은 텅 비었어. 아무도 돌아가지 않을 거야." 그가 말했다. "돌아갈 이유가 전혀 없으니까."

딸은 벽걸이용 비단을 짰고 아들들은 고대의 플루트와 피리로 노래를 연주했다. 푸른 대리석 별장 안에 그들의 웃음소리가 메아리쳤다.

해리는 저 멀리 얕은 계곡에 펼쳐진 지구인 정착지를 물끄

러미 바라보았다. "지구인들은 정말이지 너무 이상하고 우스
꽝스러운 집을 지었군."

"무식한 사람들이잖아." 아내도 생각에 잠겨 말했다. "정말
이지 추한 사람들이야. 그들이 전부 사라져서 얼마나 다행인
지 몰라."

두 사람은 서로를 바라보며 자기들이 방금 한 말에 화들짝
놀랐다. 그리고 그만 웃음을 터뜨렸다.

"다들 어디로 갔을까?" 해리는 궁금했다. 그는 아내를 흘낏
쳐다보았다. 아내는 딸처럼 금발에 몸매가 호리호리했다. 아
내도 해리를 보았다. 그는 큰아들만큼 젊어 보였다.

"모르겠어." 그녀가 말했다.

"어쩌면 내년이나 내후년쯤이면 마을로 돌아갈지도 모르지.
그다음 해에 갈 수도 있고." 그가 차분하게 말했다. "음, 날이
덥군. 가서 헤엄이나 칠까?"

그들은 골짜기 쪽으로 등을 돌렸다. 두 사람은 팔짱을 끼고
말없이 맑은 샘물이 흐르는 오솔길을 걸어갔다.

＊

5년 뒤 하늘에서 로켓 한 대가 떨어졌다. 골짜기에서 연기가
피어올랐다. 남자들이 소리를 지르며 로켓 밖으로 뛰어나왔다.

"우리는 지구 전쟁에서 이겼소! 당신들을 구하러 왔소! 이
봐요!"

그러나 미국인들이 건설한 오두막이며 복숭아나무, 극장이 있던 마을은 고요하기만 했다. 그들은 빈 공장에서 녹이 슬어 버린 조잡한 형태의 로켓 뼈대를 발견했다.

로켓에서 내린 남자들은 언덕을 수색했다. 선장은 버려진 술집에 본부를 설치했다. 부관이 보고하려고 돌아왔다.

"마을은 비어 있었지만, 언덕에서 원주민을 발견했습니다, 선장님. 피부가 검고 눈빛은 노란색입니다. 화성인으로 보입니다. 아주 우호적이었습니다. 이야기를 조금 주고받았는데, 많이는 아니지만, 그들은 영어를 참 빨리 배우더군요. 아마도 그들과 사이좋게 지낼 수 있을 것 같습니다."

"피부가 검다고?" 선장은 잠시 생각에 잠겼다. "몇 명이나 되지?"

"6백에서 8백 명 정도였습니다. 언덕에 대리석으로 지은 폐허에 살고 있습니다. 키가 크고 건강해 보였습니다. 여자들은 아름답고요."

"혹시 여기 살던 지구인 정착지 사람들이 어떻게 되었는지는 알려주지 않던가?"

"이 마을이나 여기 사람들이 어떻게 되었는지는 전혀 모르는 눈치였습니다."

"이상하군. 혹시 그 화성인들이 지구인을 죽인 것 같지는 않던가?"

"화성인들은 대단히 평화적으로 보입니다. 어쩌면 이 마을에 전염병이 돌았을지도 모르죠."

"그럴 수도 있겠지. 여하튼 결코 풀 수 없는 수수께끼 같군. 책에 나오는 수수께끼 말일세."

선장은 방 안을 둘러보았다. 먼지 낀 창문이며 창문 너머로 솟아오른 푸른 산들이며 빛 속에서 움직이는 강물을 바라보다 공중에 불어오는 부드러운 바람 소리를 들었다. 몸이 후드득 떨려왔다. 그는 몸을 추스르고 빈 탁자 위에 압정으로 꽂아놓은 커다란 새 지도를 톡톡 건드렸다.

"할 일이 많군, 부관." 푸른 언덕 뒤로 태양이 넘어간 시간, 선장의 목소리는 나른하게 늘어졌다. "새로 개척지를 만들어야 하고 광산도 광석도 찾아야 하네. 세균 표본도 채취해야 하고. 모두 일, 일이야. 옛날 기록이 모두 없어졌어. 지도도 새로 만들어야겠군. 산과 강에도 새 이름을 붙여야지. 상상력이 약간 필요한 일이지. 저 산맥은 링컨산맥, 이 강은 워싱턴 강이라고 부르면 어떨까? 저 언덕에는 자네 이름을 붙일 수도 있겠지, 부관. 일종의 외교랄까. 그리고 부탁인데 어느 마을에는 내 이름을 붙이는 게 어떻겠나? 아첨 한 번 해보라고. 여긴 아인슈타인 계곡이라고 할까? 그리고 저 멀리는… 부관, 내 말 듣고 있나?"

부관은 마을 너머 머나먼 언덕의 푸른 빛과 고요한 안개에서 재빨리 눈길을 돌렸다.

"예? 아, 예, 듣고 있습니다, 선장님!"

마지막 전차 여행

The Trolley

지붕에 첫 햇살이 내려앉는다. 아주 이른 새벽이다. 새벽이 안겨주는 산들바람에 나무 이파리들이 모두 부드럽게 흔들리며 잠에서 깨어난다. 그러면 잠시 후 멀리서 은빛 철로를 돌아 전차가 달려온다. 전차는 네 개의 푸른색 강철 바퀴가 받치고 있다. 전차는 귤빛으로 칠해져 있다. 번쩍이는 구리 견장을 달고 금빛 파이프를 두르고 늙은 기관사가 주름진 구두로 건드리면 짤랑 울리는 크롬 종도 달렸다. 전차 앞면과 옆면에 달린 숫자는 밝은 레몬색이다. 전차 안쪽은 시원한 초록색 이끼가 돋은 듯한 천으로 덮였다. 지붕에 이륜마차 채찍처럼 생긴 게 달려서 나무 사이를 지나갈 때면 높이 매달린 거미줄을 걷어낸다. 창마다 향을 내뿜어 여름철 폭풍우와 번개의 푸르고 은밀한 냄새를 곳곳에 퍼뜨린다.

기관사가 회색 장갑 낀 손으로 부드럽게 운전대를 잡고 있는 동안 전차는 느릅나무 그늘이 우거진 거리를 따라 움직인다.

정오에 기관사가 마을 한가운데 전차를 멈추고 밖으로 몸을 내밀었다. "얘들아!"

더글러스와 찰리와 톰과 동네 아이들 모두가 회색 장갑을 끼고 손을 흔드는 기관사를 보았다. 아이들은 나무에서 내려오고 흰색 뱀처럼 생긴 줄넘기 줄을 잔디밭에 내려놓고 달려와 초록색 벨벳 의자에 앉았다. 요금은 없었다. 차장 트리든 씨는 장갑 낀 손을 요금함 입구에 올려놓고 전차를 움직여 그늘진 거리를 달렸다.

"안녕하세요?" 찰리가 말했다. "어디로 가는 거예요?"

"마지막 여행이란다." 트리든 씨가 눈앞의 높다란 전선을 쳐다보며 말했다. "앞으론 더 이상 전차가 다니지 않아. 내일부터 버스가 다닐 거야. 나는 은퇴하고 연금을 받아 살게 될 거야. 그러니 오늘은 모두 공짜란다! 조심해!"

차장이 놋쇠 손잡이를 움직이자 전차는 신음하며 초록색 나무가 끝없이 이어진 굽잇길을 덜컹덜컹 돌아갔다. 아이들과 트리든 씨와 기적과도 같은 전차만이 끝없이 펼쳐진 강을 타고 떠내려가는 듯 세상은 내내 고요했다.

"마지막 날이라고요?" 더글러스가 깜짝 놀라 물었다. "말도안 돼요! 전차를 없앨 수는 없어요! 버스는 전차가 아니잖아요. 소리도 다르고 철길도 없고 전선도 없어요. 불꽃을 튀기지도 않고 철로에 모래를 뿌리지도 않아요. 색깔도 다르고 종도 없고요. 전차처럼 계단을 내려주지도 않아요!"

"맞아." 찰리가 말했다. "전차가 아코디언처럼 계단을 펼치는 모습을 보면 신이 난단 말이야."

"그렇지!" 더글러스가 말했다.

이윽고 그들은 30년 동안 버려졌던 철로의 끝에 다다랐다. 철로는 거기서부터 울퉁불퉁한 시골길로 이어졌다. 1910년만 해도 사람들은 커다란 소풍 바구니를 들고 전차를 타고 체스먼 공원까지 나왔다. 버려진 철로는 녹이 슨 채로 여전히 언덕 사이에 있었다.

"여기서 돌아가야겠지요?" 찰리가 말했다.

"아니다!" 트리든 씨가 비상 발전기 스위치를 켜며 잘라 말했다. "자, 가자!"

전차가 쿵 소리를 내며 흔들리더니 도시 경계를 넘어 매끄럽게 활강하기 시작했다. 거리를 벗어나 언덕 아래로 급격히 내려서더니 간간이 펼쳐지는 향기로운 햇빛과 버섯 냄새를 풍기는 드넓은 그늘을 지나갔다. 철로 여기저기 개울물이 넘쳐 흘렀고 초록색 유리 같은 나뭇잎 사이로 햇빛이 비쳐들었다. 그들은 야생 해바라기가 가득 핀 초원을 속삭이듯 미끄러져서 구멍 뚫린 색색의 기차표만이 나뒹구는 버려진 간이역을 지나 여름 시골로 흘러가는 숲 속의 시냇물을 따라 달렸다. 그 사이 더글러스가 말했다. "와, 전차 냄새는 정말 달라. 시카고에서 버스를 탄 적이 있는데, 그 냄새가 얼마나 구리던지."

"전차는 너무 느리단다." 트리든 씨가 말했다. "앞으로는 버스를 타게 될 거야. 사람들도 버스를 탈 거고 학교에 갈 때도 버스를 탈 거야."

전차가 애처롭게 울부짖더니 멈추었다. 트리든 씨가 머리 위에서 어마어마하게 커다란 소풍 바구니를 꺼냈다. 아이들은 함성을 지르며 트리든 씨를 도와 바구니를 날랐다. 고요한 호수로 흘러드는 개울 옆이었다. 그곳에 흰개미가 갉아먹어 허물어진 먼 옛날의 야외음악당이 있었다.

그들은 자리에 앉아 햄 샌드위치와 신선한 딸기와 왁스 칠한 오렌지를 먹었고 트리든 씨는 40년 전에 이곳이 어땠는지 이야기를 들려주었다. 밤이면 저 화려한 야외음악당에서 밴드가 연주했다. 남자들은 황동 호른을 힘껏 불었고 뚱뚱한 지휘자는 지휘봉에서 땀이 떨어질 만큼 열심히 팔을 휘저었다. 아이들과 반딧불이는 깊은 풀밭을 뛰어다녔고 긴 드레스를 입고 머리를 높이 틀어 올린 숙녀들은 숨이 막히도록 바짝 졸라맨 깃을 세운 남자들과 실로폰처럼 통나무가 깔린 산책로를 걸었다. 산책로는 지금도 남아 있지만, 나무는 세월이 지나면서 모두 부서지고 갈라졌다. 호수는 고요하고 푸르고 잔잔했으며 물고기가 밝은 암초 사이를 평화롭게 누비고 다녔다. 기관사는 계속 중얼거렸고 아이들은 딴 세상에 와 있는 기분이었다. 그곳에서 트리든 씨는 놀랍도록 젊어 보였고 눈은 작은 전구처럼 파랗게 빛났다. 아무도 서두르지 않았다. 주위는 온통 숲이 펼쳐져 있었고 해도 한 곳에 멈춰 버린 편안하고 느긋한 날이었다. 오직 트리든 씨의 목소리만 높아졌다 낮아졌다

했고 바늘이 공기를 바느질하듯 이곳저곳을 누비며 보이지 않는 금빛 무늬를 수놓았다. 벌 한 마리가 붕붕거리며 꽃 위에 앉았다. 전차는 마법에 걸린 증기 오르간처럼 서서 쏟아지는 햇빛을 받아 반짝이고 있었다. 전차가 놋쇠 냄새를 풍기는 동안 아이들은 잘 익은 체리를 먹었다. 아이들 옷에 스민 밝은 전차의 향기가 여름 바람을 타고 멀리 퍼졌다.

새 한 마리가 울면서 하늘 위를 날았다.

누군가 몸을 떨었다.

트리든 씨가 장갑을 꼈다. "자, 이제 갈 시간이다. 부모님들이 내가 너희를 영영 훔쳐간 줄 알겠구나."

전차는 아이스크림 가게 안처럼 고요하고 시원하고 어두웠다. 아이들은 연한 초록색 벨벳 천이 바스락대도록 조용히 의자를 돌렸다. 그리고 고요한 호수와 버려진 야외음악당과 해변을 따라 걸을 때면 다른 세계로 안내하는 실로폰 같은 산책로를 등지고 자리에 앉았다.

쨍! 트리든 씨의 발 아래서 종소리가 부드럽게 울렸다. 아이들은 햇빛을 받지 못해 시든 꽃이 가득한 초원과 숲을 지나 도시로 향했다. 트리든 씨가 아이들을 내려주려고 전차를 세웠을 때 벽돌과 아스팔트와 나무가 전차를 둘러싸는 것만 같았다.

찰리와 더글러스는 마지막까지 전차의 벌어진 입 앞에 서서 접히는 계단과 숨결 같은 전기와 트리든 씨가 장갑 낀 손으로 놋쇠 운전대를 만지는 모습을 지켜보았다.

더글러스가 손끝으로 초록색 이끼 같은 벨벳 천을 쓸어보고 은색, 황동색, 포도주색이 섞인 천장을 쳐다보았다.

"저… 안녕히 가세요, 트리든 씨."

"잘 가라, 얘들아."

"또 만나요, 트리든 씨."

"또 만나자."

공기 중으로 부드러운 한숨이 흘러나왔다. 주름진 혀를 다시 집어넣으며 전차 문이 가만히 닫혔다. 태양보다 더 밝은 귤색 전차가 황금색과 레몬색을 반짝이며 늦은 오후를 통과해 천천히 모퉁이를 돌더니 덜컹거리며 사라졌다.

"스쿨버스라니!" 찰리는 길가로 걸어갔다. "스쿨버스를 타면 학교에 지각할 수도 없을 거야. 버스가 집 앞까지 와서 우릴 태워갈 테니까. 평생 다시는 지각할 수 없을 거야. 아, 악몽이 따로 없네. 더글러스, 너도 생각해봐."

그러나 더글러스는 여전히 잔디밭에 서서 내일은 어떤 모습일까 그려보고 있었다. 사람들은 은빛 철로 위에 뜨거운 타르를 쏟아부을 것이고 아무도 이 길로 전차가 다녔다는 사실을 알지 못하겠지. 그러나 아무리 깊이 묻어도 철길을 잊으려면 꽤 많은 시간이 필요하리라. 가을, 봄, 혹은 겨울의 어느 날 아침, 잠에서 깨어나 창가로 가지 않고 따뜻한 침대 속에 편안하게 누워 있어도 희미하게 멀어지는 전차 소리를 듣게 되리라.

그리고 아침, 거리 모퉁이에서, 혹은 거리를 지나가면서,

줄지어 서 있는 플라타너스와 느릅나무, 단풍나무 사이에서, 삶을 시작하기 전의 고요함 속에서, 혹은 집 앞에서 익숙한 그 소리를 듣게 될 것이다. 째깍거리는 시계 소리처럼, 십여 개의 쇠 통이 굴러가는 우당탕 소리처럼, 새벽녘 홀로 나는 거대한 잠자리의 붕붕 소리처럼, 회전목마처럼, 작은 전기 폭풍처럼, 푸른 번개처럼, 획 다가왔다 훅 사라질 것이다. 아아, 전차의 종소리. 계단을 펼치고 다시 접을 때 들리는 소다수 통 주둥이의 쉭쉭 소리. 다시 꿈이 시작되면서 전차는 땅속 깊이 숨겨진 철로를 따라 어딘가 묻혀 있는 목적지를 향해 길을 떠나리라.

"저녁 먹고 깡통차기 할래?" 찰리가 물었다.

"좋아." 더글러스가 말했다. "깡통차기 하자."

이카로스
몽골피에 라이트

Icarus Montgolfier Wright

그는 침대에 누워 있었다. 바람이 창을 통해 그의 귓가로, 반쯤 벌어진 입으로 불어와 꿈결을 향해 속삭였다. 마치 델포이의 동굴로 파고들어 어제도 오늘도 내일도 했을 게 분명한 말을 들려주던 시절의 바람 같았다. 때로는 하나의 목소리가 멀리서 외마디 비명을 지를 때도 있었고, 때로는 두 번, 혹은 열댓 번 외칠 때도 있었다. 그 입을 통해 온 인류가 외칠 때도 있었지만 하는 말은 늘 똑같았다.

　"보아라! 보아라! 마침내 해내고 말았다!"

　갑자기 그는, 그들은, 혼자서 혹은 여럿이 꿈속을 날아올랐다. 그가 허우적거리는 하늘에는 대기가 부드럽고 따뜻한 바다처럼 펼쳐져 있었다.

　"보아라! 보아라! 마침내 해내고 말았다!"

그러나 그는 이 세상을 향해 자신을 봐달라고 부탁하지 않았다. 그저 감각을 흔들어 깨워 대기와 바람과 떠오르는 달을 바라보고, 맛보고, 냄새 맡고, 만져볼 뿐이었다. 그는 하늘을 헤엄쳤다. 무거운 대지는 사라졌다.

잠깐 기다려! 그는 생각했다. 기다려줘!

오늘 밤은, 대체 어떤 밤인가?

물론 전날 밤이었다. 최초로 달을 향해 가는 로켓의 비행 전야. 이 방을 나가면 백 미터쯤 떨어진 뜨거운 사막 위에서 로켓이 나를 기다린다.

그런데 정말일까? 정말로 로켓이 있을까?

잠깐! 그는 생각했다. 그는 몸을 뒤채며 땀을 흘리며 눈을 꼭 감고 벽 쪽으로 돌아누워 잇새로 맹렬한 속삭임을 내뱉었다. 솔직하게 말해! 도대체 너는 누구냐?

나? 그는 생각했다. 내 이름 말인가?

제디다이어 프렌티스, 1938년생, 1959년 대학졸업, 1971년 로켓 조종사 자격증 취득. 제디다이어 프렌티스… 제디다이어 프렌티스….

바람이 피리 소리를 내며 불어와 그의 이름을 날려버렸다! 그는 비명을 지르며 손을 허우적거리며 이름을 붙잡으려고 몸부림쳤다.

이름이 날아가고 조용해지자 그는 바람이 다시 불어 그의 이름을 되돌려주길 기다렸다. 한참을 기다렸지만, 오직 고요뿐이었다. 심장 고동 소리를 천 번쯤 들은 후에 그는 어떤 움직임을 느꼈다.

　하늘이 보드라운 파란 꽃처럼 활짝 열렸다. 에게해가 부드럽고 하얀 부채를 휘저으며 머나먼 곳에서 밀려오는 포도주 빛깔 파도를 일으켰다.

　바닷가에 파도가 밀려왔다 몰려가는 동안 그는 자신의 이름을 들었다.

　이카로스.

　다시 한숨 같은 속삭임이 들렸다.

　이카로스.

　누군가 그의 팔을 흔들었다. 아버지 다이달로스가 그의 이름을 부르며 그를 흔들어 깨우고 있었다. 그는 몸을 웅크리고 누워 창문과 저 아래 바닷가와 깊은 하늘을 향해 몸을 반쯤 돌리고서 새벽의 첫 바람이 침대 옆에 놓인 황금 깃털 날개를 흔들고 지나가는 것을 느꼈다. 호박색 밀랍으로 붙인 황금 깃털 날개가 아버지 다이달로스의 팔에서 반쯤 살아 움직였다. 그러나 그가 어깨에 날개를 걸치고 저 멀리 낭떠러지를 바라보자 날개에 붙은 가냘픈 솜털이 파르르 떨렸다.

　"아버지, 바람이 어떤가요?"

　"내겐 충분하지만, 너한테는 충분하지 않구나⋯."

　"아버지, 걱정하지 마세요. 지금은 이 날개가 허술해 보이겠지만 깃털 속의 제 뼈가 날개를 강하게 만들고 밀랍 속의 제 피가 날개에 생명을 줄 거예요!"

　"그 안에 나의 피와 뼈도 있음을 잊지 마라. 사람은 자식에

게 자기 살을 내주고 잘 키우길 바라는 법이다. 너무 높이 날
지는 마라, 이카로스. 태양의 열기나 네 몸의 열이 날개를 녹
일 수도 있단다, 아들아. 조심해라!"

두 사람은 찬란한 황금 날개를 지고 아침을 향해 나갔다.
각자 팔에서 날개가 속삭이는 소리가 들렸다. 그의 이름을, 어
떤 이름을, 누군가의 이름을 날개가 속삭였다. 이름은 부드러
운 대기 속의 깃털처럼 위로 날아올랐다가 빙글빙글 돌아 아
래로 떨어졌다.

몽골피에.*

그의 손이 불같은 밧줄과 반짝이는 아마포와 여름처럼 뜨
겁게 달아오른 실에 닿았다. 그의 손은 양털과 짚을 활활 타오
르는 불꽃으로 만들었다.

몽골피에.

그는 눈을 들어 불길에서 솟아나는 빛나는 공기가 파도처
럼 밀려와 자루 속을 가득 채워 엄청나게 큰 모양으로 부풀어
올라 흔들리며, 거대하게 당기고 미는 힘으로 공중에 떠오른
은빛 배를 쳐다보았다. 고요는 비스듬히 누워 잠든 신처럼 프
랑스의 시골 위를 덮고 있었다. 이 섬세한 아마포 자루가, 뜨
거운 공기로 잔뜩 부풀어 오른 이 자루가, 곧 자유롭게 날아
오를 것이다. 침묵의 푸른 세계로 두둥실 떠올라 그의 마음과

* 프랑스의 열기구 발명가. 1782년 아마포 자루에 짚불로 가열한 공기를 넣어
모형기구를 띄우는 데 성공하였고, 1783년 동물을 싣고 3킬로미터 정도 자유항행
을 했다.

형제의 마음과 함께 여행할 것이다. 야만의 번개조차 잠든 구름 섬 사이를 아무 소리도 내지 않고 떠돌 것이다. 새소리도 사람의 외침도 닿지 않고 지도에도 없는 만과 해구 속으로 기구가 조용히 사라진다. 그는, 몽골피에는, 모든 인간은 그렇게 떠다니며 신의 무한한 숨결과 신전에 울리는 영원한 발소리를 들을 것이다.

"아아…." 그는 움직였다. 군중도 움직였다. 따뜻한 기구 아래로 그림자가 생겼다. "모든 준비가 끝났다. 아무 문제도 없다…."

문제없다. 꿈속에서 그의 입술이 실룩거렸다. 문제없다. 쉿, 조용히. 속삭이며 퍼덕거리며 출발. 됐어!

아버지의 손에서 장난감이 천장으로 날아올랐다가 회오리 바람을 일으키며 공중에 그대로 떠 있었다. 그와 동생이 물끄러미 쳐다보는 사이 장난감은 날개를 퍼덕이며 파사삭 획획 소리를 내며 그들의 이름을 중얼거렸다.

라이트.

속삭임이 들렸다. 바람, 하늘, 구름, 우주, 날개, 비행….

"윌버, 오빌? 저길 봐, 어때?"

아아. 그는 꿈속에서 탄식했다.

장난감 헬리콥터는 붕붕거리며 천장에 부딪혔다. 중얼거리는 독수리, 까마귀, 참새, 울새, 매, 중얼거리는 독수리, 까마귀, 참새, 울새, 매. 속삭이는 독수리. 속삭이는 까마귀. 그리고 마침내 속삭이며, 형제의 손을 향해 날개를 퍼덕이며, 아직

오지 않은 여름의 질풍처럼 최후의 신음을 토하며, 속수무책
으로 떨어지며 속삭이는 매.

꿈을 꾸며 그는 빙긋 웃었다.

그는 에게 해의 하늘로 몰려오는 구름 떼를 보았다.

그는 투명하게 달리는 바람을 기다려 기구가 몸피를 크게
부풀리며 술에 취한 듯 까딱거리는 모습을 느꼈다.

그는 새끼 새와도 같은 자신이 떨어진다면 대서양에 면한
벼랑 밑에서 사뿐히 받아줄 부드러운 모래밭의 속삭임을 들
었다. 기체의 뼈대를 버텨주는 버팀목이 하프 줄처럼 소리를
내고 가락을 내어 자신이 그 음을 타고 날아오르는 소리를 들
었다.

방 밖의 사막 한복판 발사대에 준비된 로켓이 불의 날개
를 접고 불의 숨결을 내뿜으며 30억의 사람들에게 말을 건네
려 하는 것을 느꼈다. 이윽고 그는 일어나 로켓을 향해 천천
히 걷기 시작했다.

그리고 벼랑 끝에 선다.

따뜻한 기구의 그림자 아래 서늘하게 선다.

키티호크* 위로 부딪쳐오는 바닷모래를 맞으며 선다.

그리고 아들의 손목에, 팔에, 손에, 손가락에 황금 밀랍으
로 황금 날개를 붙인다.

그리고 자신의 꿈을 높이 쏘아 올리고자 경탄과 경외의 따

---

* 라이트 형제가 최초의 비행에 성공한 미국 노스캐롤라이나주의 지명

뜻한 숨결을 모아 관에 불어넣고 최후의 손길로 마무리한다.

그리고 가솔린 엔진에 불꽃이 인다.

그리고 아버지의 손을 잡고 자신의 날개에 소원을 빈 다음 날개를 구부리고 벼랑에서 날아오를 자세를 취한다.

그리고 풀쩍 뛰어오른다.

그리고 밧줄을 끊고 거대한 기구를 하늘에 풀어놓는다.

그리고 모터를 켜고 공중에 비행기를 띄운다.

그리고 스위치를 켜고 로켓을 점화한다.

그리고 단 한 번의 도약으로 다 함께 공중을 헤엄치고, 돌진하고, 공중제비를 돌고, 뛰어오르고, 항해하고, 미끄러지고, 태양과 달과 별을 향해 곤두선다. 대서양을, 지중해를, 시골 위를, 황무지를, 도시를, 마을 위를 날 것이다. 공허한 침묵 속에서 퍼덕거리는 날개로, 딸깍딸깍 소리를 내는 뼈대로, 화산 같은 폭발로, 미세하게 떨리는 외침 소리로, 처음에는 삐걱거리며 머뭇거리다가 이내 꾸준히 상승하여 그럴듯하게 자세를 잡고 아름답게 순항하며, 그들은 웃으며 각자의 이름을 자신에게 외친다. 아직 태어나지 않은 사람이나 오래전에 죽은 사람의 이름도 큰 소리로 외친다. 이름은 포도주빛 바람에, 짭짤한 바람에, 조용히 속삭이는 기구의 바람에, 화학적인 불의 바람에 날아간다. 반짝이는 날개가 하나하나 회오리치며 깊숙이 묻힌 뿌리를 보이고 어깻죽지를 드러내는 게 느껴진다. 각자 비행의 메아리 뒤로 지구를 돌고 또 도는 소리를 남기고, 오랜 시간이 흐른 뒤 아들의 아들의 아들에게 전

하는 소리를 남기며, 자면서도 한밤중 하늘을 불안하게 떠도
는 소리를 듣는다.

위로, 더 멀리, 더 높이, 높이! 봄의 파도, 여름의 물결, 끝
나지 않는 날개의 강물이여!

부드럽게 종이 울렸다.

안 돼. 그는 속삭였다. 조금만 더… 조금만 더… 기다려….

창 밑의 에게 해가 뒤로 사라졌다. 대서양의 바닷가 모래밭
도 프랑스의 시골도 스르르 사라지고 뉴멕시코의 사막으로 돌
아왔다. 그의 방 침대 근처에는 황금빛 밀랍으로 붙인 깃털 날
개가 없다. 뜨거운 공기를 불어 넣은 배도 없다. 드림으로 만
든 나비 모양 기계도 없다. 바깥에는 오직 로켓뿐이다. 그의
손이 닿아 곧 출발하기를 기다리는 연소성 꿈이 있을 뿐이다.

잠에서 깨어나기 직전에 누군가 그의 이름을 물었다.

그는 한밤중부터 지금까지 몇 시간이나 들었던 자신의 이
름을 조용히 들려주었다.

"나는 이카로스 몽골피에 라이트다."

질문한 사람이 이름의 순서와 철자를 제대로 이해할 수 있
도록 마지막 글자까지 천천히 되풀이했다.

"이카로스 몽골피에 라이트. 기원전 9백 년 출생. 1783년 파
리 그래머스쿨 졸업. 1903년 키티호크에서 고등학교, 대학교
졸업. 지구에서 달로 진출. 오늘은 신의 축복이 깃든 1971년
8월 1일. 운이 좋으면 서기 1999년 여름, 화성에서 죽어 거기
묻힐 것이다."

그리고 그는 겨우 잠에서 깨어났다.

＊

잠시 후 그는 타맥 사막을 건너다가 누군가 여러 차례 되풀이해 외치는 소리를 들었다.

그의 뒤에 누가 있는지 없는지도 알 수가 없었다. 한 사람의 목소리인지 여럿의 목소리인지, 젊은 사람의 것인지 늙은 사람의 것인지, 가까운 곳인지 머나먼 곳인지, 올라가는지 내려가는지, 속삭이는지 외치는지도 알 수가 없었다. 세 사람의 이름으로 만든 용감한 새 이름을 들었지만, 그는 뒤도 돌아보지 않았다.

바람이 천천히 솟구쳤다. 그는 바람이 잠깐 멈추었다가 다시 불어오길 기다리며 사막을 가로질러 나머지 길을 내처 갔다. 거기 로켓이 그를 기다리며 서 있었다.

나는 손을 들어 화성을 가리키니 너는 쓸쓸히 지구를 노래하라

"상상의 세계에서 그는 불멸이다"

2012년 6월, 레이 브래드버리가 91세의 나이로 타계했을 때 당시 버락 오바마 미국 대통령은 이례적으로 백악관 명의의 추모성명을 발표했다. "레이 브래드버리는 상상력이 세계를 더욱 깊이 이해하고 변화하기 위한 수단이 되며 소중한 가치를 표현하는 도구가 될 수 있음을 알고 있었다. 브래드버리의 작품은 앞으로도 계속 더 많은 세대를 격려할 것이다."

"브래드버리가 없었다면 스티븐 킹도 없었다."는 말로 브래드버리의 적자를 자처했던 스티븐 킹은 "나는 오늘 천둥 같은 거인의 발소리가 희미해지는 소리를 들었다. 그러나 그의 소설과 이야기들은 큰 울림과 기이한 아름다움으로 영원히 남을 것이다."라는 추도사를 남겼다.

드라마 작가 데이먼 린델로프는 "화씨 451도, 내 심장이 재가 되어버린 온도. 당신이 그리울 겁니다, 레이."라며 애도했다. 스티븐 스필버그는 "나의 SF 작품 활동 대부분에서 브래드버리는 내 뮤즈였다. SF, 판타지, 상상의 세계에서 그는 불멸이다."라는 최고의 헌사를 남기기도 했다. 같은 해 8월 NASA는 화성 탐사로봇 큐리오시티가 처음 화성에 내려앉은 자리를 '브래드버리 착륙지'로 명명하며 뭉클한 방식으로 그를 기리기도 했다.

명실상부한 단편의 제왕, 환상문학계의 음유시인, SF 문학의 위상을 주류 문학의 반열에 올린 거장, 서정적 과학소설의 개척자 등 레이 브래드버리를 향한 수사는 그의 이력만큼이나 화려하다. 장르소설 작가로는 최초로 2000년 전미도서재단 평생공로상을 받았고, 미국예술훈장, 프랑스문화훈장, 퓰리처 특별 표창상을 받는 등 수상 이력 또한 가히 전설적이다.

이토록 전설의 반열에 올라 있는 그지만, 더욱 '인간적'인 이면의 에피소드도 사랑스럽기 그지없다. 늘 우주여행을 꿈꾸었지만, 어린 시절 우연히 목격한 끔찍한 자동차 사고에 대한 트라우마로 평생 운전을 하지 않았다. '로켓맨'이라는 용어의 창시자이면서도 비행기를 타지 않고 기차여행으로 대륙을 횡단했다. 〈레이 브래드버리 극장〉이라는 TV 프로그램 제작으로 대중적 인기와 함께 각종 미디어 관련 상도 거머쥐었으면서 기회만 닿으면 텔레비전을 비판했다. 많은 작품 안에서 블루투스, 평면 TV, 무인자동차, 현금자동인출기, 인공지능, 전자책, 전자감시카메라 등을 예언했으면서도, 정작 본인은 컴퓨터를 싫어해 늘 타자기로 글을 썼다. 고양이를 사랑해 아내 매기와 함께 LA 자택에서 많을 때는 22마리까지 고양이를 길렀으며, 특별히 사랑한 고양이는 그가 글을 쓸 때면 책상 위로 올라와 문진 노릇을 자처했다. 단 이틀 만에 소설집 두 권을 뚝딱 엮어내고 평생 600편에 가까운 단편을 쓰는 등 번득이는 천재성을 자랑하는 이면에는 신문을 팔아 생계를 꾸리면서도 꼬박 10년 동안 일주일에 사흘을 공공도서관에 가 빌린 타자기로 글을 쓰며 보낸 지난한 습작기가 존재한다.

이렇듯 레이 브래드버리는 전설적인 거장의 면모와 어딘가 허술한 '인간적인' 면모를 동시에 갖추고, SF와 판타지, 공포물, 서정문학 등 장르를 가리지 않고 특유의 시적인 문장으로 벼락 치듯 쏟아지는 영감과 상상력에 충실하게 글을 누벼냈던 '하이브리드' 작가다. 그러므로 그를 장르 문학 계보의 어디쯤 위치시킬 것인가 골몰하는 일 자체가 무의미해진다. 그는 레이 브래드버리요, 레이 브래드버리는 하나의 브랜드가 되어버렸으므로. 1959년 이 고유한 레이 브래드버리 상표를 깔끔하게 붙인 기묘하고 아름다운 선물 상자 하나가 독자들 앞에 선을 보였으니, 바로《멜랑콜리의 묘약》이다.

화성의 쓸쓸한 여행자들

〈백만 년 동안의 소풍〉과 〈검은 얼굴, 금빛 눈동자〉에 등장하는 가족은 전쟁으로 황폐해진 지구를 떠나 화성으로 이주한다. 이들은 지구에서 찾지 못한 '논리와 상식, 훌륭한 정부, 평화, 책임감을 찾고자' 화성까지 왔지만, 이곳엔 보랏빛 운하와 분홍색 바위, 하얀 사막, 푸른 사막, 폐허가 되어버린 도시의 흔적뿐 화성인은 보이지 않는다. 얼마 후 지구에서 가져와 심은 장미꽃은 초록색으로 변해버리고 잔디는 제비꽃 색깔로 변한다. 가족의 아이들은 들어본 적도 없는 화성의 말을 하고 피부색도 눈빛도 서서히 원래 모습과 달라진다.

거기 운하의 물에 화성인들이 비쳤다. 티모시와 마이클과 로버트와 엄마와 아빠가.
화성인들이 가족을 빤히 올려다보았다. 출렁이는 물결 속에서 아주 오랫동안 고요하게….

거울 같은 강물에서 자신과 똑같은 화성인을 발견한 지구인은 결국 화성에서 그토록 갈망하던 평화와 고요를 찾았을까? 두 작품 모두 40년대 후반에 발표된 것으로 미루어 우리는 2차 세계대전의 광풍을 목격한 브래드버리가 평화 회복을 위해 지구인에게 하고 싶었던 말이 무엇이었는지 짐작해볼 수 있다.

젊음, 봄날 얼음처럼 덧없어라

브래드버리의 소설을 읽다 보면 한없이 쓸쓸해진다. 그 근원에는 하릴없이 시간의 흐름을 견뎌야 하는 인간 됨의 쓸쓸함이 존재한다. 〈길 떠날 시간〉의 남편은 죽을 때가 다가왔다는 대자연의 속삭임을 듣고 단출한 짐을 꾸려 집을 떠나려 한다. 미개인들처럼 재산을 모두 친구들에게 나눠주고 카누를 타고 석양을 향해 노를 저어 갔다가 영영 돌아오지 않는 게 그의 목표다. 〈영원히 비가 내린 날〉의 세 노인은 바싹 마른 사막의 호텔에서 30년을 장기투숙하며 일 년에 단 하루 봇물 터지듯 비가 내리는 날만을 기다린다. 〈사르사 뿌리 음료수 냄새〉의 남편은 온종일 다락방에 처박혀 아름다웠던 젊은 날을 추억한다. '수천 날의 어제가 안치된 작은 관'이기도 한 다락방은 겨울을 나는 노인에게 젊은 날의 여름으로 시간여행을 허락한다. 〈석양의 바닷가〉의 두 중년 남자는 아름다운 인어를 목격하는 찰나의 기적을 경험하지만, 내일도 모레도 그 다음 날도 늘 바닷가에 머무르며 늙어갈 운명을 예감한다. 〈마지막 전차 여행〉의 차장 트리든 씨는 내일이면 운행이 중단될 전차에 아이들을 태우고 과거의 흥겨운 기억을 간직한 유원지로 마지막 전차 여행을 떠난다. 〈보이지 않는 소년〉의 노파는 외로움을 달래려고 찰리를 아들로 삼고자 고군분투하지만, 소년은 노파의 마음에 못을 박고 떠난다.

"나는 봄날 얼음처럼 덧없고 아무 힘도 없단다."

노파의 한마디는 늙음에 대해 브래드버리가 하고 싶었던 말의 전부일 것이다. 〈어서 와, 잘 가〉의 윌리는 40년이 넘도록 열두 살 소년의 모습으로 살아가며 사람들의 의심과 수군거림을 피해 3년에 한 번씩 거처를 옮겨야 하는 가엾은 운명에 처했다. 윌리를 떠나보내야 하는 양어머니의 입을 빌려 브래드버리는 젊음을 향해 이렇게 묻는다.

"나는 매일 학교가 파하는 모습을 지켜보는 게 좋더라. 누가 학교 정문 밖으로 꽃다발을 던지는 것 같아. 어떤 느낌이니, 윌리? 영원히 젊다는 건 어떤 느낌이야? 화폐 주조소에서 갓 찍어낸 반짝거리는 은화처럼 보이는 건 어떤 기분이니? 행복하니? 겉으로 보이는 것만큼 괜찮은 거니?"

브래드버리의 젊음은 늙음의 대척점이 아니라 늙음의 전신이고, 젊음은 늙음의 운명을 내포한다. 그러므로 봄날 얼음처럼 덧없는 것은 어쩌면 늙음이 아니라 젊음일지도.

사랑과 미소라는 묘약

표제작 〈멜랑콜리의 묘약〉의 소녀는 이름 모를 병을 앓는다. 가족은 거리의 뭇사람들에게 소녀의 병을 치유할 묘약을 묻는다. 온갖 제안이 쏟아지고 맨 마지막에 거리의 청소부가 찾아온다. 얼굴이며 옷에 검댕이 잔뜩 묻었지만 미소만은 '햇살처럼 따사롭게' 또 '어둠 속에서 작은 언월도처럼' 반짝인다. 자정이 지나 런던이 잠들고 달이 뜬 시간에 류트를 연주하며 찾아온 음유시인도 청소부와 똑같이 '미소를 지으면 상아같이 하얀 이가' 드러난다.

〈멋진 바닐라 아이스크림색 양복〉의 가난한 멕시코계 미국인 청년 여섯 명은 돈을 모아 멋진 여름 양복을 한 벌 사서 번갈아 입기로 한다. 초라했던 청년들은 그 양복만 입으면 사람들의 시선을 한몸에 받는 기적을 경험한다. 주인공 마르티네즈는 그 양복을 입고 평소 마음에 두었던 아름다운 아가씨와 눈이 마주친다. 조심스럽게 데이트 신청을 하면서 다음 양복을 입을 차례까지 기다려 달라고 말하는 마르티네즈에게 아가씨는 이렇게 대답한다.

"처음에는 양복이 눈에 띄었어요. 그래요. 저 아래 어두운 밤을 새하얀 색이 가득 채웠죠. 그렇지만 당신 치아가 훨씬 더 하얗게 보여서 양복은 까맣게 잊고 말았답니다. (…) 다시 말하지만, 당신은 그 양복을 입을 때까지 기다리지 않아도 돼요."

아예 〈미소〉라는 제목의 이야기도 있다. 전쟁으로 모든 게 무너진 세상에서 문명 자체를 혐오하는 사람들이 문명시대의 예술작품을 향해 돌을 던지고 침을 뱉는다. 주인공 소년은 난장판 속에서 겨우 그림 한 조각을 구해낸다. 소년이 손에 꼭 쥔 캔버스 조각에는 사랑스럽고 다정하고 따뜻한 미소가 그려져 있다. 디스토피아의 세계에서 가난한 소년에게 한 줌의 위안을 안겨준 그 미소의 주인이 누구인지 확인해 보시길.

이렇듯 브래드버리는 미소의 힘을 믿는다. 이름 모를 병을 앓는 소녀에게도, 초라한 청춘에게도, 전쟁으로 무너진 폐허의 세계에도, 미소와 사랑이 묘약이다.

감각은 비처럼 쏟아지고

〈온 여름을 이 하루에〉는 하염없이 비가 내리는 금성이 배경이다. 오늘은 7년 만에 태양이 딱 한 시간 고개를 내미는 날. 금성에서 태어나 태양을 본 적이 없는 아이들은 꿈속에서 황금색이나 노란색 크레파스 혹은 커다란 금화를 떠올리고 온몸을 벌겋게 달아오르게 하는 태양의 온도까지 기억한다고 믿지만 단조로운 빗소리에 잠에서 깨어나면 간밤의 꿈은 간데없이 사라지고 만다. 이 아름다운 단편에서 브래드버리는 비 내리는 금성과 딱 한 시간 고개를 내민 붉은 태양과 7년 만에 햇빛을 받아 술렁이는 금성의 숲을 묘사하기 위해 온갖 감각적 이미지를 끌어온다.

오늘 아침 그녀는 싸늘하게 식은 우유 같았다.
— 〈결혼생활을 고쳐 드립니다〉

오전 6시, 지구 로켓이 가져다주는 아침신문은 갓 구운 토스트처럼 따뜻했다.
— 〈검은 얼굴, 금빛 눈동자〉

서랍장 거울에 6월의 민들레와 7월의 사과와 따뜻한 여름 아침의 우유로 빚어진 얼굴이 보였다.

— 〈어서 와, 잘 가〉

이렇듯 브래드버리의 문장은 눈만이 아닌 오감으로 읽는다. 문장과 문장 사이에 감각이 비처럼 쏟아진다. 감각적 묘사의 압권은 행간을 화폭 삼아 피카소의 그림을 화려하게 펼쳐 보인 〈어느 잔잔한 날에〉와 바닷가에 떠내려온 인어의 모습을 기묘하고도 아름다운 세밀화로 그려낸 〈석양의 바닷가〉일 것이다. 언어의 붓으로 그려낸 환상적인 그림들을 다시 한번 훑어보시길.

레이 브래드버리 표 선물 상자를 풀고 31편의 단편을 꺼내 손끝으로 줄거리를 더듬고 혀끝으로 문장을 맛보고 귀 기울여 행간을 엿듣다 보면 어느새 브래드버리가 뿌리는 소나기에 흠뻑 젖어 자꾸만 밤하늘의 화성을 바라보게 된다. 그가 그토록 가고 싶어 했던 붉은 행성을. (한때 그는 자신의 유해가 토마토 수프 깡통에 담겨 화성에 묻히기를 소망했다.) 그러나 눈을 감고 모든 이야기를 천천히 되감아 보면 불현듯 깨달아진다. 손을 들어 저 멀리 화성을 가리켰던 브래드버리는 사실 이 쓸쓸한 지구와 못난 지구인을 퍽 깊이 사랑했음을.

— 이주혜, 번역가

옮긴이 **이주혜**

저자와 독자 사이에서, 치우침 없는 공정한 번역을 하고자 노력하고 있다. 서울대학교 영어교육학
과를 졸업했으며, 옮긴 책으로 《나의 진짜 아이들》, 《레이븐 블랙》, 《보이 A》, 《초콜릿 레볼루션》,
《사랑에 관한 모든 것》, 《프랑스 아이처럼》, 《양육쇼크》 등이 있다.

레이 브래드버리 소설집

온 여름을 이 하루에

초판 1쇄 인쇄　2017년 9월 15일
초판 1쇄 발행　2017년 9월 20일

지은이　　레이 브래드버리
옮긴이　　이주혜
펴낸이　　박은주
기획　　　김창규, 최세진
디자인　　김선예, 장혜지
마케팅　　박동준, 정준호

발행처　　아작
등록　　　2015년 9월 9일(제2017-000034호)
주소　　　04702 서울시 성동구 청계천로 474
　　　　　　왕십리모노퍼스 903호
대표전화　02.324.3945　　**팩스**　02.324.3947
이메일　　decomma@gmail.com
홈페이지　www.arzak.co.kr

ISBN　　　979-11-87206-72-9 04840
　　　　　　979-11-87206-70-5 04840 (세트)

책 값은 표지 뒤쪽에 있습니다.

아작은 디자인콤마의 문학 브랜드입니다.

───────────

이 도서의 국립중앙도서관 출판예정도서목록(CIP)은 서지정보유통지원시스템
홈페이지(http://seoji.nl.go.kr)와 국가자료공동목록시스템(http://www.nl.go.kr/
kolisnet)에서 이용하실 수 있습니다. (CIP제어번호: CIP2017022359)